AU BOUT DE LA RUE

AU BOUT DE LA RUE

FLORIAN DENNISSON

L'OISEAU NOIR
POCHE

1

Sept mois plus tôt

La pire nouvelle de ces dix dernières années venait de tomber.

L'agent spécial Burrows raccrocha le combiné et laissa le son d'un long soupir troubler le silence de son bureau. En face de lui, l'agent fédéral Jennings, assis inconfortablement sur le canapé en cuir qui meublait sobrement la pièce, le fixait, attendant manifestement que son collègue prît la parole en premier.

Burrows laissa son corps massif se tasser sur sa chaise et gratta sa barbe poivre et sel.

— Clyde Barker s'est évadé.

Les quelques mots prononcés par son supérieur déclenchèrent chez Jennings un mélange d'émotions qui se diffusa dans tout son corps. Pourtant, il ne cilla pas. Tout en s'efforçant de ne rien laisser paraître, il passa de l'incrédulité à la stupeur, puis à l'inquiétude.

— Co… comment est-ce possible ? balbutia-t-il enfin. N'est-il pas censé être en quartier de haute sécurité ?

Simple question rhétorique à laquelle Burrows ne prit pas la peine de répondre. Au lieu de cela, il se leva brusquement et saisit son téléphone portable pour composer un numéro sur le pavé tactile.

Alors qu'à l'autre bout du fil les tonalités s'enchaînaient, il distilla ses premiers ordres :

— Constituez une cellule de crise immédiatement ! Je ne veux que des agents de hauts grades. Moins on est à être au courant, mieux ce sera. Si les médias s'emparent de cette affaire, on est morts.

Jennings était trop jeune pour avoir été en poste quand Clyde Barker avait terrorisé l'Amérique tout entière pendant près de deux décennies, mais il savait à quel point ce tueur en série était considéré comme l'un des plus dangereux. Aussi le jeune homme se demandait-il pourquoi son supérieur semblait beaucoup plus préoccupé par le fait de ne pas ébruiter l'incident plutôt que de mettre en place une opération de capture le plus vite possible. Il devait sûrement avoir ses raisons, et Jennings était connu pour ne jamais discuter les ordres.

— Qu'est-ce que vous foutez à me regarder comme ça ? cracha Burrows. Chaque minute compte ! Rameutez-moi les meilleurs agents de l'immeuble et rejoignez-moi dans la salle de réunion sécurisée du deuxième sous-sol. Et que ça saute !

À l'autre bout du pays, sur la côte ouest, une voix endormie répondit enfin à l'appel téléphonique :

— Allô ?

— C'est la merde, balança Burrows sans préambule, c'est vraiment la merde.

Il entendit à peine les premiers mots de son interlocuteur, son sang lui martelait les tempes dans un vacarme assourdissant.

2

Lundi 7 mars, 23 h 36

J'aperçois le scintillement de phares à travers une des fenêtres du salon. J'abandonne mon verre de pinot noir sur la table basse devant moi où je dépose le roman dans lequel j'étais plongée depuis ce qui me semble être une éternité. Je jette un coup d'œil à ma montre et me rends compte que ma lecture m'a coupée du monde pendant trois heures et quarante minutes précisément. Je m'approche de la fenêtre et y observe longuement le reflet de ma longue chevelure auburn qui forme une grande tache rougeâtre sur le verre. Je jette un regard sur ma droite et remarque une voiture à l'arrêt, moteur encore allumé, un pâté de maisons plus bas, au début de l'impasse qui mène jusqu'ici. Mon cœur s'emballe quand je vois Ray à l'intérieur, assis côté passager, qui se penche sur la conductrice, une jeune femme aux cheveux châtains. Les deux s'embrassent goulûment et je peux même distinguer de fins doigts se glisser dans la chevelure épaisse et noire de Ray, et y faire des va-et-vient. Je décide de m'épargner ce spectacle et m'éloigne de la fenêtre d'un pas. Je secoue la tête et retourne vers le canapé pour y remplir mon verre. La bouteille est désormais vide, je sens que vais avoir droit à des commentaires désobligeants.

À peine une minute plus tard, la porte s'ouvre et Ray, le visage radieux, me salue.

— Tu pourrais être plus discret, lui balancé-je en détournant le regard pour le plonger à nouveau dans mon livre.

Ray marque une pause avant de parler. Il a tout de même la décence de ne pas faire semblant de ne pas comprendre ce à quoi je fais référence.

— Ma soirée a été bonne, merci, et la tienne ? demande-t-il sur un ton teinté de sarcasme.

Je regrette qu'il n'ait pas même tenté de jouer l'incompréhension. Je me demande si je ne préférerais pas crever l'abcès. Je décide finalement de l'imiter et d'éluder sa question.

— Il reste une moitié de plat de lasagne au frigo, si tu as faim.

Il accroche sa veste au porte-manteau de l'entrée et se dirige vers la cuisine. Au passage, il ne manque pas de fusiller du regard la bouteille de vin et de pousser un soupir.

— Bon, je vais me coucher, lâché-je en cornant une page de mon roman avant de le refermer.

Ray ne prend pas la peine de me souhaiter une bonne nuit. Ou je ne l'ai pas entendu. Il faut dire qu'il est plongé à l'intérieur du réfrigérateur et qu'on le dirait aspiré par la bouche d'un monstre de métal et de plastique.

Je monte dans ma chambre à l'étage. Ray, quant à lui, a ses quartiers dans celle du bas. Nous ne poussons pas la mascarade jusqu'à partager un lit ; en public, c'est une autre histoire, mais dans l'intimité de notre maison, nous ne cherchons plus à jouer au couple parfait.

Une fois sous la couette, j'avise la boîte d'Ativan sur ma table de chevet et me fais la réflexion que le vin rouge a suffisamment agi sur mon métabolisme, pour ne pas avoir de mal à trouver le sommeil.

Le réveil, en revanche, sera une autre paire de manches.

* * *

Une explosion. *Un coup de tonnerre ?*

Il ne pleut pas.

La lumière de la lune projette des ombres inquiétantes dans ma chambre. Deux gouttes de sueur froide coulent de mon front. Je m'essuie à l'aide de la manche du T-shirt que j'utilise pour dormir.

Un cauchemar ? Mon esprit semble s'extirper d'un trou noir ; si j'ai fait un mauvais rêve, je n'en ai aucun souvenir. Le silence de la pièce est troublé par la profondeur de ma respiration. Dehors, un nouveau bruit sourd fait bondir mon cœur hors de ma poitrine. Je n'ai donc pas rêvé, il y a bel et bien quelque chose dans le jardin. Ou quelqu'un. J'inspire longuement pour reprendre mes esprits et je me lève. La peau de mes jambes se constelle de petites boules de chair, la chaleur de mon lit doit déjà lui manquer. Je m'approche lentement de la fenêtre et je colle mon visage contre la vitre. Je ne ferme jamais les volets, j'aime être réveillée de façon naturelle par la lumière du jour. Ma respiration forme une tache vaguement circulaire sur le carreau, me cachant la vue d'une grande partie du jardin le temps de quelques secondes.

C'est là que je l'aperçois.

Une ombre mouvante qui vient juste de disparaître derrière le mur de la maison, sur la droite. Une montée d'adrénaline accélère mon rythme cardiaque et met en branle tout mon corps. Quelqu'un se tenait là, dans l'herbe, à m'observer, peut-être, ou à tenter de forcer la baie vitrée donnant sur le salon. *Ray ?* Je secoue la tête. Ray ne se serait pas enfui comme un cafard sous l'effet de la lumière, il serait tranquillement rentré à l'intérieur.

D'une main tremblante, je saisis mon téléphone portable en faisant tomber le tube de somnifères posé juste à côté. Je regarde l'heure : 3 h 40. Je désactive le mode avion et fais défiler ma liste de contacts jusqu'à trouver le numéro de Ray. Je l'ai ôté de mes favoris il y a à peine un mois et me rends compte maintenant que c'était une erreur. Mon pouce effleure l'icône d'appel et, alors que je colle l'appareil sur mon oreille, je me retourne vers la fenêtre pour jeter un nouveau coup d'œil à l'extérieur. Notre jardin est désert, l'herbe a été fraîchement tondue et elle forme une nappe noire comme du pétrole qui s'étend sur toute la surface jusqu'aux épais buissons qui bordent le terrain et à une petite cabane, au fond.

Provenant de l'étage inférieur, j'entends des vibrations par salves régulières. Je reconnais ce son, c'est le portable de Ray en mode silencieux qui fait vibrer sa table de chevet comme une caisse de résonance. C'est quelque chose qui m'a beaucoup agacée ces derniers temps et, maintenant qu'il ne décroche pas, je regrette d'avoir pesté contre lui à ce sujet. Pourquoi ne répond-il pas bon sang, lui qui est d'habitude si prompt à se jeter sur son smartphone à la moindre notification ?

Après un nombre interminable de sonneries, je tombe sur sa messagerie. *Qu'est-ce que tu fous ? Merde !* Tout en gardant mon regard fixé à travers la fenêtre, je rappelle Ray, machinalement. En bas, son portable recommence à vibrer dans ce qui me semble maintenant un vacarme de tous les diables, comme si un marteau-piqueur déchirait la chape de béton sur laquelle repose la maison. Ma respiration se fait plus courte à l'idée de sortir de ma chambre. Est-ce que l'ombre a réussi à entrer chez nous ? J'ai envie de hurler, mais je n'ose pas, de peur de l'attirer ici.

Des milliers de sonneries plus tard, j'entends une nouvelle fois la voix de Ray informant de son absence, mais qui invite à laisser un message et qu'il rappellera dès que possible. *Putain, Ray ! Où es-tu quand on a besoin de toi ?*

Soudain, l'ombre ressurgit dans le jardin. Elle a, de toute évidence, réussi à pénétrer dans la maison et, maintenant, repart par là où elle est arrivée. Elle se déplace à pas de loup, comme si elle cherchait quelque chose. Une bouffée d'air se bloque dans ma gorge et, alors que je recule, je trébuche sur mon lit et bascule dessus. Mes yeux se mouillent et les larmes commencent à me brouiller la vue. J'effectue une dernière tentative sur mon téléphone, mes doigts tremblants tâtonnent l'écran froid comme s'ils étaient à la recherche d'une ligne de vie à laquelle s'agripper. *Réveille-toi, Ray, putain !*

Entre les vibrations qui paraissent faire trembler tous les murs de la maison, j'entends des pas qui claquent sur le parquet du salon. Une porte grince timidement et, soudain, Ray décroche.

— Pourquoi tu m'appelles ? me demande-t-il sans préambule sur un ton irrité qui, pourtant, me soulage.

Je ne prends pas la peine de continuer cette conversation au téléphone et me précipite hors de la pièce pour dévaler les marches deux par deux jusqu'à sa chambre. Il se tient là, son mobile à la main et le visage inexpressif.

— J'ai cru entendre du bruit dans le jardin, lui dis-je, la voix chevrotante.

— Moi aussi.

Voyant une larme sillonner ma joue, il écarte les bras chaleureusement. Je me précipite dans son étreinte et écrase mon visage sur son torse. Je sens son menton sur mon crâne qui cale ma tête contre lui.

Lorsque ma respiration a repris son rythme normal, je fais un mouvement de recul sous lequel il me libère. J'essuie d'un revers de manche mes joues trempées et le fixe longuement avant de parler.

— Qu'est-ce que tu foutais, Ray ? Je t'ai appelé trois fois !

— Je t'ai dit : moi aussi, j'ai entendu du bruit dans le jardin.

Les images d'il y a quelques minutes me reviennent plus clairement. La deuxième fois que j'ai vu l'ombre, c'était très certainement Ray. Sa chambre dispose d'un accès à l'extérieur et je me souviens désormais que la silhouette paraissait plus massive tout à coup.

— Tu as vu quelque chose ? Quelqu'un ? demandé-je, toujours un peu en colère.

Ray secoue la tête négativement.

— Un renard, peut-être, suggère-t-il.

— Un renard ? répété-je en croisant les bras sur ma poitrine.

— Il paraît qu'il y en a plein dans le coin, lâche-t-il en passant une main dans ses cheveux épais et noirs.

Depuis quand Ray s'intéresse-t-il à la faune locale ? Je veux dire, en dehors de celle qui est abonnée dans la salle de sport où il travaille ou qui fréquente les bars du centre-ville dans lesquels il aime traîner des heures ?

— Tu peux aller te recoucher, dit-il en brisant le silence. Je reste sur le qui-vive.

Je décroise les bras pour remettre une mèche de cheveux derrière mon oreille et lui souhaite une bonne nuit, pour ce qu'il en reste.

Mes pieds foulent le sol froid, et la réalité reprend peu à peu ses droits dans mon esprit. Le contact de la rampe d'escalier me ramène définitivement sur terre, ici, dans ce quartier huppé de cette ville d'Angleterre dont je ne connaissais même pas le nom il y a six mois.

Je me glisse sous la couette et jette un œil à ma table de chevet. Le tube orange d'Ativan n'y est plus, il a roulé sous le lit, j'ai la flemme de le chercher et, de toute façon, il est beaucoup trop tard — ou trop tôt — pour en prendre. Je me fais la réflexion qu'après tout ce vin, je n'ai, finalement, pas mal au crâne comme j'aurais pu le craindre. *Est-ce que je suis trop habituée à boire ?* Je tends le bras vers la bouteille d'eau au pied du lit et décide de m'hydrater tout de même. Qui sait dans quel état je vais me réveiller dans quelques heures ? Qui sait si je vais même réussir à me rendormir ? C'est peu probable, mon attention est focalisée sur le moindre bruit à l'extérieur, la moindre variation de lumière dans les reflets sur les carreaux de la fenêtre.

Je ferme les yeux et revois l'image de Ray, debout devant moi, son portable à la main.

Un détail étrange me vient soudain à l'esprit. Il portait un jean, des chaussures montantes et une chemise grise soigneusement rentrée dans son pantalon. Il était vêtu comme s'il avait dormi tout habillé. Qui prend le temps de bien lacer ses chaussures et de correctement boutonner sa chemise quand il entend des bruits suspects à l'extérieur de chez lui ? Est-ce qu'il était prêt à sortir ou était-il déjà dehors ?

Une chose est sûre, Ray n'était pas dans sa chambre quand je l'ai appelé à plusieurs reprises, sinon, il aurait décroché tout de suite.

3

Mardi 8 mars, 8 h 30

J'entends la porte d'entrée claquer. Ray est enfin parti au travail. Je n'ai pas eu le courage ni l'envie de le rejoindre pour le petit déjeuner, ce matin. Je n'arrive pas à faire le tri dans mes émotions. Je ne sais pas si je lui en veux d'avoir eu le culot de se faire raccompagner par cette femme dont j'avais plus ou moins deviné l'existence, mais dont je ne sais finalement rien, jusque devant chez nous et de la bécoter. Je ne sais pas non plus si je lui en veux de ne pas m'avoir dit toute la vérité quand je l'ai rejoint dans sa chambre en pleine nuit et que j'ai constaté qu'il était déjà tout habillé comme s'il se rendait à un rendez-vous en ville. Je sais bien que j'aurais dû redescendre et lui demander des explications, mais je me sentais bien trop vulnérable et j'étais, de toute façon, trop occupée à surveiller le moindre bruit étrange à l'extérieur.

J'ai pris une longue douche brûlante et me suis habillée comme si j'allais quitter la maison. Après une ou deux tasses de café, je m'installerai dans le petit bureau attenant à la chambre de Ray et je me remettrai à la tâche, celle de reprendre mon mémoire de fin d'études de fac de psycho pour l'étoffer et en faire un ouvrage détaillé sur l'étude de la dangerosité des mécanismes d'agressivité chez des sujets schizophrènes. Tout un programme. D'autant plus qu'après une nuit pareille, je sais pertinemment que je vais passer mon temps à fixer le vide à travers la petite fenêtre de cette pièce exiguë. Comme tous les matins, j'y verrai un couple de moineaux picorer les baies rouges des haies feuillues délimitant le jardin et, peut-être, ce petit écureuil que j'aperçois de temps en temps, une noisette dans la gueule et sautillant sur le toit de la cabane en bois pour rejoindre une branche basse d'un grand arbre poussant sur le terrain d'à côté.

Alors que je verse le liquide noir pétrole dans une tasse légèrement ébréchée ornée d'un pictogramme délavé d'ancre bleue, quelqu'un s'acharne sur la sonnette. Le premier son m'a arraché un sursaut et m'a hérissé le duvet à la base de la nuque. Je repose la cafetière et me retourne pour aller ouvrir à l'impatient.

— J'arrive, j'arrive ! lancé-je sur un ton un peu agacé.

J'ouvre la porte et, par l'entrebâillement, j'entrevois le visage rouge et trempé de Grace Bathgate, ma voisine. Ses cheveux sont hirsutes et elle porte encore sa robe de chambre. Elle qui est toujours tirée à quatre épingles et qui doit bien passer une bonne heure dans la salle de bains à se maquiller avant de sortir, sa tenue en dit long sur la gravité de la situation dans laquelle elle semble se trouver.

Elle tend les bras et pousse la porte avant de se précipiter sur moi pour m'enlacer. Si nous entretenons une relation amicale depuis quelques semaines, je ne suis pas habituée à tant de familiarité. Cela me déconcerte, mais ses sanglots finissent par me toucher et je resserre mon étreinte en y apportant toute la chaleur dont je suis capable.

— Qu'est-ce qui se passe, Grace ? demandé-je d'une voix douce en lui caressant lentement le dos.

Elle renifle puis décolle la tête de ma poitrine pour lever le regard vers moi.

— C'est… C'est horrible !

Ses yeux s'embuent et son visage se tord dans une grimace d'angoisse.

Je la saisis par les épaules et la dirige vers le salon dans l'espoir de la faire asseoir sur le canapé et qu'elle reprenne ses esprits.

Elle s'enfonce dans le moelleux des gros coussins de velours et plonge la tête dans les mains. Je fais quelques pas vers la commode à ma droite et extirpe d'un tiroir un paquet de mouchoirs jetables. Lorsque je le lui tends, elle lève les yeux et sourit. Sa dentition parfaite me rappelle à quel point j'ai trouvé cette femme sublime lorsque j'ai emménagé dans le quartier. Elle était sortie de sa grosse berline gris métallisé dans un petit sprint, perchée sur des escarpins à talons immenses en direction de son garage, avec une telle maîtrise que j'en ai été béate d'admiration. Je l'avais directement classée dans la catégorie des femmes britanniques snobs et superficielles — *posh*, comme on dit ici —, mais lorsqu'elle a croisé mon regard, elle m'a adressé un sourire si chaleureux et sincère que j'ai été déstabilisée et je m'en suis voulu après coup d'avoir tardé à le lui rendre. Quelques jours après avoir déballé mes affaires, alors que je ne retrouvais pas le tire-bouchon, j'ai osé frapper à sa porte et nous avons terminé à 2 heures du matin après avoir refait le monde. En rentrant chez moi, je me suis aperçue que la bouteille de vin que je voulais ouvrir en premier lieu trônait, intacte, au milieu de la table de la cuisine. Le lendemain, j'ai invité Grace pour la déboucher. Nous n'avons jamais été aussi proches que ces deux premiers jours où nous nous sommes rencontrées, mais nous partageons régulièrement quelques minutes de conversation çà et là, depuis nos jardins respectifs ou le perron de nos maisons.

Elle ouvre la bouche pour articuler quelque chose, mais sa respiration hoquetée brise son élan. Je profite du silence pour lui proposer un verre d'eau. Ses yeux roulent vers la bouteille de pinot noir d'hier, aussi j'ajoute :

— Tu préfères quelque chose de plus fort ?

Elle ferme les yeux et hoche lentement la tête en signe d'acquiescement.

Pendant que je fouille dans les placards de la cuisine, je l'entends se moucher puis s'éclaircir la gorge à plusieurs reprises. Je tombe sur une des bouteilles de whisky de Ray et me demande s'il n'est pas un peu tôt pour Grace et ses cinquante kilos toute mouillée.

Ses yeux rouges ne cillent pas lorsque je m'approche avec la bouteille et un verre de forme carrée. Elle ne semble avoir aucune considération pour l'heure qu'il est. Le sujet doit être grave.

Elle boit une gorgée, grimace puis rejette sa tête en arrière, sur le dossier du canapé.

— Désolée de faire irruption chez toi comme ça, Eleanor, c'est... c'est ma fille. Elle a disparu.

Nouvelle salve de sanglots.

J'écarquille les yeux et un frisson me parcourt la colonne vertébrale.

— Serena? Que s'est-il passé ? Tu as...

— Non, ce n'est pas Serena, me coupe-t-elle.

La stupeur me force à marquer une pause. Grace et son mari, Simon, ont deux enfants : Tom et Serena. L'aîné est en Suède, en première année d'une fac prestigieuse internationale, et Serena est encore au lycée, en internat, à Londres, dans un établissement tout aussi prestigieux.

— Tu as…

… *une autre fille ?* voulais-je lui demander avant qu'elle ne m'interrompe à nouveau :

— Il s'agit de mon tout premier enfant… C'est… c'est compliqué.

Elle approche le verre de whisky de ses lèvres et boit une nouvelle gorgée avant de le reposer doucement sur la table basse. Je suis pendue à ses lèvres, je décèle que quelque chose d'important se cache derrière son hésitation.

Chaque fois que nous échangeons, elle me parle de Tom et Serena — un tout petit peu trop à mon goût, d'ailleurs —, mais l'étincelle qui brille dans ses yeux quand elle évoque leurs noms me touche et j'excuse ce zèle maternel. Elle est si fière de sa progéniture que je conçois difficilement qu'elle n'ait jamais fait mention d'une autre fille. De plus, Tom a déjà dix-neuf ans, ce qui, d'après l'âge que je lui suppose — je ne crois pas qu'elle me l'ait déjà dit ou je ne me le rappelle pas —, rend peu probable l'éventualité qu'elle ait eu une fille avant lui. Peu probable, mais pas impossible, effectivement.

— Personne n'est au courant. Même pas Simon…

Mon sang se glace et je m'affaisse sur ma chaise de stupéfaction. *Son mari n'est pas au courant qu'elle a eu une autre fille ?*

Un silence pesant s'installe comme une chape de plomb au-dessus de nous dans la pièce. Il est entrecoupé par intermittence par les bruits mouillés des sanglots de Grace. Elle possède un lourd secret dont elle semble vouloir se décharger. Sur moi, sa voisine, qu'elle ne connaît que depuis à peine six mois.

4

Mardi 8 mars, 8 h 46

Je suis allée prendre un verre et j'accompagne Grace. Même si je sais que je vais le regretter très vite, je me joins à elle dans cette épreuve afin de lui insuffler le courage de parler. Mes années de psychologie et d'études comportementales ne sont pas loin derrière moi, et il n'est pas difficile de comprendre qu'elle porte un poids lourd dont elle veut se délester.

Je penche mon buste vers l'avant et fixe Grace longuement, lui offrant un sourire bienveillant. Elle prend une profonde inspiration et, de son mouchoir, s'essuie le nez.

— Je n'arrive pas à croire que tu vas être la première à entendre tout ça… Je suppose que je te fais naturellement confiance, même si on ne se connaît pas si bien. Finalement, c'est peut-être la raison pour laquelle je suis venue ici en premier. Mes proches ne comprendraient pas…

— Tu peux me parler librement, lui dis-je en posant ma main sur la sienne.

Elle est douce et ses ongles sont parfaitement manucurés.

— J'ai eu une fille… avant Tom… bien avant.

Sa bouche se tord en une grimace, et de chaudes larmes dévalent ses joues de poupée. Ses grands cils mouillés subliment le vert émeraude de son regard ; cette femme est belle même dans la tristesse.

— Prends ton temps, lui dis-je dans un murmure.

— Non, non, non ! Le temps, je n'en ai pas, *elle* n'en a pas ! lâche-t-elle soudain en fronçant les sourcils et en battant du poing un des coussins.

Je me recule pour ne pas envahir sa bulle intime et lui laisser un peu d'espace.

— Elle a disparu, Eleanor ! Elle est en danger !

Elle hurle presque et ses yeux me lancent des éclairs comme si j'étais responsable de cette situation. Je m'efforce de garder mon calme.

— Il faut que tu m'expliques, Grace. Je ne peux pas t'aider si je ne comprends pas ce qui se passe. Tu étais en train de me parler de cette fille que tu as eue avant Tom…

Grace ferme les yeux et plonge de nouveau le visage dans les mains. La tristesse la submerge et semble paralyser tous ses membres.

Je me lève et me rapproche d'elle, passant mon bras autour de ses épaules. Elle relève le buste et se tourne vers moi.

— Je n'ai jamais parlé de ça à personne… J'ai toujours… tout gardé enfoui en moi… C'est dur de tout raconter.

— OK, Grace, si tu n'es pas encore prête, pas de problème. Tu n'es pas obligée de tout reprendre depuis le début, dis-moi simplement ce qui s'est passé avant que tu ne viennes sonner ici. Quand et comment t'es-tu rendu compte de la disparition de ta fille ?

Mon ton se fait plus dur, comme celui qu'utilisent les urgentistes ou les pompiers dans des situations extrêmes. Grace est choquée, mais si une de ses filles a disparu et qu'elle est en danger, il faut que je reprenne les choses en main et que je l'amène à m'expliquer le problème le plus précisément possible.

Elle hoquette à plusieurs reprises de façon rapprochée puis laisse échapper un long soupir. Je sens que je l'ai aiguillée dans la bonne direction, le poids du passé est laissé de côté pour l'instant et son esprit semble se concentrer sur les dernières heures écoulées.

— Keira... c'est son nom. Elle est venue me voir, tard dans la nuit. Elle a des problèmes avec son mari, de gros problèmes. (Elle s'éclaircit la gorge.) Il est très violent.

Je laisse planer un silence avant qu'elle parvienne à reprendre. Elle boit de nouveau et se décale sur le côté pour me faire face. Son regard est fixe, ses pupilles se dilatent quelque peu, sans doute sous l'effet de l'alcool, elle a l'air désormais déterminé.

— Elle a débarqué à la maison en pleine nuit, son visage était tuméfié et elle était paniquée. J'ai compris que cette fois-ci était la fois de trop. On a longuement discuté, puis je l'ai installée dans la chambre de Serena, à l'étage. Elle ne voulait pas que j'appelle la police et je lui ai dit qu'on verrait demain. Quand je suis allée frapper à sa porte ce matin, elle n'était plus là. J'ai essayé des dizaines de fois de la joindre par téléphone, mais son mobile est coupé. J'ai peur, Eleanor ! Je sais de quoi est capable son mari. Je crois avoir entendu du bruit à l'étage au petit matin, mais j'avais pris un somnifère pour passer la nuit et je me suis dit que c'était Keira qui prenait une douche. Maintenant, je suis persuadée que c'est son mari qui est venu l'enlever.

J'enregistre les informations et tente de me former une représentation de la situation et une image de Keira. Tout ça est encore confus à ce stade, et il faudra encore un peu de temps avant de dégrossir le tableau. J'ai du mal à croire que le mari de Keira ait pu s'introduire chez Grace pour enlever sa femme, mais je ne peux pas vraiment me fier aux informations qu'elle me livre, elle me paraît être toujours sous le choc et peut-être même encore sous l'emprise des somnifères. J'essaie de relativiser et déclare :

— Keira est peut-être simplement partie faire un tour, elle va peut-être revenir.

Je sais très bien que cette hypothèse n'est guère convaincante, mais je le pense pourtant. L'explication la plus simple est souvent la meilleure.

— Elle est arrivée en taxi, elle n'a pas pris sa voiture, où aurait-elle pu aller ?

Grace secoue la tête, essuie ses larmes et reprend :

— Hier soir, le mari de Keira l'a violentée comme jamais il ne l'avait fait auparavant. Elle m'a dit qu'il voulait la tuer. Il avait découvert qu'elle avait un deuxième téléphone portable et il s'est imaginé le pire. Il est extrêmement jaloux et préférerait vraiment la voir morte plutôt qu'assister à son départ avec un autre.

— Elle t'a dit si elle avait un amant ? demandé-je en fronçant les sourcils.

— Elle ne me l'a pas dit et j'ignore ce qu'il en est, mais le téléphone supplémentaire ne servait pas à ça. En tout cas, pas au départ. Elle avait acheté un téléphone prépayé pour que nous puissions communiquer toutes les deux. Ce téléphone était aussi là en cas d'urgence. Elle m'a promis qu'elle ne l'éteindrait jamais, c'est pour ça que je crois qu'il lui est arrivé quelque chose de grave.

— Elle n'a peut-être simplement plus de batterie, tenté-je, sans conviction.

— C'est un vieux mobile, une de ces briques qui tiennent des mois sans être rechargées. Elle était en danger, elle n'a pas eu le choix que de s'enfuir de chez elle, où qu'elle soit allée, elle n'aurait pas éteint ce téléphone.

J'acquiesce d'un hochement de tête.

Des dizaines de questions tourbillonnent dans mon esprit. Quel âge a Keira ? Pourquoi ton mari n'est-il pas au courant de son existence ? Depuis combien de temps entretiens-tu une relation secrète avec ta fille ? Mais je ne veux pas avoir l'air de lui faire passer un interrogatoire.

— Tu as appelé la police ? demandé-je à la place, en rompant le silence.

— Oui, me répond-elle. Ils sont en route.

Elle fait une boule avec le mouchoir et le pose sur la table basse avant de pivoter vers moi. Elle pose une main délicate sur ma cuisse.

— Les enfants sont loin et Simon ne doit pas rentrer avant cet après-midi, reprend-elle, tu veux bien garder tout ça pour toi, pour l'instant ?

— Évidemment, dis-je en lui adressant un sourire.

— Ne dis rien à Ray non plus, d'accord ?

Elle a penché la tête sur le côté, et son visage a affiché une petite moue. *Bien sûr que je ne vais rien dire à Ray, sauf si les choses se compliquent... Il ne peut pas y avoir de secret entre nous, c'est trop dangereux...*

Je secoue la tête.

— Ray ne saura rien, je te le promets.

À travers la fenêtre du salon donnant sur l'impasse qui serpente entre les maisons du quartier, j'aperçois une berline rouler au pas puis s'arrêter devant chez Grace. Je reconnais l'énorme damier bleu et jaune de la police anglaise qui orne les flancs du véhicule. Je tends le cou vers l'avant pour mieux distinguer et je peux voir deux policiers en uniforme s'extirper de la voiture.

— La police est devant chez toi, Grace, lui dis-je d'une voix douce.

Elle prend une profonde inspiration et se lève. Elle replace une mèche de cheveux qui obstruait son visage angélique et me tend la main.

— Tu veux bien m'accompagner ? Je ne me sens pas de les recevoir seule.

Surprise par la requête, je hausse les épaules et me lève à mon tour.

— Pas de problème, Grace, allons-y.

5

Mardi 8 mars, 9 h 02

Le premier policier se présente comme l'inspecteur Connors. Son visage a la peau noire comme l'ébène et affiche une mine blasée, comme s'il allait recevoir la centième déposition de sa journée. Son uniforme ajusté et la façon dont il se tient le rendent séduisant. Tout l'inverse de son acolyte que Connors présente comme le sergent Davis. À l'évocation des grades, j'essaie d'établir une correspondance avec ceux de la police américaine, mais je n'y parviens pas. La seule chose évidente est que Connors dirige le binôme.

Grace s'avance. Je me tiens un peu en retrait et le sergent Davis fait de même. Connors salue Grace d'un geste de la main et j'ai l'étrange impression que les deux se connaissent. La voix de Grace interrompt le flot de mes pensées :

— Messieurs, je vous invite à me suivre, dit-elle.

Elle déverrouille sa porte et entre à l'intérieur de la maison tandis que les deux policiers lui emboîtent le pas. Je reste là, sans bouger, sans savoir quoi faire puis, avant que l'inspecteur Connors franchisse complètement le seuil, Grace ressort et m'adresse un regard interrogateur.

— Tu viens ? me demande-t-elle.

Connors tourne la tête vers moi et je le fixe en écarquillant les yeux, manière de lui montrer que je ne sais pas ici comment réagir. Il hausse les épaules et disparaît à l'intérieur. *OK, je vais donc assister à tout ça.*

Le salon est entièrement à l'image de Grace : il est décoré sobrement et avec goût, et chaque babiole posée sur les meubles de designers doit coûter une fortune. Au fond, une immense toile abstraite aux couleurs ternes habille un mur en briques blanches qui s'élève jusqu'au faîte. Un grand canapé muni d'une méridienne trône au centre de la pièce et Grace s'y assied. Elle tapote le revêtement en velours à sa droite dans un geste que j'interprète comme une invitation à la rejoindre. Par acquit de conscience, je fais quelques pas en avant et me retourne vers les deux policiers qui sont restés debout, devant une commode laquée de couleur noire.

— Ça ne vous dérange pas si je...

— Asseyez-vous, m'interrompt Connors d'un ton sec.

Il extirpe un petit carnet à spirale de la poche avant de sa chemise et se lance sans préambule :

— Vous nous avez appelés car votre fille a disparu entre hier soir et ce matin, c'est ça ?

Grace attend que je prenne place à côté d'elle et répond :

— Oui, c'est exact.

— Quand avez-vous vu Serena pour la dernière fois ? enchaîne l'inspecteur.

Tiens, il connaît le nom de sa fille ?

— Il ne s'agit pas de Serena... c'est... Keira, ma toute première.

Les sourcils de Connors forment deux accents circonflexes au-dessus de ses yeux, mais, en dehors de ça, sa mine reste figée et impassible.

— Keira… Bathgate ? demande-t-il, la mine de son stylo collée au papier, prête à écrire.

— Euh… non, balbutie Grace.

Je me tourne vers elle dans l'espoir de lui adresser un regard de compassion, pour la soutenir dans cette épreuve, et j'entrevois une petite larme qui se forme au coin de son œil.

— Elle n'a pas le même nom de famille que moi, reprend-elle.

Grace renifle et Connors s'empresse de s'engouffrer dans la brèche.

— Keira comment, dans ce cas ?

Un long moment de pause s'installe dans la grande pièce. Grace s'est figée et son expression semble trahir sa gêne. Connors soupire et commence à montrer des signes d'impatience. Je trouve son attitude assez déplacée, Grace est ici une victime et les faits qu'elle veut révéler ont la gravité que représente une jeune femme en danger. *Est-ce que les flics sont tous comme ça, ici, complètement blasés comme si tout leur passait au-dessus de la tête ?*

L'inspecteur se tourne vers son collègue et lui jette un regard. Il se garde bien de laisser son visage prendre une quelconque expression, mais je sens qu'il a l'impression de perdre son temps. Il reporte son attention sur Grace qui baisse désormais les yeux. Je pose une main sur les siennes, croisées sur ses cuisses.

— Est-ce que vous pouvez me donner le nom de famille de votre fille, madame Bathgate ? demande Connors de sa voix grave.

Grace marque un temps d'arrêt avant de répondre :

— Non…

— Je ne saisis pas très bien, madame Bathgate. Il s'agit bien de votre fille, n'est-ce pas ?

Les mains de Grace se crispent et forment deux petits poings.

— Oui. Je l'ai eue très jeune. Et j'ai dû…

Les émotions la submergent à mesure que les souvenirs remontent à la surface. Elle ne tient plus et s'effondre en larmes. Impuissante, je lève les yeux vers les policiers et leur lance un regard contrit. J'entends le discret soupir de Connors avant qu'il ne reprenne la parole. *Ce flic n'a-t-il donc pas de cœur ?*

— Reprenons, madame Bathgate, fait-il, la voix finalement un peu plus douce. Quand avez-vous vu Keira pour la dernière fois ?

La respiration de Grace est saccadée, mais je vois qu'elle fait tous les efforts du monde pour contenir son chagrin et répondre aux policiers. Au bout d'une longue minute, elle sèche ses quelques larmes et s'éclaircit la gorge.

— Je… Hier. Hier soir, dans la nuit.

— Vous pouvez être plus précise ?

Grace approche une main de sa bouche et tousse dans son poing.

— Elle a débarqué dans la nuit, à l'improviste, reprend-elle, vers 1 heure du matin.

Connors griffonne sur son carnet et laisse Grace enchaîner.

— Son mari a eu une violente dispute avec elle et l'a battue. Elle s'est enfuie de chez elle et m'a appelée dans la foulée pour savoir si je pouvais l'accueillir. Elle n'avait nulle part où aller. Elle est arrivée en taxi et je suis sortie pour régler la course, car elle n'avait pas d'argent.

— Vers 1 heure du matin, donc, vous en êtes certaine ?

— 1 h 08 exactement. Je me souviens de l'heure précise parce qu'à ce moment-là, le voisin, monsieur Spielmann, rentrait seulement chez lui. Je me rappelle avoir regardé l'heure sur mon téléphone et m'être dit que ça faisait tard pour un homme de son âge. Il m'a saluée d'un geste de la main, j'ai payé le chauffeur de taxi et Keira et moi sommes rentrées.

Le talkie-walkie de Connors crachote une salve d'informations inaudibles et je sursaute intérieurement. Son visage change d'expression et il tend l'appareil à son collègue qui quitte aussitôt la pièce.

— Très bien, madame Bathgate, conclut l'inspecteur. J'ai bien pris note de tout et je ferai un signalement dès mon retour au poste. Entre-temps, si vous avez le moindre contact avec Keira, n'hésitez surtout pas à nous le signaler.

Il extirpe une carte de visite de sa poche, la dépose sur le meuble derrière lui et marche vers la sortie en nous saluant. *Quoi ? C'est tout ? C'est ça, la police anglaise ?*

Alors que Grace reste figée, les yeux dans le vide, mon sang se met à bouillir et je bondis hors du canapé.

— Je reviens ! Attends-moi ici, dis-je à Grace avant d'accélérer le pas jusqu'à l'extérieur de la maison.

Connors et son sergent viennent de faire claquer leurs portières et, mue par une colère sourde, je me précipite vers leur véhicule avant qu'il ne démarre. J'assène trois coups du plat de la main sur la fenêtre côté conducteur et je peux voir la mine agacée de Connors alors qu'il tourne le visage vers moi. Il abaisse la vitre et, à peine à mi-parcours, je tonne :

— Vous partez comme ça ? Vous n'avez même pas pris la description de Keira !

Le plus calmement du monde, Connors prend une grande inspiration et me demande :

— Vous connaissez bien Grace Bathgate, madame… ?

— Perkins. Eleanor Perkins, réponds-je.

Au contraire de celui du policier, le ton de ma voix ne s'est pas calmé du tout.

— Vous la connaissez bien, madame Perkins ? répète-t-il.

Je marque une pause, je suis prise au dépourvu, j'hésite presque. Je ne vois pas ce que ce détail vient faire dans cette affaire. Je secoue cependant la tête en négation.

— J'ai emménagé dans le quartier il y a six mois environ, déclaré-je.

— Je me disais aussi... Votre petit accent américain, fait-il en esquissant un rictus condescendant.

— Qu'est-ce que ça change ? rétorqué-je du tac au tac. On essaie de vous expliquer qu'une jeune femme a disparu et qu'elle a un mari violent qui risque de la mettre en danger, ça ne vous...

— Écoutez ! me coupe-t-il d'une voix étrangement posée. Nous sommes appelés pour ce genre d'incident presque deux fois par an. Madame Bathgate est connue de nos services, de façon plutôt négative malheureusement. Je sais que vous voulez bien faire et que vous avez à cœur de la soutenir, mais je vous donne un conseil : restez en dehors de tout ça.

6

Mardi 8 mars, 9 h 41

Rester en dehors de tout ça ? Qu'est-ce qu'il raconte ? Je fronce les sourcils. Je suis abasourdie. *Connue des services ?* Je secoue de nouveau la tête et ne lâche rien.

— Une jeune femme a disparu, son mari la bat, ça ne vous suffit pas ? demandé-je, incrédule.

Connors soupire et jette un coup d'œil furtif sur sa gauche à son collègue, alors que leur radio crachote de plus belle.

— Madame, nous sommes appelés sur une autre affaire plus grave. Si vous…

— Quoi ? Vous pensez que Grace fabule ?

Je me rends compte après coup que j'ai presque hurlé. Je devrais me reprendre un peu, et considérer que je parle à la police. Je n'ai aucune intention de tester la patience de l'inspecteur Connors. L'ombre qui passe sur son visage me rappelle les bornes dans lesquelles je dois me contenir. Je recule d'un pas pour lui rendre un peu d'espace et lui faire comprendre ma volonté de me calmer.

— Madame Perkins, Grace Bathgate n'a, de toute évidence, pas toutes ses capacités de discernement. Son haleine sentait l'alcool et il y avait une boîte de Stilnox entamée sur la table basse. Je ne vous fais pas un dessin.

— C'est moi qui lui ai servi un verre tout à l'heure pour faire face à son état de choc, réponds-je pour la défendre.

Et pour la boîte de somnifères, je me garde de lui dire que j'en ai aussi une sur ma table de chevet, sans que cela fasse de moi une affabulatrice.

— À 9 heures du matin ? ironise-t-il.

Je reste silencieuse et le fusille du regard. Il hausse les épaules et reprend :

— Vous n'avez manifestement pas l'air d'être au courant, mais madame Bathgate a eu quelques petits problèmes par le passé et, comme je vous le disais, nous sommes régulièrement dérangés pour des broutilles et je pense que l'argent du contribuable pourrait être utilisé à meilleur escient.

J'ouvre la bouche, mais aucun son ne sort. Connors pose une main sur le volant et une autre sur le bouton pour remonter sa vitre.

Je tends les bras et agrippe fermement le carreau. Connors lève les yeux au ciel et stoppe la fermeture. Je sens que je l'agace et qu'il est sur le point de craquer, aussi je prends ma voix la plus douce.

— Écoutez… Vous avez raison, je ne connais pas plus que ça Grace Bathgate, mais j'ai vu la détresse dans ses yeux et je pense, contrairement à vous, qu'elle est parfaitement lucide. Elle a peur pour sa fille. Mettez-vous à sa place. (Je fais un geste vers la maison derrière moi.) Elle vous a dit que le voisin l'avait aperçue hier soir lorsqu'elle est sortie pour régler le taxi. Allez au moins vérifier cette information !

Un talkie-walkie grésille dans l'habitacle et Connors souffle tandis que son collègue secoue la tête.

— Vous avez des enfants, inspecteur Connors ? fais-je dans une ultime tentative.

Le policier se raidit et relève le menton. Je peux apercevoir les ailettes de son nez pulser sous l'effet de l'exaspération.

Il tourne enfin le visage pour me faire face et déclare :

— Je vais passer voir le voisin. Vous êtes contente ? Faites-moi le plaisir de rentrer chez vous et de nous laisser faire notre travail.

Je recule et lève les bras au ciel pour le laisser s'extirper de son véhicule et marcher en direction de la propriété des Spielmann. Après quelques pas, l'inspecteur se retourne et m'observe. Je comprends, dans son regard noir, que je dois rentrer chez moi.

Je m'exécute et me poste tout de même à la fenêtre pour observer la scène.

Connors passe le petit portillon et s'approche de la porte d'entrée. Il est suivi de près par le sergent Davis qui a collé son talkie-walkie contre sa bouche et le range maintenant à sa ceinture.

L'inspecteur presse le bouton de la sonnette, pose les mains sur ses hanches et pivote dans ma direction. Par réflexe, je m'accroupis sur-le-champ et cache le peu de mon visage qui dépasse du rideau. Dans l'interstice laissé entre le tissu et la fenêtre, je continue à espionner.

La porte s'ouvre sur un homme bedonnant aux cheveux blancs et à la barbe négligée. Harvey Spielmann réajuste ses lunettes rondes sur son nez et opine du chef quand Connors lui parle. L'instant d'après, le vieil homme secoue négativement la tête et hausse les épaules. Connors passe une main dans ses cheveux crépus, puis adresse un geste de la main à son interlocuteur comme s'il était désolé. La porte se referme et les deux policiers font demi-tour.

Au moment de s'engouffrer dans la voiture,

Connors jette un nouveau regard dans ma direction, son visage fermé exprime toute sa colère.

Je m'adosse au mur et me laisse glisser sur le sol. La conversation expéditive entre Connors et le voisin me laisse perplexe.

Ce flic a peut-être raison, je ne connais finalement pas Grace…

7

Mai 2003, dix-neuf ans plus tôt

Lawanda réajusta la cravate de Bob et le fixa longuement, le sourire aux lèvres. La lueur de son regard pétillait comme aux premiers jours. Après trente ans de mariage, c'était la première fois que le couple prenait du temps pour célébrer sa longévité. Bob avait réservé une table dans le restaurant le plus chic de la ville, un italien tenu par une famille d'origine mexicaine qui avait repris l'affaire en l'état et n'avait pas changé le concept. Au moins, on pouvait y manger avec des couverts. Tout ce qui importait pour Lawanda, c'était de se retrouver en tête à tête avec son Bob qu'elle trouvait toujours aussi beau, malgré une calvitie bien entamée, auréolée de cheveux que le gris avait uniformisés. Elle avait craqué pour ce visage poupin aux joues rebondies et ce sourire éclatant qui lui rappelait les acteurs de ses films préférés. Pour l'occasion, Bob avait troqué sa salopette en jean contre le costume trois-pièces qu'il s'était payé pour la cérémonie de leur renouvellement de vœux. Les yeux de Lawanda brillaient d'ailleurs de la même façon que lors de cette journée enchantée. Ce souvenir était gravé dans sa mémoire.

Lawanda se rendit au salon et trouva Eleanor, assise sur le canapé, en train de regarder des clips sur une chaîne de musique en continu.

— Où est encore passée ta sœur ? demanda-t-elle.

Melody apparut soudain au sommet de l'escalier, la mine agacée.

— Je suis là, c'est bon ! lâcha-t-elle avant de soupirer bruyamment.

— Je ne sais pas à quelle heure Bob et moi serons de retour. Je compte sur toi pour mettre Eleanor au lit avant 22 heures.

Eleanor leva les yeux vers Lawanda.

— Vous êtes au courant que je suis dans la pièce ? Tu peux me le dire directement, tu sais ?

— C'est ta sœur qui s'occupe de toi ce soir, pour une fois, dit Lawanda.

Eleanor fixa Melody de ses yeux en amande :

— Je suis assez grande pour me garder toute seule !

La grande sœur leva les yeux au ciel et lâcha :

— C'est bon, 22 heures, j'ai compris, vous pouvez aller dîner tranquilles.

Et ils avaient quitté la maison, une légère appréhension qui avait pris la forme d'un petit nœud dans l'estomac pour Lawanda et d'un tic facial pour Bob. C'était la première fois qu'ils laissaient les deux filles toutes seules. Pendant des années, la maison avait grouillé d'enfants de presque tous les âges, les plus grands s'occupant des plus petits, et personne ne se retrouvait seul bien longtemps, aucune pièce ne restait vide plus de quelques minutes. Ce furent des années difficiles pour Bob et Lawanda, pour la solidité de leur couple, mais l'amour reçu en retour et le sentiment d'accomplissement effaçaient toutes les épreuves passées et les réduisaient à l'état de petits tracas du quotidien. Désormais, il ne restait plus que Melody et Eleanor, et, dans moins de deux ans, Bob et Lawanda prendraient leur retraite. Ils vendraient la maison et utiliseraient le peu qu'elle valait pour voyager vers le sud, là où le temps était plus clément et où ils pourraient couler leurs vieux jours en minimisant l'effet de l'humidité et du froid sur leurs rhumatismes.

Ce soir-là, Melody et Eleanor avaient convenu de regarder un film d'horreur avant que la plus jeune des deux filles — de seulement trois années — ne montât se coucher. — Je me fous que tu ne dormes pas avant 22 heures, avait dit Melody à Eleanor. Je veux juste que tu sois au lit dans ces eaux-là. Tu pourras lire, fais juste en sorte qu'on ne voit pas de lumière depuis la fenêtre de ta chambre quand Bob et Lawanda rentreront.

On était samedi soir et Melody avait d'autres projets que celui de jouer les baby-sitters. Elle devait retrouver Angela et Chuck devant la vieille épicerie sur College Avenue un peu avant 23 heures, et ils rouleraient une vingtaine de minutes pour changer de comté et acheter de la bière dans un magasin de vins et de spiritueux. Chuck avait presque dix-huit ans et il avait emprunté la vieille Honda de son frère ainsi que sa carte d'identité, Angela ayant remarqué que les deux garçons se ressemblaient comme deux gouttes d'eau et que Chuck passerait facilement pour un gars de vingt et un ans.

Après le film, Melody attendit que le rai de lumière sous la porte de la chambre d'Eleanor s'éteignît et elle gagna la salle de bains pour se changer et se maquiller. Elle savait avoir un peu forcé sur le khôl, mais Chuck l'avait complimentée sur son regard un jour qu'elle jugeait en avoir trop mis. Il fallait qu'elle jouât tous les atouts, d'autant plus que Chuck passerait d'abord chercher Angela et que la garce allait avoir le privilège de partager un peu plus de temps en compagnie du beau jeune homme.

Melody regarda l'heure sur le poste radio près de la douche et acheva de se préparer. Elle retourna à pas feutrés dans sa chambre pour y prendre un sac à main et quelques dollars, puis elle descendit l'escalier en tâchant de se faire la plus légère possible. Elle connaissait par cœur ces satanées marches : la troisième et la toute dernière en partant du haut grinçaient affreusement. Elle prit soin de les enjamber et se retrouva très vite au rez-de-chaussée, devant la grande porte d'entrée.

Une fois sur le perron, elle hésita. Si elle verrouillait la serrure, Eleanor serait bloquée à l'intérieur en cas de problème. Elle se fit la réflexion qu'elle pourrait toujours passer par une des fenêtres, mais, même si elle était certaine qu'il n'arriverait rien de grave, il ne fallait pas tenter le diable. Elle dévala l'escalier en pierre qui menait au porche devant l'entrée et s'engagea sur le trottoir.

La rue était déserte, plongée dans le noir. Les talons de ses bottines claquaient sur le trottoir et le son se réverbérait sur les murs des maisons endormies.

Quelques mètres en amont, vers Bruce Street, elle dépassa un pick-up Chevrolet à la carrosserie rouillée, garé le long du trottoir d'en face. Elle ne remarqua pas l'homme qui se tenait assis derrière le volant, une cigarette à la main. Le bout rougeoyant de sa Pall Mall light forma un timide halo de lumière incandescente qui éclaira le visage anguleux du conducteur. Mais Melody était déjà loin, un sourire accroché à son visage à la pensée de Chuck.

8

Mardi 8 mars, 14 h 10

Le nez collé sur l'écran de mon ordinateur, je relis le maigre paragraphe que j'ai bataillé à écrire depuis ce matin quand j'entends sonner à la porte. Après que les policiers sont partis, je n'ai pas eu le courage de retourner chez Grace affronter la vérité. Je lui ai passé un coup de fil et ai prétexté une urgence. J'ai bien senti dans sa voix l'impression que je l'abandonnais à mon tour. Mon cœur s'est fendu en deux, mais je n'ai pas le choix, je dois me laisser un peu de temps pour ingurgiter tout ça et réfléchir à la meilleure conduite à adopter.

On insiste à la porte et je présume que c'est Grace qui revient vers moi après que je l'ai laissée sans nouvelles pendant des heures.

Je vais ouvrir et, à ma grande surprise, je tombe nez à nez avec Simon, le mari de Grace. Ses traits sont tendus et il n'attend pas que je lui permette d'entrer et pénètre chez moi d'un pas décidé. Il est là, au milieu du hall, les bras écartés comme s'il allait tenir une conférence.

— Eleanor, je suis désolé de ce qui s'est passé ce matin. Je sais que tu as essayé de venir en aide à Grace, mais, je t'assure, il vaut mieux pour elle que tu restes en dehors de cette histoire.

Ses mots sont comme une rafale de mitraillette que je me prends en pleine face sans vraiment comprendre.

— Hein ? réponds-je en fronçant les sourcils.

— Cette histoire de fille disparue... C'est... Comment dire ? fait-il en se tenant le menton. Ça remonte à loin...

Son visage s'assombrit aux souvenirs douloureux qui remontent à la surface. Il y a quelques secondes, il était conquérant et dominateur et, maintenant, on dirait un petit enfant qui vient de quitter les jupons de sa mère. Il se gratte le cuir chevelu et soupire.

— Je ne sais pas si je devrais te dire ça, mais ça t'aidera sûrement à comprendre la situation compliquée dans laquelle nous sommes.

— Veux-tu t'asseoir ? lui proposé-je.

Il secoue la tête et enchaîne :

— Au début de notre relation, nous avons essayé d'avoir un enfant et Grace a fait une fausse couche. C'était assez tard, sept mois environ, et ça a été une véritable épreuve pour nous... et encore plus pour elle. Elle a fait une grosse dépression pendant quasiment un an, mais a été très bien suivie et, à peine quelques mois après avoir remonté la pente, elle était déjà enceinte de Tom. Deux ans plus tard, nous avons eu l'immense bonheur d'accueillir Serena dans nos vies.

Il marque une pause pour me fixer. Son regard bleu azur me provoque un léger frisson de malaise.

— Juste après la naissance de Serena, reprend-il, Grace a fait une rechute. Il paraît que ça arrive souvent avec le flux abondant d'hormones. Parfois alors de vieilles blessures se rouvrent. Elle a essayé de minimiser la gravité de son état, sûrement pour nous préserver, et s'est mise à boire. Avec les médicaments qu'on lui avait prescrits, le cocktail était détonnant. Elle ne voulait pas revoir la thérapeute qui l'avait suivie jusque-là et encore moins mon oncle qui est pourtant le médecin de ma famille depuis que je suis enfant et en qui j'ai toute confiance. J'ai essayé de l'aider, mais elle ne voulait rien entendre, si bien que j'étais complètement démuni. Alors, je l'ai laissée se débrouiller seule. Une de ses amies lui avait conseillé un psychothérapeute d'un nouveau genre qu'elle a voulu tester. Je ne m'y suis évidemment pas opposé, puisque je voyais notre famille sombrer et j'aurais tout accepté pourvu qu'elle aille mieux. C'est là que... Je veux bien m'asseoir finalement, me fait-il en passant une main sur son visage.

J'acquiesce et lui indique le canapé. Il s'installe à l'endroit exact où se tenait sa femme quelques heures plus tôt. J'attrape une chaise et m'assieds en face de lui.

— Je t'écoute, lui dis-je alors que le silence devient trop pesant à mon goût.

Il s'éclaircit la gorge et reprend :

— Grace a donc vu cette psychothérapeute et, au bout de quelques séances, elle lui a prescrit une méthode un peu particulière pour faire le deuil de l'enfant qu'elle avait perdu. Pour elle, Grace n'avait pas pu refermer la blessure provoquée par cet évènement tragique et il était temps qu'elle le fasse, à son rythme. Elle lui a conseillé de donner un nom à l'enfant qui aurait dû naître, à le matérialiser dans ses pensées, à faire comme s'il était là, vivant parmi nous, et, lorsqu'elle serait prête, elle pourrait le laisser partir. Pour ça, Grace a acheté une grosse bougie qu'elle laissait allumée toute la journée et qu'elle éteignait le soir avant d'aller se coucher. C'était censé symboliser la présence de l'enfant. Souvent, elle se recueillait devant la petite flamme dansante et pouvait passer des heures à l'observer. Une fois que toute la cire a été consumée, je suppose qu'elle a laissé partir notre fille en esprit et qu'elle a pu en faire le deuil.

J'enregistre tout ce que vient de me dire Simon et tente de comprendre, mais je n'arrive pas à faire le rapprochement avec ce que m'a raconté Grace ce matin. Comme s'il lisait dans mes pensées, il reprend :

— Je pense qu'elle a fait une rechute. Ça fait un petit moment que je la trouve plus distante et elle a repris ses calmants. Je crois que la disparition dont elle parle, la fille qui s'est volatilisée, n'est autre qu'une résurgence de son trauma passé. Tout comme elle l'avait fait après la naissance de Serena, elle a de nouveau matérialisé la fille que nous aurions dû avoir. Quand elle a trouvé la maison vide à son réveil, elle a réellement cru que celle-ci s'était volatilisée.

Je repense à l'intervention de la police, tout à l'heure ; dans les yeux de l'inspecteur Connors brillait cette même lueur, un mélange entre pitié et indifférence.

— Les policiers m'ont dit qu'ils étaient appelés deux fois par an pour des interventions de ce genre, est-ce que…

— Lorsque Grace commence à mélanger l'alcool et les médicaments, me coupe-t-il, c'est le genre de choses qui arrivent. Une fois, c'est une présence dans la maison, une autre, elle pense qu'on a enlevé un de nos enfants. Quelques semaines avant que vous n'emménagiez ici, elle s'était enfermée dans la cave et avait appelé les secours, car elle était persuadée qu'un violeur se baladait dans le quartier. Il n'y avait rien, évidemment.

Je ne trouble pas le silence qui s'installe entre nous en attendant que Simon reprenne, mais il se tait. J'ai tout à coup de la peine pour cet homme à qui tout a souri dans la vie. Il est bien né, sa femme est sublime, ses enfants sont des gravures de mode doublées de petits génies qui réussissent haut la main leurs études, mais il a fallu que la tragédie frappe le couple et que le château de cartes s'effondre. Son histoire résonne avec la mienne. Je sais que tout peut basculer en un instant, qu'il suffit d'une seule seconde pour que le monde s'arrête de tourner. Des picotements irradient mon dos et je sens un nœud se former dans mon estomac. Je secoue la tête pour éloigner les démons du passé et brise le silence :

— Qu'est-ce que je peux faire, Simon ? demandé-je.

— Continue à soutenir Grace comme tu l'as fait, mais reste en surface, ne t'implique pas trop. En aucun cas il ne faut se laisser embarquer dans ses délires, sinon elle ne pourra jamais refaire surface.

Les mots de Simon rebondissent dans mon esprit. Ce qu'il me demande est assez paradoxal : je dois être là pour Grace tout en restant éloignée pour ne pas la conforter dans ses hallucinations. Un peu compliqué, mais soit.

— Je vais faire de mon mieux, promis-je.

— Merci, Eleanor, me dit-il en tendant le bras pour me toucher l'épaule de la main. Je sais que c'est difficile à comprendre, mais je t'assure, cette fille n'existe pas ailleurs que dans l'esprit de ma femme.

Simon me fixe longuement et, comme je sens que notre conversation n'ira pas plus loin, je me lève et il m'imite. Il se dirige lentement vers la porte d'entrée et je lui emboîte le pas pour le raccompagner.

Après que nous nous sommes salués, une question surgit dans mon esprit. Je plisse les yeux et l'interpelle alors qu'il s'éloigne.

— Simon ?

— Oui ? fait-il en se retournant.

— Votre fille, celle que Grace a perdue avant d'avoir Tom, quel nom alliez-vous lui donner ?

Il ne répond pas tout de suite et ses yeux s'embuent légèrement.

— Clémentine, répond-il d'une voix presque inaudible avant de tourner les talons et de continuer sa route.

Un frisson me parcourt alors que le prénom tourne dans mon esprit.

Qui est donc cette Keira dont Grace a parlé ce matin ?

9

Mardi 8 mars, 19 h 10

Dans sa chambre d'adolescent, Craig Chaney met en pause son jeu vidéo et consulte sa boîte mail.

L'excitation le saisit lorsqu'il aperçoit le pictogramme indiquant un nouveau message et qu'un rapide coup d'œil lui confirme que c'est le même expéditeur que l'étrange e-mail qu'il a reçu trois mois plus tôt. C'était un message anonyme — si l'on excepte l'adresse, mais Craig savait mieux que quiconque qu'il avait été envoyé depuis un serveur chiffré et impossible à retracer — qui soulevait beaucoup de questions. En substance, ce message lui enjoignait de bien observer le couple qui avait emménagé dans le quartier près de trois mois plus tôt. Que venaient faire des Américains dans cette ville, certes bourgeoise et prisée depuis une décennie, mais loin de l'attraction et de l'effervescence de Londres ? Pourquoi les Perkins avaient-ils l'air de vivre deux vies en parallèle ?

Depuis le balcon de sa chambre, Craig peut facilement observer la maison de Raymond et Eleanor et, lorsqu'il le gagne pour fumer un joint d'herbe, il ne se prive pas d'y jeter un coup d'œil. C'est ce qu'il a fait hier soir, une demi-heure avant minuit, et il a clairement vu Raymond Perkins bécoter une nana dans une voiture garée au bout de la rue. Et il a repensé au mystérieux message qu'il a reçu trois mois auparavant. Si le couple est séparé, pourquoi venir s'installer dans une maison à Cobham ? Craig aurait pu comprendre cette démarche s'ils avaient eu des enfants. Ses propres parents avaient vécu une mauvaise passe pendant près de deux ans et il n'était pas dupe. Il avait bien remarqué que son père découchait et, malgré ça, ses parents étaient restés ensemble et, en tout cas, jouaient le jeu devant lui. En l'absence d'enfants connus, Craig a du mal à imaginer les raisons pour lesquelles le couple Perkins jouerait la comédie, mais il doit bien exister une explication plausible qu'il s'échine encore à trouver.

Au beau milieu de cette nuit-là à travers un coin de sa fenêtre, Craig a même pu apercevoir le mari sortir de la maison quelques heures à peine après être rentré de son rendez-vous adultérin. *Qu'est-ce qu'il pouvait bien foutre ?* Craig a observé ça de loin, l'esprit encore embrumé par tout le THC qui circulait dans son sang et il n'a pas eu le courage de se confronter à la fraîcheur de la nuit en se rendant sur son balcon pour mieux regarder.

Les flics ont fait le déplacement dans le quartier de Craig aujourd'hui et voilà qu'il reçoit un nouvel e-mail envoyé depuis cette étrange adresse électronique. Ça ne peut pas être une coïncidence. L'adolescent regarde le joint qu'il vient de se rouler et secoue la tête lentement. Il ne veut pas être défoncé pour lire le contenu du message, d'autant plus que ses entrailles lui prédisent de nouvelles révélations. Il a un instinct pour ça.

Il clique sur le message et remarque la présence d'une pièce jointe. Le message s'ouvre aussitôt grâce à une connexion Internet très haut débit qu'il a dû batailler auprès de ses parents pour obtenir.

Le scan d'un article de journal s'affiche. Craig peut même percevoir le grain du papier jauni. Il date de 2003 et a été édité par le *Jonesboro Sun*, un journal de l'Arkansas. Au centre de la page, une photo en noir et blanc illustre le court texte. Craig peut y voir un couple qu'il estime avoir l'âge de ses parents, la cinquantaine, poser devant une maison de style colonial qui ressemble un peu à la sienne, à côté d'une jeune fille assise dans un fauteuil roulant, la tête penchée sur le côté. La légende indique : « de gauche à droite, Robert L. Clarkson, Lawanda Clarkson et Eleanor Perkins ».

Le regard de Craig fait des sauts frénétiques entre le nom de la fille et la photo. Il se remémore la première fête des voisins à laquelle ont assisté les Perkins. C'était une soirée organisée par madame Griffith, la petite veuve qui habite la dernière maison au bout de l'impasse, et qui a lieu une fois par an et chaque fois que de nouveaux habitants débarquent dans le quartier. Craig est certain d'avoir entendu Eleanor Perkins parler de son enfance dans l'Arkansas, lorsqu'elle discutait avec ses parents. C'est précisément le fait que leur maison ressemble à celle dans laquelle elle a vécu étant jeune qui lui a fait aborder le sujet. Craig se rappelle qu'il avait trouvé Eleanor très sexy avec sa longue chevelure presque rouge, ses pommettes saillantes et son menton légèrement en avant qui lui donnait beaucoup de charme. Il avait craqué sur ses lèvres charnues et sa bouche dessinant une expression toujours un peu triste, et, après quelques verres de jus d'ananas qu'il avait agrémentés en cachette de rasades de rhum blanc, il s'était même surpris à avoir un début d'érection en observant l'Américaine de loin.

Il lui paraît peu probable qu'il existe deux Eleanor Perkins ayant vécu dans une maison de style colonial comme la sienne dans l'Arkansas. Même si, il doit l'admettre, les États-Unis sont un immense pays en comparaison du sien.

Intrigué, il lit l'article avec attention et découvre les raisons tragiques pour lesquelles l'Eleanor Perkins de la photo s'est retrouvée en fauteuil roulant. Le fait divers rapporté lui glace le sang.

Sous le document scanné, une seule et unique phrase apparaît dans le corps de l'e-mail. Elle est écrite en capitales d'imprimerie :

« QUI EST LA VÉRITABLE ELEANOR PERKINS ? »

10

Mardi 8 mars, 19 h 05

Je n'ai pas réussi à travailler de la journée. Après la venue de Simon, je n'ai fait que ressasser les évènements de ce matin. Et le flot de mes réflexions m'a inévitablement poussée à m'intéresser à ce qui a pu se passer la nuit dernière. Je ne sais pas encore quoi penser des explications de Grace. J'ai instinctivement envie de la croire, mais la réaction de l'inspecteur Connors ne trompe pas ; il paraît évident que Harvey Spielmann n'a ni vu ni fait signe à Grace la nuit dernière. Je repense à tout ce qui m'est arrivé de mon côté : le mauvais rêve, Ray qui ne répond pas à son téléphone et débarque tout habillé dans la maison comme s'il était de sortie au beau milieu de la nuit. *Est-ce que, moi aussi, j'ai été victime d'une hallucination ?*

Je jette de nouveau un œil à l'heure qu'affiche mon téléphone portable. Je suis sur le canapé du salon, je me suis servi un verre de vin blanc sec qui n'est pas assez frais à mon goût et j'ai un livre à la main. Je lis la même ligne depuis des heures sans arriver à me concentrer. Tout ce que j'attends, avec anxiété, c'est l'arrivée de Ray. Il ne devrait pas tarder. Il n'est pas du genre à faire des heures supplémentaires, surtout dans ce job qu'il a dégoté peu de temps après notre arrivée en Angleterre. Il travaille dans une salle de sport en périphérie du centre-ville, à quelques minutes en voiture et il a eu tout le mal du monde à s'intégrer dans l'équipe déjà en place depuis des années, d'autant qu'il a pris la place de l'ancien manager. Un Yankee qui donne des ordres est assez mal vu par ici.

Je replonge dans mon roman sans y accorder plus d'intérêt, comme pour me donner une contenance, et, soudain, j'entends la voiture de Ray qui approche et la porte automatique du garage qui s'ouvre. Quelques secondes plus tard, Ray apparaît dans l'embrasure de la porte et son regard surpris se pose sur moi.

— Tu m'as fait peur ! lâche-t-il.

Je corne la page de mon livre et le referme sur mes genoux.

— Tu ne devineras jamais, dis-je, tout ce qui s'est passé en l'espace d'une seule matinée. Toi qui trouvais le quartier trop calme…

Il lève un doigt en l'air pour m'informer qu'il m'écoute, même s'il fait quelque chose d'autre en même temps, et se dirige vers notre cuisine ouverte, droit vers le frigo duquel il sort une bière fraîche. La vue de mon verre de vin à moitié vide lui a certainement lancé le signal qu'il peut m'accompagner. De retour dans le salon, il attrape un tabouret haut et se place en face de moi. Il est si éloigné que j'ai l'impression qu'il passe une audition dont je serais la seule juge.

— Raconte, me dit-il enfin.

— Grace, la voisine, a débarqué ce matin en pleurs pour m'annoncer que sa fille avait disparu dans la nuit.

Ray écarquille d'étonnement les yeux qui forment désormais deux billes blanches aux centres noirs.

— C'est la grande blonde qu'on a vue un week-end ? Sarah, c'est ça ?

— Serena, le corrigé-je. Mais non, pas elle. D'après ce que dit Grace, il s'agirait de la toute première fille qu'elle aurait eue quand elle était plus jeune, avant les deux enfants qu'on connaît, bien avant même de connaître Simon.

— Pourquoi précises-tu « d'après Grace » ? demande-t-il en décapsulant sa bière.

Il boit une gorgée, puis fait claquer ses lèvres et inspire bruyamment. C'est un tic que je déteste chez lui, mais je prends sur moi. Après tout, je ne vais pas subir sa compagnie toute ma vie. Tout est une question de patience.

Alors qu'il reprend une gorgée, je précise :

— Simon est venu me voir cet après-midi et il dit que tout ce que raconte Grace n'existe que dans sa tête. Les policiers qui sont venus prendre sa déposition avaient une attitude étrange également. C'est après coup que j'ai compris.

— Les flics ont fait le déplacement ? s'étonne-t-il. Et comment sais-tu comment ils se sont comportés ?

Aïe, je vois déjà où va me mener cette conversation.

— J'étais avec elle lors de sa déposition, lui dis-je.

Il bondit de son siège si précipitamment qu'un peu de bière coule sur le parquet.

— Qu'est-ce qui t'a pris ? On doit faire profil bas ! Surtout toi. Et si les flics viennent fouiller, hein ?

Je secoue la tête. Quelque part, il a raison, mais son ton condescendant m'horripile. Il fut un temps où cet homme aurait exécuté tous mes ordres. J'évacue toutes ces pensées et me recentre sur le moment présent.

— Elle était en proie à la panique, dis-je enfin,

elle m'a simplement demandé de rester avec elle pendant qu'elle était interrogée.

Je marque une pause pour laisser le temps à Ray de se rasseoir et je reprends :

— Les flics n'ont pas fait grand-chose de toute façon, ils n'ont rien cherché à creuser et ils sont repartis comme ils sont venus. Apparemment, ils ont l'habitude d'intervenir chez les Bathgate.

Ray paraît un peu plus rassuré, mais je perçois que l'inquiétude persiste dans son regard. Il se gratte le menton et essuie la commissure de ses lèvres d'un revers de sa main.

— Essaie juste de rester éloignée de ce genre d'histoire, dit-il en soupirant.

— C'est exactement ce que m'a dit le mari de Grace.

— Tu vois, on est deux à te le dire.

Il termine sa phrase et se lève dans l'intention de quitter la pièce. Son ton légèrement supérieur m'agace et je ne compte pas le laisser partir comme ça.

— Il y a quelque chose qui m'intrigue tout de même, Ray, lui lancé-je.

Il pivote sur lui-même et me fixe.

— Je t'écoute.

— Que ce soit vrai ou pas, Grace a raconté que sa fille était venue chez elle vers 1 heure du matin et, quelques heures plus tard, en pleine nuit, j'ai cherché à te joindre, mais tu ne répondais pas à ton téléphone.

— Qu'est-ce que tu insinues ? dit-il en me fusillant du regard.

— Rien. Je dis juste que je me demandais où tu étais.

— Hein ? Je t'ai dit que j'avais entendu du bruit dans le jardin et que j'étais sorti. Toi aussi, non ? Je n'ai pas rêvé ?

— Ce qui m'étonne, c'est que tu étais totalement habillé quand je t'ai croisé.

Ray secoue la tête et son visage affiche une expression coincée entre l'incrédulité et la colère. Il tapote sa tempe avec son index à plusieurs reprises.

— C'est quoi ton problème ? Tu voulais que je sorte à poil ? Je ne comprends pas ce que tu veux me faire dire.

— Tu sais pourquoi on est ici, tous les deux, Ray ? Si tu avais entendu des bruits suspects dans le jardin, tu t'y serais précipité sans prendre le temps de te vêtir complètement, jusqu'à lacer tes chaussures jusqu'en haut. On aurait dit que tu étais habillé comme pour sortir en ville… ou que tu en revenais.

— Hein ? hurle-t-il en écartant les bras et en renversant encore plus de bière sur le sol. Je rêve ou tu me fais une crise de jalousie ? Tu penses que je suis ressorti d'ici en pleine nuit ? Arrête le vin avant d'aller te coucher, ma pauvre ! Tu débloques complètement ! Pourquoi je cacherais un truc pareil ?

Il a raison, je ne sais pas vraiment où je veux aller avec cette accusation. J'ai juste la fâcheuse tendance à m'accrocher au moindre détail, c'est ce qui fait ma force. Et quelque chose me dit que Ray a agi de façon étrange hier soir. Je ne prétends pas qu'il y ait un lien entre l'éventuel enlèvement d'une jeune femme en pleine nuit et les allées et venues suspectes de Ray, mais je trouve la coïncidence étrange. J'ai besoin de tirer tout ça au clair.

— Ray, regarde-moi dans les yeux et dis-moi qui prend le temps de bien lacer ses Caterpillar, d'enfiler une chemise, de la boutonner jusqu'en haut et de la rentrer dans son jean dans une situation d'urgence ?

Je me lève et m'approche de lui lentement pour scruter la moindre expression de son visage.

— Tu m'emmerdes ! Je ne sais pas quoi te dire. J'ai entendu du bruit, je suis sorti, qu'est-ce que tu veux de plus ? hurle-t-il.

Ses yeux sont injectés de sang, ses traits sont durs

et verrouillés et je sens qu'il a envie d'éclater sa bouteille de bière au sol pour mettre un point final à cette conversation.

— Je veux que tu me dises la vérité ! fais-je en m'approchant encore plus, jusqu'à être à quelques centimètres de lui.

Il soupire puis secoue la tête frénétiquement avant de poser violemment sa bouteille sur l'îlot de la cuisine. Le verre claque sur le carrelage du plateau et de la mousse jaillit du goulot. Il s'éloigne en direction de sa chambre, chacun de ses pas faisant trembler le sol.

Je suis abasourdie. Je ne peux pas imaginer une seule seconde qu'il puisse mettre un terme à notre conversation de cette façon, comme un enfant qui part bouder dans sa chambre.

Alors que je marche lentement vers le canapé en soupirant, j'entends Ray dont la démarche, toujours aussi bruyante, résonne dans le petit couloir qui relie sa chambre au salon.

Je me retourne et le vois foncer vers moi, un objet rectangulaire à la main. Pendant une fraction de seconde, je crois qu'il va se jeter sur moi et me frapper. Mon cœur fait un bond dans ma poitrine, mais ma stupeur est encore plus grande quand je comprends ce qu'il apporte avec lui.

— Si tu veux tout savoir, grogne-t-il, quand j'ai entendu du bruit dans le jardin, je me suis précipité dehors et j'ai vu une silhouette qui s'échappait par-derrière. J'ai couru, mais j'ai très vite compris que je ne la rattraperais jamais. Alors, je suis revenu ici, j'ai enfilé mes chaussures et des habits, et je suis retourné à l'endroit où j'avais vu l'intrus. Après quelques secondes d'inspection, j'ai trouvé ça.

Il brandit l'objet au-dessus de sa tête. Ses yeux me lancent des éclairs. Il tient dans sa main crispée un livre à la couverture noire et épaisse, et à la tranche dorée.

— Je ne voulais pas t'en parler, mais tu me pousses à bout. Voilà pourquoi je suis retourné dans le jardin, habillé comme si j'allais en ville, comme tu dis ! Pour aller chercher ça !

Il fait claquer le livre sur la table basse et manque de renverser mon verre de vin. Furieux, il disparaît de la pièce aussi bruyamment qu'il est arrivé. Il me laisse seule au beau milieu du salon, seule pour inspecter un livre qui a été abandonné dans notre jardin.

Le titre de l'ouvrage me glace le sang et mes mains commencent à trembler. Je comprends désormais pourquoi Ray voulait m'épargner ça.

Ce livre est le pire présage que je pouvais recevoir ici après tout ce temps.

C'est un recueil de poèmes de Robert Frost.

11

Mai 2003, dix-neuf ans plus tôt

Eleanor et Melody avaient visionné le film *The Ring*. Et maintenant, Eleanor se retrouvait seule dans sa chambre. Elle regrettait amèrement d'avoir insisté pour louer ce DVD, car les ombres projetées par sa lampe de chevet découpaient désormais des formes inquiétantes sur les murs de sa chambre. Elle avait, de surcroît, entendu sa sœur se préparer dans la salle de bains avant de sortir furtivement de la maison. Elle ne lui en voulait pas et l'idée de rapporter tout ça à Lawanda et Bob ne lui aurait jamais effleuré l'esprit, mais, en l'occurrence, elle déplorait le fait d'être abandonnée à elle-même dans cette grande maison dont tous les craquements et les grincements commençaient à lui jouer des tours.

Elle dut faire un choix entre l'obscurité totale et les silhouettes effrayantes qui la surplomberaient et éteignit finalement la lumière. Elle garda les yeux ouverts de longues minutes à scruter la noirceur du plafond, puis roula sur le côté et enfonça la tête dans son gros oreiller.

Au premier bruit inhabituel, le duvet à la base de son cou se hérissa. Il y avait parfois des écureuils qui trouvaient le moyen de se faufiler dans un espace entre deux tuiles, et elle se rassura par cette idée, mais les sons provenaient de beaucoup plus bas.

Un cliquetis métallique, cette fois. Elle en était certaine désormais, ça venait de l'entrée. On actionnait la vieille poignée de la porte. Le bruit du pêne se décalant dans la serrure résonna dans le hall, amplifié par le silence.

Les sens en alerte, Eleanor releva le buste et tendit l'oreille. Les bruits étouffés de la circulation au loin s'engouffrèrent subrepticement à l'intérieur et se répandirent dans tout l'étage inférieur comme une nuée de moucherons silencieux. Le parquet de l'entrée craqua et la progression des pas s'arrêta. Aucun doute à présent, quelqu'un s'était introduit dans la maison. Si c'était Melody qui avait oublié quelque chose, elle n'aurait pas fait autant d'effort pour dissimuler sa présence. Certes, elle avait fait en sorte de ne pas éveiller l'attention de sa sœur quand elle était sortie, mais ce n'était rien comparé à la façon beaucoup plus furtive avec laquelle l'inconnu était entré. Ses mouvements s'interrompaient au moindre bruit, comme pour les laisser s'évaporer avant de reprendre.

Le cœur d'Eleanor accéléra jusqu'à lui permettre d'entendre son sang marteler ses tempes, les salves couvrant les sons étrangers provenant d'en bas. Toutes sortes de scénarios tourbillonnaient dans son esprit et perturbaient son discernement. Il fallait qu'elle reprît son calme avant d'agir. Elle ferma les yeux, ajoutant de l'obscurité à l'obscurité, et prit une profonde inspiration. Elle réitéra la manœuvre plusieurs fois avant de se mettre de nouveau à écouter le vide.

Une marche de l'escalier craqua.

Eleanor savait que la troisième et la dernière grinçaient de la sorte. Elle pria pour que ce soit la troisième et prit son courage à deux mains pour courir dans le couloir en direction de la chambre parentale. Tant pis si ses pas frappaient les lattes du plancher aussi fort que des coups de marteau, il n'y avait pas une minute à perdre. Arrivée dans la pièce au bout du corridor, elle se jeta sur le sol et tendit les bras pour attraper quelque chose sous le lit.

Des bruits de chaussures claquaient dans l'escalier et elle put distinguer une respiration forte et lente.

Ses mains parcoururent à tâtons le sommier poussiéreux, exactement sous le côté du lit où dormait Bob. Enfin, ses doigts effleurèrent une bande de chatterton, ce qui lui fit pousser un soupir de soulagement qui fut très vite suivi par un redoublement de son rythme cardiaque. Elle approcha son autre main et arracha vigoureusement l'adhésif qui maintenait en place un objet lourd et métallique.

La froideur du fusil à pompe qu'elle tenait dans les mains la rassura.

Elle traversa le couloir au pas de course et se posta en haut de l'escalier. Sans attendre une seule seconde, elle lâcha la glissière du fusil pour approcher sa main de l'interrupteur.

Elle alluma puis braqua le canon devant elle, en visant le milieu des marches. La lumière jaune de l'ampoule nue au-dessus de l'homme éclaira son visage. Ses traits étaient burinés, à l'image de ceux soumis trop longtemps aux aléas du ciel, sa peau avait l'aspect tanné des marins pêcheurs et le bonnet au bord roulé qu'il portait accentuait cette image. Le regard de l'intrus croisa le sien et, plus rapidement qu'un battement de cils, elle pressa la détente.

La salve étincela dans la pièce comme l'explosion d'un feu d'artifice. Le recul provoqué par le tir déséquilibra Eleanor qui dut faire un pas en arrière pour reprendre son équilibre. Le canon de l'arme avait effectué un mouvement en arc de cercle vers le haut et pointait désormais une cible quelque part entre le bord d'une des fenêtres du salon et le plafond.

L'homme s'était accroupi à une vitesse prodigieuse et, en l'absence de cri de sa part, la fillette supposa que la gerbe de plombs avait manqué son but. Son visage se tordit en une grimace d'effroi et des larmes naissantes brouillèrent sa vue. Elle actionna la pompe pour recharger le fusil, mais il était trop tard.

Elle sentit une force incroyable tirer sur le canon en direction de l'escalier et emporter tout son corps dans l'élan du mouvement. Les fractions de seconde qui suivirent défilèrent au ralenti, exactement comme dans une des scènes du film d'horreur qu'elle venait de voir quelques heures plus tôt. Mais Eleanor n'était pas une actrice et la chute vertigineuse qu'elle subissait était bien réelle.

L'action passa du ralenti à l'accéléré. En l'air, au-dessus de la volée de marches, elle lâcha le fusil, tendit les deux bras en avant dans l'espoir d'amortir un peu le choc, mais tout alla trop vite pour qu'elle pût contrôler quoi que ce fût. Elle avait l'impression de se trouver dans un immense tambour de machine à laver qui prenait soin de broyer chacun de ses os, un par un. C'est son poignet gauche qui se fractura en premier, puis ce fut au tour de son menton de se fendre en deux sur l'arête d'une marche et, lorsqu'elle sentit son corps se contorsionner et ses jambes passer par-dessus sa tête, elle vit sa vie défiler. Une série de déflagrations détonèrent dans sa tête et une immense douleur se diffusa dans tout son corps, ankylosant ses membres jusqu'à lui couper la respiration.

Elle aurait préféré que ce réflexe de vie s'arrêtât et que son sang s'intoxiquât au dioxyde de carbone rapidement. Au lieu de ça, alors qu'un inconnu l'observait du haut des escaliers de sa propre maison, Eleanor se retrouvait étendue sur le sol, son corps tordu dans un angle impossible, essayant en vain de faire bouger ses doigts et ses pieds, priant pour que la mort vînt la délivrer.

12

Mardi 8 mars, 19 h 39

Craig a relu l'article du *Jonesboro Sun* des dizaines de fois. Il sait qu'on le prend pour l'ado rebelle de service, le gosse de riche qui s'ennuie dans sa petite vie de bourgeois et qui trouve refuge dans les drogues douces pour que le monde lui paraisse plus lisse et qu'il reste éloigner des problèmes du quotidien. Craig voudrait leur montrer à tous qu'il n'est pas du tout ce que les gens pensent de lui, à commencer par ses parents. Il se dit qu'il y a une raison si ces messages lui sont adressés à lui en particulier. Il se prend à croire qu'il est une sorte de justicier élu par des forces supérieures, que quelqu'un, quelque part, veut lui montrer le chemin, lui indiquer la route à suivre vers son destin.

Il relit une dernière fois l'unique phrase de l'e-mail, puis l'article qu'il commence à connaître par cœur. Il a tourné le problème sans cesse dans sa tête et ne voit pas d'autre issue. Les faits s'emboîtent comme les pièces d'un puzzle et n'importe qui tirerait la même conclusion que lui.

Un couple d'étrangers s'installe dans son quartier, le mari semble mener une double vie et effectue des allées et venues mystérieuses au beau milieu de la nuit et, par-dessus le marché, Grace Bathgate prétend que sa fille a disparu. À ce sujet, Craig a d'abord cru qu'il s'agissait de Serena — pour qui il a toujours un faible, même si ce n'était pas réciproque —, mais il a surpris une conversation entre ses parents qui paraissait suggérer le contraire.

Craig en est resté confus, mais aujourd'hui, son instinct lui dit qu'il peut justement apporter à cette affaire un élément décisif : la voisine de Grace n'est pas Eleanor Perkins pour qui elle se fait passer. Et il a une preuve irréfutable.

Depuis qu'il a reçu le message, son joint est resté caché dans un des tiroirs de son bureau et il ne l'a pas touché. C'est la première fois depuis deux ans qu'il passe autant de temps sans fumer. Il n'a plus de doute, il a été investi d'une mission qu'il doit mener à bien. Il va révéler la vérité et, peut-être, aider à résoudre une sordide affaire, voire sauver une vie.

Déterminé, il imprime l'article puis le plie soigneusement en deux. Il enfile sa grosse veste et visse une casquette sur sa tête ; c'est décidé, il va se rendre chez les Bathgate et les mettre en garde contre celle qui usurpe l'identité de la véritable Eleanor Perkins.

13

Mardi 8 mars, 20 heures

« C'est là que je l'ai vu », dit Ray en pointant du doigt une zone du jardin entre la cabane et le petit portillon qui sépare le terrain des Bathgate du nôtre.

Un frisson glacial me parcourt la nuque quand je réalise que c'est à cet endroit exact que j'ai aperçu l'ombre, la nuit dernière. Je n'ai donc pas sombré dans la folie.

L'image du recueil de poèmes de Robert Frost noue douloureusement mes entrailles et Ray remarque ma mine décomposée.

— Ça va ? demande-t-il en faisant un pas vers moi.

Je hoche la tête puis ferme les yeux quelques instants pour chasser la vague de souvenirs qui obscurcit mon esprit et altère mon discernement. *Ce n'est pas ce que tu crois*, me dis-je. *C'est un simple canular, une blague de mauvais goût. Il y a neuf chances sur dix que quiconque faisant une recherche sur Robert Frost tombe sur tous les détails de l'affaire. Les informa-*

tions sont facilement disponibles. Ce qui m'inquiète, c'est le fait que quelqu'un sache que je suis ici en Angleterre. C'est absolument impossible.

Je ne veux pas être la seule à porter ce fardeau, aussi je m'adresse à Ray :

— Le livre, où était-il ?

Ray pose ses mains sur ses hanches et pivote d'un quart de tour.

— La silhouette a couru dans cette direction, déclare-t-il en accompagnant ses mots d'un index pointé droit devant lui. Elle a sauté par-dessus le portillon et j'ai cru voir un objet tomber au sol. Je me suis précipité à ses trousses, mais elle avait complètement disparu. Je suis retourné à l'intérieur pour m'habiller et suis revenu ici pour fouiller l'herbe. J'ai vu que c'était un livre. C'est seulement une fois rentré que j'ai lu le titre.

— Et tu ne m'as rien dit ? demandé-je froidement.

— Mon téléphone n'arrêtait pas de sonner, j'ai vu que c'était toi, j'avais ce putain de livre à la main, j'ai un peu paniqué et je l'ai planqué sous mon matelas, fait-il en mimant tout ce qu'il décrit.

Ma mâchoire se contracte, mon estomac se crispe.

Comme je ne dis rien, Ray pousse un long soupir et se gratte la tête. Il a l'air sincèrement désolé.

— Je ne sais pas quoi te dire. Je pense que c'est un plaisantin qui veut s'amuser à te faire peur. Je ne voulais pas que tu t'inquiètes pour rien.

— Tu aurais laissé ce bouquin sous ton lit, sachant tout ce qu'il représente, sans rien faire ?

Il fronça les sourcils et fit un mouvement de recul brusque avec sa tête, comme s'il venait d'encaisser un coup de poing.

— Tu me vexes, là ! Tu me connais, tu sais très bien que j'aurais enquêté et que je t'en aurais parlé si c'était sérieux.

— Et si ça ne l'était pas ?

— J'aurais brûlé le bouquin avec le prochain tas de feuilles mortes.

— Sans rien me dire ?

— Pourquoi t'inquiéter inutilement ? me demande-t-il en levant les paumes vers le ciel.

— Il y a beaucoup d'autres choses dans le genre que tu me caches, Ray ?

Il souffle par le nez avec exaspération. Je suis peut-être allée trop loin, mais j'ai besoin de savoir, tant le sujet est grave.

Il secoue la tête vigoureusement sans dire un mot, mais je n'en ai pas terminé avec lui.

— Absolument personne ne sait qu'on est ici, Ray, reprends-je. Comment une chose pareille a-t-elle pu se produire ? Tu es d'accord avec moi, ça ne peut pas être une coïncidence ?

Nouveaux mouvements de tête de gauche à droite.

— Je ne comprends pas plus que toi, c'est pour ça que je voulais d'abord tirer cette affaire au clair. Avant d'éventuellement t'en parler.

— Tu dois bien avoir une théorie ? Je t'écoute, fais-je en croisant les bras sur ma poitrine.

En toute logique, Ray n'est pas censé en savoir plus que moi à propos de cet incident, mais puisque c'est lui qui a trouvé le livre, que c'est lui qui a couru après l'intrus et que c'est à sa seule version que je suis obligée de me fier, je lui laisse cette responsabilité. La balle est dans son camp.

— Je ne sais pas, fait-il en passant sa main dans ses cheveux épais comme si la réponse s'y trouvait. J'ai un œil sur le jeune qui vit plus loin dans la rue.

— Craig Chaney ? fais-je en plissant les yeux.

— Ouais, l'ado qui fume des joints en cachette sur le balcon de sa chambre.

— C'est ça, ta piste ? Oh, mon Dieu ! Il fume des joints, il doit être coupable, Monsieur le Procureur ! lâché-je en grossissant la voix.

— Il nous espionne. Tu n'as pas remarqué comme il t'a observée toute la soirée, lors de la fête des voisins ? Depuis, je l'ai à l'œil. Il pense peut-être qu'on ne le voit pas, il est sûrement trop défoncé pour ça, mais moi, je le vois.

— Comment pourrait-il savoir qui on est ?

Ray marque une pause, mais je sens qu'il s'est déjà fait sa petite idée sur Craig Chaney. Ses doutes datent certainement de la fameuse soirée organisée par madame Griffith.

— Je me suis déjà un peu renseigné sur lui. Apparemment, il a déjà un casier judiciaire. Vol et recel de données, intrusion dans des sites gouvernementaux, ce genre de choses.

Un hacker, tiens donc !

— Et alors ? Ça ne peut pas tout expliquer, dis-je pour défendre ce pauvre adolescent.

— Non, c'est vrai, mais ça peut expliquer qu'en quelques clics, il ait très bien pu découvrir qui tu es. Une recherche avec les bons mots-clés et on peut retrouver ta tête dans une dizaine de journaux.

Je hausse les épaules. Tout ça me paraît un peu trop tiré par les cheveux. Comme si Ray lisait dans mes pensées, il enchaîne :

— Tu préfères peut-être la seule autre explication possible, celle où…

— Arrête-toi là, Ray ! le coupé-je en haussant le ton. Épargne-moi cette théorie fumeuse, je sais ce que tu vas dire.

Je n'ai pas envie de ressasser le passé et d'imaginer le pire.

Soudain, l'image de Grace en pleurs me revient et son histoire de disparition force mon esprit à établir des connexions qui, j'en suis sûre, paraîtraient complètement farfelues à n'importe quel enquêteur digne de ce nom. Cette histoire de recueil de poèmes de Robert Frost a totalement biaisé mon jugement.

Je reste figée au milieu du jardin, le regard plongé dans le lointain. Ray me connaît bien, il sait que lorsque je suis comme ça, il vaut mieux me laisser tranquille. Il lève un bras au ciel de dépit et retourne à l'intérieur.

Une légère brise fait virevolter une mèche de mes cheveux et la peau de ma nuque se tend sous l'action du froid. Une tache mouvante dans le coin de mon œil droit attire soudain mon attention. Je tourne la tête et, entre deux cyprès, au-dessus du petit portillon en bois, j'aperçois une silhouette vêtue d'un bas de jogging et d'un bomber extralarge progresser jusqu'au perron des Bathgate. C'est Craig Chaney. Il tient à la main une feuille pliée en deux.

Je recule d'un pas pour disparaître de son champ de vision et me décide à rentrer.

— Quand on parle du loup ! lâché-je à l'attention de Ray qui se fait réchauffer un plat au micro-ondes.

— Eh bien ? fait-il.

— Ton coupable idéal vient de se rendre chez les Bathgate. Craig.

— Merci, j'avais compris, répond-il sur le tintement de fin de la minuterie du four.

Il s'attable sur l'îlot central et allume l'*iPad* calé dans un support devant lui. Le message est clair, il veut manger seul. Je ressens un léger pincement au cœur. Même si je ne suis pas d'accord avec lui et si j'estime qu'il ne doit rien me cacher, je ne souhaite pas que la situation s'envenime à ce point entre nous. Il a un comportement étrange ces derniers temps et il faut qu'il comprenne que ça n'est pas pour me rassurer. Nous nous devons protection, mutuellement, lui encore plus que moi. Il ne peut pas ignorer tout ce que nous avons vécu, il n'a pas le droit de tout balayer d'un revers de main.

Je considère le canapé et mon livre posé sur la table basse, puis me convaincs de présenter des excuses à Ray. Je ne sais pas très bien de quoi je dois me faire pardonner, mais il faut parfois savoir mettre de l'eau dans son vin.

Je n'ai pas le temps de faire deux pas qu'on frappe à la porte avec vigueur. Ray, qui est le plus proche de l'entrée, se retourne et s'essuie le coin de la bouche avant de se lever.

Nouvelle salve de coups lourds contre le panneau de bois massif.

À peine Ray a-t-il entrouvert la porte que Grace fait irruption à l'intérieur. Ses yeux sont rouges de tristesse et de colère, son visage affiche un air furieux et elle pointe un doigt accusateur sur moi. De l'autre main, elle brandit une feuille blanche que la copie d'un article de journal au fond jaunâtre remplit presque en entier.

La qualité est mauvaise et la distance qui me sépare de Grace rend la lecture difficile, mais la photo en noir et blanc placée au centre provoque une décharge électrique dans tout mon être. J'ai l'impression soudaine que mon cœur fait une chute vertigineuse dans le vide. Mes jambes sont molles et mon regard s'embrouille. Mes oreilles bourdonnent, mais à travers les pulsations du sang dans mes tempes, je perçois les cris de Grace.

— C'est toi qui as enlevé mon bébé ! C'est toi ! hurle-t-elle.

14

Mardi 8 mars, 20 h 30

J'ai réussi à calmer Grace et à l'installer dans le canapé du salon. J'ai bien cru qu'elle allait en venir aux mains. Heureusement que Ray s'est très vite interposé. J'ai débouché ma meilleure bouteille de vin blanc comme un gage de réconciliation. Je la conservais pour fêter la fin du livre que je suis en train d'écrire, mais je crois que je me suis fait une raison, ce mémoire est plus une manière de tuer le temps qu'un réel projet.

Je m'assieds à côté de Grace sous le regard scrutateur de Ray qui s'est placé en face de nous sur un tabouret de bar. On dirait un arbitre d'un sport imaginaire qui veille à ce que la partie se déroule bien, sans dérapage.

Grace brandit la copie de l'article et je lui tends un verre de vin. Échange ironique de bons procédés. Mes mains tremblent quand je saisis la feuille. Je sais exactement ce que je vais lire sur cette coupure de presse et, si je voulais m'épargner un plongeon douloureux dans le passé, je sais que je ne devrais pas la lire. Mais je le fais. Plus pour donner un rythme à l'échange et temporiser les choses que par souci informatif.

À la lecture des lignes, une boule dure comme de la pierre se forme dans ma gorge et j'ai tout le mal du monde à retenir mes larmes. Je saisis mon verre et le porte à mes lèvres, en ne parvenant à avaler que difficilement. Je sais que je devrais laisser les digues de la pudeur céder et pleurer toutes les larmes de mon corps, mais face à Grace que je connais depuis à peine six mois, et Ray qui ne connaît pas tous les détails de mon passé, je me retiens.

Grace me dévisage en attendant que je parle. Elle est entrée comme une furie, mais je lui ai promis une explication si elle restait calme et qu'elle m'écoutait. C'est ce qu'elle fait. Le poids de son regard est cependant lourd sur moi et je sens qu'il est temps que je me lance. Je prends plusieurs profondes inspirations avant d'ouvrir la bouche.

— Le couple que tu vois sur cette photo a été ma dernière famille d'accueil, avant ma majorité. Ma mère était une alcoolique incurable et ma demi-sœur et moi avons vécu avec elle jusqu'à ce que nous soyons placées ; j'avais six ou sept ans. Je n'ai jamais connu mon père et celui de ma sœur était très violent avec notre mère. C'est malheureusement un schéma qui se répète dans ce genre de foyers où c'est l'alcool qui dicte les règles.

Je marque une pause pour jeter un œil à mon verre. L'ironie me saute au visage et je n'ose plus boire une goutte de vin. Grace s'est figée dans son geste, elle aussi ; elle croise une jambe par-dessus l'autre et me fixe. Ray, quant à lui, se ronge les ongles des pouces en attendant que tout ça se termine. Il ignore tout ce qu'il va apprendre sur moi.

« Cet article fait référence à une nuit tragique que je ne pourrai jamais oublier. Bob et Lawanda, nos parents d'accueil, étaient de sortie pour fêter leur anniversaire de mariage. Je ne me rappelle plus très bien le nombre d'années, mais je sais que ça faisait une éternité. Une éternité aussi qu'ils ne s'étaient pas octroyé un peu de temps pour eux. Ils allaient bientôt prendre leur retraite et, pendant des décennies, ils avaient accueilli des dizaines et des dizaines d'enfants comme moi, sans famille. Lawanda m'avait dit un jour qu'ils en avaient eu jusqu'à douze en même temps, mais que c'était une autre époque et que les services sociaux étaient devenus beaucoup plus pointilleux au fil des années. Ce soir-là, donc, ils nous ont laissées seules, ma sœur et moi. Nous avons regardé un film et nous sommes montées nous coucher. Mais, pour moi, la soirée n'allait pas s'arrêter là. J'avais prévu de rejoindre des amis : on était vendredi ou samedi, je ne me souviens plus très bien, mais je peux me remémorer l'envie égoïste et irrésistible que j'avais de sortir de cette maison et de vivre une vie d'adolescente normale. »

Je pose la feuille de papier sur la table et je m'aperçois que je l'ai tenue si fermement que je l'ai froissée. Le silence dans la pièce est assourdissant, le regard de Grace insoutenable. Je jette un œil en direction de Ray dans l'espoir de trouver un peu de soutien, mais il a plutôt l'air d'écouter ce que je m'apprête à raconter que d'entrer dans le rôle du mari serviable.

Je me suis lancée, je ne peux plus faire machine arrière. Je continue.

« Je suis sortie de la maison pour rejoindre mes amis et je n'ai pas verrouillé la porte. J'ai ressassé ce geste des milliers de fois dans ma tête, mais ce n'était pas un oubli. J'ai délibérément laissé ouvert afin que ma sœur puisse sortir en cas de problème. L'ironie du sort a voulu que ce soit ce fait précis qui a permis au rôdeur de pénétrer chez nous. »

La suite est infiniment difficile à raconter, mais je dois le faire. Je fixe mon regard sur la table devant moi. Les gouttelettes de vin ont dessiné une sorte de couronne sur la paroi du verre, très lentement, avant d'en napper le fond. On pourra dire que j'ai de qui tenir, mais je m'en moque. Je bois finalement deux bonnes gorgées. L'alcool me monte à la tête quelques secondes plus tard et le doux voile qui enveloppe désormais mon cerveau me donne un peu de réconfort. J'imagine que c'est exactement comme ça que débute l'addiction.

— Un voleur s'est introduit dans la maison, reprends-je après avoir reposé mon vin sur la table basse. Ma petite sœur, ma si courageuse petite sœur, savait où Bob cachait son arme et elle a dû se précipiter dans la chambre parentale pour s'en saisir. La suite, on ne la connaît pas bien ; le type n'a jamais été retrouvé et on a eu tout le mal du monde à interroger ma sœur, à cause de son handicap. Un seul coup de feu a été tiré et les secours ont retrouvé ma sœur au pied de l'escalier, la colonne vertébrale brisée en plusieurs endroits, la laissant paraplégique.

Une larme dévale ma joue et Grace tend une main vers moi pour la poser sur ma cuisse. Ce geste pourrait être de douceur, mais, quand je relève les yeux pour observer son visage, je constate que ses sourcils sont toujours froncés.

Je laisse planer un long silence et, sentant que je ne compte pas reprendre la parole, Grace retire sa main et se remonte contre le dossier du canapé. Sa voix déchire la quiétude.

— Cette histoire est très touchante, et mon cœur se serre rien qu'à l'idée de ce que tu as pu endurer, mais je n'arrive pas à connecter tous les points. Pourquoi t'installer dans ce quartier, juste à côté de chez moi, sous une fausse identité ?

Ces mots me font l'effet d'un coup de massue. Malgré ce qu'elle prétend, je ne sens aucune compassion chez Grace et je secoue la tête, incrédule. Je pensais qu'elle avait compris, j'avais tort.

— Ce n'est pas une fausse identité, Grace.

Elle soupire et me coupe dans mon élan en se penchant rapidement en avant pour agripper la feuille.

— Qui ment, alors ? demande-t-elle en martelant de l'index le centre de l'article dans un bruit de papier froissé. Le journaliste qui dit que cette pauvre jeune fille est Eleanor Perkins ou toi qui t'es présentée à nous sous ce nom ?

Je sens de la colère poindre dans sa voix. Avant de m'emporter à mon tour, j'essaie de me mettre à sa place. Son tout premier enfant vient de disparaître, ou du moins le pense-t-elle, et voilà qu'elle découvre que la personne à qui elle s'est confiée, celle qui vit dans la maison voisine et dont les terrains respectifs ne sont séparés que par un petit portillon en bois, lui cache des choses touchant à sa propre identité. Comment aurais-je réagi à sa place ? Je n'en sais rien. Tout ce dont je suis certaine, c'est que je lui dois la vérité. Une partie, tout du moins.

— Eleanor Perkins, la fille sur la photo, c'est elle, ma demi-sœur, c'est elle que j'ai abandonnée à un sort tragique en la laissant seule en pleine nuit dans cette immense maison. Ce n'est pas une fausse identité, c'est la sienne. Il y a six mois, Ray et moi débarquions des États-Unis pour nous installer ici. J'y ai vu une sorte de seconde chance et l'occasion de faire honneur à ma petite sœur, elle qui ne voyagera plus jamais, elle à qui j'ai volé les plus belles années de sa vie, celle que j'ai brisée involontairement. En prenant le nom d'Eleanor Perkins, je redonne une sorte de seconde chance à ce petit bout de femme qui ne peut pas faire le moindre mouvement sans l'aide d'une infirmière et j'aime à penser qu'à travers moi, elle revit un peu.

Alors que mon visage est trempé et que le goût salé des larmes sature mes papilles, l'expression de

Grace demeure perplexe, ses yeux plissés semblent sonder mon âme.

— Ça n'a pas de sens, El… Je ne sais même plus comment t'appeler…

— « Eleanor ». Tant que je vivrai ici, je serai Eleanor Perkins. J'espère que tu peux respecter ça ? dis-je finalement en retrouvant un peu d'aplomb.

Elle semble un peu déstabilisée, mais elle a quelque chose en tête qu'elle a l'air de vouloir clarifier.

— OK, Eleanor, mais ton histoire, aussi triste soit-elle, n'explique pas, en tout cas pas entièrement, le fait d'avoir quitté les États-Unis pour venir t'installer ici, et plus particulièrement dans ce quartier.

Elle croise les bras et recule le buste. Si le canapé avait mesuré quelques mètres de plus, je pense qu'elle se serait assise tout au bout.

Je jette un regard à Ray et tente de lire dans ses pensées. *Est-ce qu'on peut lui révéler la raison de notre présence ici en Angleterre ?*

Soudain, la sonnette retentit et je sursaute. Ray se lève d'un bond et écarte les rideaux de la fenêtre donnant sur la rue.

À travers les carreaux, j'aperçois l'avant d'une voiture de police qui dépasse.

L'instant d'après, j'entends la voix grave de l'inspecteur Connors qui demande à Ray si je suis là. Ray se retourne et me jette un regard rempli d'inquiétude.

La police veut m'emmener au poste.

15

Mardi 8 mars, 21 h 07

La pièce dans laquelle je me trouve est exiguë et sent le tabac froid. Je suis absolument persuadée que l'interdiction de fumer dans les lieux publics a été mise en vigueur il y a au moins vingt ans, mais, quand je baisse les yeux sur le sol et aperçois le vieux parquet, je me dis que les lattes ont dû emprisonner de vieilles odeurs qu'elles libèrent au gré des déplacements d'air.

Je suis assise sur une chaise branlante et inconfortable et, devant moi, sur une table en métal brossé, une tasse en carton remplie de café exhale des volutes de fumée. Je me suis déjà brûlé la langue deux fois en essayant de boire ce liquide bien trop fort pour mon petit palais. Le café américain me manque. Je me demande si c'est vraiment le goût qui m'importe ou sa dimension symbolique. Je suis saisie du mal du pays, voilà tout.

L'inspecteur Connors fait soudain irruption dans la pièce et prend place en face de moi.

— Je vous prie de m'excuser pour l'attente, on est un peu débordés en ce moment, me lance-t-il.

— Je pensais que c'était une technique de police pour m'intimider, réponds-je en lui adressant un petit sourire narquois.

Il reprend un air grave et rétorque :

— Vous n'avez rien fait de grave, madame Perkins. Je ne vous considère pas comme un suspect ou quoi que ce soit de ce genre.

— Alors pourquoi me conduire ici ? demandé-je en saisissant ma tasse par pur réflexe et en me ravisant immédiatement.

— Je dois vous avouer que j'aimerais mettre au clair un certain nombre de choses et j'ai pensé qu'il était préférable qu'on soit en terrain neutre pour discuter. Je vous présente une nouvelle fois mes excuses, car j'ai fait l'erreur de penser que nous pourrions nous entretenir dans un endroit plus accueillant, mais la brigade est sens dessus dessous à cause de l'affaire qui nous occupe en ce moment, et presque toutes les pièces sont utilisées.

Il a l'air sincère. J'accepte ses excuses.

— Je ne voudrais pas vous retenir trop longtemps : je suis sûr que vous avez un meilleur endroit pour passer votre soirée. Mais, depuis ce matin, il y a énormément d'éléments qui s'accumulent et je dois m'assurer que je ne laisse pas passer de détails importants.

Il avance son siège et pose les coudes sur la table en me fixant.

— Monsieur Bathgate nous a fait part de vives inquiétudes concernant sa femme d'une part et, de l'autre, vous concernant.

Je hausse les sourcils d'étonnement et le laisse continuer.

— Il fait partie du syndic de copropriété de votre quartier et a mis au jour plusieurs incohérences. Raymond Perkins et vous, vous êtes bien installés au 2 Cedar Avenue il y a près de six mois, le 12 septembre 2021, est-ce exact ?

— C'est exact.

— Monsieur Bathgate indique que vous lui avez dit avoir fait l'achat de cette maison située juste à côté de la sienne, est-ce encore exact ?

Je marque une pause. Connors est un flic, je devrais lui faire confiance, mais je ne sais pas à quel point je peux encore révéler mes cartes.

— Pas directement, fais-je en bottant en touche.

— C'est bien ce qui me semblait, dit-il. Après une rapide vérification, nous nous sommes aperçus que la maison dans laquelle vous habitez a été achetée il y a plus de dix ans par une société panaméenne et qu'elle n'a accueilli que deux habitants depuis tout ce temps : vous et votre mari.

À l'évocation du mot « mari », ma gorge s'étrangle. Je pense que le café est maintenant à température convenable. Je saisis la tasse et la porte à mes lèvres avant de prendre la parole.

— Vous ne m'avez pas fait venir pour des histoires immobilières, si ?

Je sais qu'au vu de la situation, je devrais éviter les piques sarcastiques de ce genre, mais je ne peux pas m'en empêcher. Je veux faire payer à Connors son attitude de ce matin.

— C'est-à-dire que si on prend ce détail en considération et qu'on ajoute les suspicions au sujet de votre identité, il y a un tableau un peu nébuleux qui se dessine, et il est de mon devoir d'éclaircir tout ça. Surtout quand on est sur fond de possible affaire de disparition de personne.

Mon sang ne fait qu'un tour et je frappe de la main le plateau de la table.

— Ah ! Parce que, maintenant, vous croyez à cette histoire ? C'est tout de même incroyable…

— Gardez votre calme, s'il vous plaît, fait-il en levant les mains devant lui. Je n'ai pas dit que j'adhérais encore à la version présentée par madame Bathgate. Je constate simplement, comme je vous l'ai déjà dit, qu'une image nébuleuse commence à se dessiner, et je n'aime pas ce qui est nébuleux.

J'essaie moi aussi de me figurer la situation et j'en viens à la conclusion que Simon Bathgate préfère alimenter la thèse que sa femme fabule plutôt que chercher la vérité sur cette mystérieuse Keira. Pourquoi est-il allé fouiller dans les archives du syndic pour en savoir plus sur la maison ? Est-ce qu'il sait que Keira existe et qu'elle a vraiment disparu, mais préfère cacher cette information ? Et comment est-il tombé sur cet article datant d'il y a presque vingt ans ? Je suis persuadée que c'est Craig Chaney qui le lui a apporté au moment où nous étions dans le jardin avec Ray en train de retracer les évènements de la veille. Il avait à la main une feuille de papier, et c'est certainement celle que m'a apportée Grace. Par-dessus le marché, elle a débarqué à la maison juste après que Craig s'est rendu chez eux.

Trop de questions tourbillonnent dans ma tête et ça me donne le tournis. J'ai à peine le temps de reprendre mes esprits que Connors revient à la charge.

— Votre passeport indique le nom d'Eleanor Perkins, mais une rapide recherche auprès de nos services nous indique que la seule Eleanor Perkins née dans la ville de Conway dans l'Arkansas n'a jamais quitté le pays.

Et pour cause…

Un frisson électrise ma colonne vertébrale. Je sens la sueur humidifier légèrement mon front. Néanmoins, je ne veux pas lui concéder ce *round* trop vite.

— Qu'est-ce que vous insinuez ? demandé-je d'un ton sec. Que mon passeport est un faux ?

— Oh, non ! répond-il en secouant la tête avant de

se caler sur le dossier de sa chaise. Je n'aurais pas pu le vérifier en si peu de temps. J'empile simplement des briques et c'est à vous de me dire si l'édifice peut tenir ou pas.

Il s'éclaircit la gorge et penche de nouveau le buste au-dessus de la table.

— Vous débarquez des États-Unis il y a six mois et vous emménagez dans une maison que vous prétendez avoir achetée, mais qui appartient en fait à une société obscure qui n'a jamais pris la peine d'installer le moindre locataire en plus de dix années. Vous dites vous appeler Eleanor Perkins, née à Conway dans l'Arkansas, mais la seule personne qui correspond à cette identité n'a jamais mis un pied à l'étranger. De plus, sauf votre respect, sa date de naissance suggère qu'elle est beaucoup plus jeune que vous. Pour couronner le tout, votre voisine fait état d'une jeune fille qui s'est volatilisée dans des conditions mystérieuses la nuit dernière. Vous ne pensez pas que tous les voyants sont au rouge et que les doigts sont pointés sur vous ?

Résumée comme ça, la situation n'est clairement pas à mon avantage, il faut bien l'avouer.

Je reprends une gorgée de ce café au goût trop amer et décide de jouer cartes sur table. Je regarde l'heure sur la grosse horloge au mur et effectue un rapide calcul mental. Il est presque 16 heures en Virginie, tout le monde sera au bureau.

— Je vais vous dicter un numéro de téléphone, dis-je en reposant délicatement ma tasse. Je vais également vous donner une courte phrase à noter ou à retenir. Lorsque la personne au bout du fil décrochera, vous devrez énoncer cette phrase mot pour mot, sans vous tromper, c'est très important. Si on vous demande de répéter, vous devrez le faire, pas un mot de plus, pas un mot de moins, pas de mot parasite. Ensuite, on pourra reprendre cet entretien avec plaisir.

Connors fait un mouvement de recul et fronce les sourcils. Une grimace d'étonnement déforme ses traits.

— C'est quoi ce numéro ? demande-t-il en secouant la tête.

— Celui du FBI.

16

Mercredi 9 mars, 16 h 40

Je n'ai pas écrit une ligne de la journée. J'ai fait des allers-retours entre la cuisine et mon bureau, entre la cafetière et le clavier de mon ordinateur, mais rien de bon n'est sorti. J'ai bien écrit quelques mots, mais je les ai effacés aussitôt. Je pensais pouvoir m'entretenir avec Grace dans la matinée, mais au moment où Ray est parti travailler, j'ai pu l'observer qui quittait sa maison en compagnie de son mari et montait en voiture. Il est cinq heures moins vingt, et ils ne sont toujours pas rentrés. Les choses en sont restées là où nous les avons laissées. Simon Bathgate a de gros doutes à mon sujet et il fait tout pour m'éloigner de sa femme qu'il pense replongée dans un délire psychologique. Grace, quant à elle, pense que je suis liée à la disparition de Keira.

Je serais bien en peine de juger les Bathgate, car moi-même n'arrive pas à démêler le vrai du faux. L'image du jeune Craig a parasité mes pensées toute la matinée, mon esprit ne pouvait pas être à l'écriture. Ray m'a fait part de ses doutes sur lui, mais pourquoi ne m'en a-t-il jamais parlé avant ? *Tu n'as pas remarqué comme il t'a observée toute la soirée, lors de la fête des voisins ?* m'a-t-il dit hier. Tant de questions se bousculent dans mon esprit. Pourquoi Craig est-il allé voir les Bathgate avec ce vieil article de journal ? Et, surtout, comment a-t-il fait pour retrouver cette histoire ? Ray dit qu'il nous espionne, mais dans quel but ? Ce que je n'arrive pas à comprendre, c'est la raison pour laquelle il aurait poussé des recherches aussi loin à mon sujet. Qu'est-ce qui a poussé Craig à vérifier mon identité ? Ça n'a pas de sens. À moins que quelqu'un ne l'ait mis sur la piste, mais qui ?

Je secoue la tête pour faire fuir toutes ces pensées. Si je ne me ménage pas, je vais devenir dingue. Je me lève, rabats l'écran de mon ordinateur sur le clavier et me persuade de ne retourner à mon livre que le lendemain, quand j'aurai l'esprit plus clair.

Je marche vers la cuisine pour déposer ma tasse dans l'évier et je passe devant la chambre de Ray. À travers l'embrasure de la porte entrouverte, j'aperçois du coin de l'œil le livre abandonné par l'intrus qui a pénétré dans notre jardin. Ma respiration se fait plus courte et ma gorge se serre. La vue de ce recueil de poèmes fait remonter la noirceur de certains souvenirs que j'aurais aimé oublier.

J'inspire profondément pour prendre mon courage à deux mains et entre dans la chambre. La lumière déclinante crée une atmosphère orangée. La poussière soulevée par mon arrivée forme des faisceaux presque parallèles au sol en traversant les rayons du soleil. Comme moi, ils semblent fouiller l'espace à la recherche de réponses. Le livre relié à la tranche dorée est posé devant moi, sur la table de chevet de Ray. Du haut de mon mètre soixante-dix, je surplombe l'ouvrage. On dirait qu'il m'appelle à mesure que j'approche.

Je laisse échapper un soupir étouffé et empoigne le

recueil. Je m'attends à ce que sa surface soit électrique, mais il n'en est rien.

Je retourne à la cuisine, là où la lumière est abondante et l'odeur familière, et je pose l'ouvrage sur l'îlot central. Je le fixe attentivement avant d'oser l'ouvrir.

Je parcours toutes les pages plusieurs fois, mais ce livre n'est rien de plus que ce que son titre décrit : un recueil de poèmes de Robert Frost. Je pensais y trouver un message caché ou un indice quelconque, mais non. En tout cas, rien de tout ça ne m'a sauté aux yeux à première vue. Si un message m'est adressé à l'intérieur, il est bien caché.

Mon cerveau commence à se mettre en branle et à émettre des hypothèses, à connecter les points. Si Craig Chaney a su planter des doutes dans la tête de Simon et Grace avec cet article de journal, c'est qu'il a peut-être réussi à trouver ma véritable identité. Après tout, s'il en est arrivé là, le reste du chemin n'est pas bien compliqué à faire. Et si c'est le cas, il a dû garder cette information pour lui, et, soudain, la présence de ce recueil de poèmes dans notre jardin ne m'effraie plus autant. Il n'aurait pas été très compliqué non plus de trouver des informations sur mon passé et de me faire un canular en abandonnant des textes de Robert Frost devant chez moi. Tout est plus ou moins de notoriété publique, presque tout en tout cas, et si on sait où chercher, on peut trouver beaucoup de choses.

Reste à savoir pourquoi ce jeune homme aurait fait tout ça. Pour attirer mon attention ? J'en doute, mais j'ai vu des choses plus étranges. Si Craig est un adolescent mal dans sa peau et l'esprit embrumé par l'addiction, toutes les hypothèses sont possibles.

Le lis les premiers poèmes et une irrésistible envie me prend soudain de trouver le fin mot de cette énigme. Il faut que je parle à Craig. Grâce à ma formation, je pourrai, en quelques phrases bien étudiées, me faire une idée de son profil psychologique. Je veux en avoir le cœur net dès maintenant. J'empoigne le livre et gagne la porte d'entrée. J'enfile une veste et m'engage dans l'impasse qui mène à la maison des Chaney.

Avant d'emprunter l'étroite allée qui serpente jusqu'au perron, je m'arrête quelques secondes pour observer la bâtisse. La ressemblance avec celle de ma dernière famille d'accueil me provoque un pincement au cœur. J'y ai passé les meilleurs moments de ma vie et aussi les pires. Quelle ironie ! C'est dans une maison similaire que le destin de ma petite sœur a basculé. Les années de thérapie n'ont pas réussi à effacer ce sentiment de culpabilité qui me colle à la peau depuis cette nuit d'horreur. Je vis avec comme si je trimbalais un bagage beaucoup trop lourd, mais je ne le laisse plus dicter mes choix. Enfin, j'essaie.

Entre les deux colonnes en bois qui soutenaient l'avant-toit, nous avions installé un hamac que tous les enfants se disputaient, et le plancher du porche était sérieusement attaqué par les termites. Celui des Chaney est parfaitement sain et en tek, et il n'y a pas de hamac qui pend paresseusement entre les deux colonnes.

Arrivée devant la porte, je sonne et mon cœur se met aussitôt à battre la chamade. Quelques secondes plus tard, une sublime blonde au visage immunisé contre les ravages du temps vient m'ouvrir.

— Oh, bonjour, Eleanor ! dit-elle en m'adressant un large sourire aux dents parfaites.

— Bonjour ! Ça va peut-être vous paraître étrange, mais j'aurais aimé m'entretenir avec votre fils. Est-ce que, à tout hasard, vous me le permettriez s'il est rentré ?

J'entends des pas qui approchent, le visage du père de Craig apparaît au-dessus de la chevelure impeccable de sa femme.

— Bonjour Eleanor, intervient-il en accompagnant ses mots du même sourire avenant — ou simulé des milliers de fois.

— Je me demandais si Craig était ici, répété-je, et si vous me donneriez la permission de m'entretenir quelques minutes avec lui.

Helen se tourne vers son mari tout en maintenant fermement sa main droite sur la porte et la gauche sur le cadre. Elle ne m'a pas ouvert complètement et je sens une légère tension dans l'atmosphère. Victor Chaney s'approche à son tour et me lance :

— Craig n'est pas encore rentré, désolé. Puis-je vous demander la raison de votre demande ?

Il ne me propose pas d'entrer. Que leur a dit Craig ? Est-ce qu'eux aussi ont lu l'article du *Jonesboro Sun* et en ont-ils tiré des conclusions hâtives ?

Je marque une pause, puis une idée me vient.

— Je crois que Craig a perdu ceci, fais-je, un sourire barrant mon visage.

Je tends le livre de Robert Frost à Victor et il s'en saisit en fronçant les sourcils.

— Je ne sais pas si c'est pour ses études ou pour sa culture personnelle, mais dans un cas comme dans l'autre, je suis persuadée qu'il sera content d'avoir retrouvé cet ouvrage, enchaîné-je du ton le plus avenant possible.

Les Chaney écarquillent les yeux en parfaite synchronisation. J'aperçois leurs épaules se relâcher et leurs visages reprendre quelques couleurs ; ils ont l'air soulagés.

— Bien, bien, merci, c'est très gentil à vous, me dit le père.

— Vous connaissez Robert Frost ? lancé-je du tac au tac.

Victor Chaney baisse les yeux sur la couverture et secoue la tête.

— Euh, juste de nom, balbutie-t-il. En tout cas,

merci encore pour votre vigilance, nous le donnerons à Craig quand il rentrera.

Sa femme répète un « merci » que j'entends à peine, car j'ai déjà tourné les talons. Je descends la première marche du perron puis les salue d'un geste.

Si, comme le pense Ray, c'est bien Craig qui a laissé délibérément le recueil dans notre jardin, je viens de lui adresser un message fort. *Je t'ai à l'œil, mon gars*. Si ce pauvre jeune homme n'a rien à voir avec tout ça, il aura au moins de quoi se cultiver un peu, ça ne lui fera pas de mal.

À mi-chemin entre chez les Chaney et chez moi, un pressentiment me saisit et je me retourne. Je lève les yeux et aperçois un nuage de fumée blanche comme du coton s'élever au-dessus d'un des balcons de la maison. Un visage lisse se distingue, il est tourné dans ma direction.

Craig, les yeux injectés de sang, m'observe alors que je continue ma progression vers chez moi.

* * *

Mercredi 9 mars, 22 h 15

À travers le pare-brise sale de la voiture dans laquelle il se trouve, Ray peut voir l'immense portail automatique qui délimite l'entrée de son quartier. Il tourne le visage vers Anna et se laisse quelques secondes pour admirer ses traits fins et le vert de ses yeux qui fixent la route devant elle. Il pose la main sur sa cuisse avant de parler :

— Gare-toi sur le bas-côté, juste ici, dit-il en indiquant de l'index une zone de dépose-minute.

— Tu ne veux pas que je te dépose devant chez toi, comme d'habitude ? demande-t-elle en actionnant son clignotant pour se rabattre.

Une pensée traverse l'esprit de Ray : l'image d'Eleanor qui l'attend sagement dans le salon, un livre à la main.

— Non, fait-il en secouant la tête, je vais marcher, c'est gentil.

Il se penche vers Anna pour l'embrasser, leur baiser est plus court qu'à l'accoutumée, et il s'extirpe de l'habitacle. Il récupère son sac de sport à l'arrière et se penche pour adresser un dernier regard à Anna à travers la vitre passager.

— On se revoit vite ! lance-t-il à son intention en accompagnant ses mots d'un geste affectueux de la main.

Il colle son badge magnétique sur un capteur et un des vantaux se met en branle. Sans se retourner, il fait quelques pas et disparaît au loin.

17

Mercredi 9 mars, 22 h 17

— On se revoit vite !

La voix de Ray parvient à Anna, étouffée par la vitre. Elle lui répond avec un sourire feint. Elle prend conscience de l'étrangeté que prend leur relation et que Ray lui cache quelque chose. Cela fait presque quatre mois qu'ils se fréquentent, mais elle n'a jamais pu mettre un pied chez lui. Il lui a dit qu'il était techniquement encore marié, mais que sa femme et lui ne se touchaient plus depuis des années, que c'était juste une question de paperasse et de détails fiscaux à régler. Anna s'est toujours juré de ne jamais se mettre dans une telle situation, et sa meilleure amie l'a également encouragée à s'en détourner à grands coups de discours moralisateurs. Discours qu'elle a balayés d'un revers de la main en prétextant que Ray et elle, c'était différent. Cette pensée fugace pèse légèrement sur son estomac lorsqu'elle s'éloigne du quartier de Ray. Et si c'était la dernière fois qu'elle le voyait ? Elle avait littéralement craqué pour son accent américain et sa douceur cachée derrière sa carrure d'athlète et son attitude brute de décoffrage. La première fois que la main de Ray a effleuré sa hanche alors qu'il lui donnait des conseils de postures sur une machine de musculation, un long frisson électrique a parcouru son corps. Les choses sont allées très vite entre eux, mais tout s'est fait si naturellement que pas une seconde elle n'a pensé au pire ou à creuser cette minuscule intuition protectrice qui lui disait de faire attention. C'était comme le début d'un amour de vacances, celui auquel on s'abandonne volontiers, sans se poser aucune question. Un amour dont on connaît à l'avance la légèreté, un amour qui va vous labourer les entrailles quand il sera terminé, mais qui aura été si intense que le jeu en aura valu la chandelle.

Perdue dans ses pensées, Anna roule vers chez elle. Elle passe à proximité de son restaurant préféré, celui dont la décoration lui fait penser à un café parisien, comme dans le film *Amélie Poulain* et, de nouveau, elle ressent un pincement au cœur. *Arrête de faire ton ado !* se reprend-elle alors qu'elle engage sa Vauxhall sur la pente qui mène à l'entrée de son parking. Il lui faut passer plusieurs fois son badge magnétique devant le dispositif de verrouillage pour que la porte de métal gris daigne s'actionner enfin et qu'elle puisse s'engouffrer dans la bouche noire et béante.

Dans son rétroviseur, les lumières de la ville disparaissent, happées par la fermeture du portail. Alors qu'elle s'engage sur la rampe menant au niveau inférieur, elle croit apercevoir une tache noire obscurcir le dernier rai de lumière éteint par la porte métallique qui s'abaisse. Elle élude cette image et se gare à la place numéro 228. Elle sort du véhicule, récupère son sac sur la banquette arrière et claque sa portière. Les parois de béton renvoient le son brutal et elle jurerait que d'autres bruits s'y sont mêlés. Des bruits de pas. Elle s'arrête pour tendre l'oreille. Seul le grésillement lointain des néons qui éclairent timidement la froideur du lieu lui parvient. Elle reprend sa marche, mais, cette fois, elle entend distinctement le frottement d'un tissu. Elle se retourne et scrute le vide. De part et d'autre de l'allée centrale, des véhicules de tailles et de couleurs différentes se succèdent, laissant parfois des places qui se rempliront plus tard dans la soirée. Mais, dans tout ce décor immobile, seul le silence règne.

Anna accélère le pas jusqu'à la porte métallique rouge de la sortie, récemment repeinte. Lorsqu'elle la franchit, elle se rue dans la cage d'escalier qui grimpe jusqu'à la surface.

Une fois dehors, l'effervescence de la ville la rassure, mais elle ne ralentit pas pour autant son pas jusqu'à son immeuble, à quelques encablures.

La bâtisse Art déco de sept étages se dresse désormais devant Anna soumettant son accès à l'énigme de son code digital. Apaisée par les odeurs familières du hall, elle s'autorise à fermer les yeux quelques instants puis à reprendre une marche normale le long des boîtes aux lettres qui flanquent l'entrée. Pas le temps de relever le courrier. Devant elle, un antique ascenseur attend sagement qu'elle pénètre dans la cage, referme la grille de sécurité et appuie sur le bouton. Anna habite tout en haut de l'immeuble, dans un appartement qui surplombe le petit centre-ville. Le loyer y est bien trop élevé par rapport à la surface habitable, et elle sait que la plupart de ses amies ont fui les prix prohibitifs de Cobham pour se réfugier dans la campagne, mais, depuis bientôt dix ans qu'elle y vit, elle s'y sent bien. La vue est époustouflante, surtout à la tombée de la nuit, lorsque les premiers réverbères s'allument avant que le soleil n'ait perdu son combat contre l'obscurité.

Alors que le vieux mécanisme de câbles et de poulies s'active, elle aperçoit du mouvement à travers le verre fumé de la porte de l'ascenseur. Une tache sombre, mouvante, qui grossit. Quelqu'un approche. La cabine métallique s'élève lentement et elle entend quelqu'un se précipiter sur le bouton d'appel de l'appareil, en vain, puis emprunter l'escalier qui s'enroule autour de la cage d'ascenseur. À travers l'enchevêtrement des grilles qui entourent l'espace exigu, elle ne peut pas bien distinguer de qui il s'agit, mais, qui que ce soit, il progresse dans son ascension au même rythme qu'elle. Le cœur d'Anna accélère, et elle fouille son sac à la recherche de son téléphone portable. Elle fait défiler les contacts jusqu'au numéro de Ray, mais constate que cette cage de Faraday n'autorise aucun réseau.

La silhouette continue de progresser à la même vitesse qu'elle. L'ascenseur est lent, mais elle sait cependant, pour l'avoir essayé, qu'il faut une bonne condition physique et de la détermination pour tenir ce rythme jusqu'au bout.

Au-dessus de sa tête, un cadran à aiguille suit la succession des étages. La première fois qu'elle a visité cet immeuble et observé ce mécanisme désuet, elle s'est crue dans un épisode en noir et blanc de *La Quatrième Dimension*. À cet instant pourtant, il lui paraît effrayant.

Cinquième étage.

Cette personne qui accompagne l'ascenseur ne s'est toujours pas arrêtée. *Où est-ce qu'elle habite, bordel ?*

L'aiguille pointe le six.

L'ombre pousse puissamment sur ses jambes et Anna la voit dépasser l'ascenseur et disparaître de son champ de vision. Les semelles claquent sur les marches de l'antique escalier et résonnent dans tout l'espace. Un frisson parcourt le dos de la jeune femme et son rythme cardiaque s'emballe. Elle sent une sueur froide lui perler sur la peau.

Le son bref et cristallin de la cloche indiquant

qu'elle est arrivée déchire le silence. La peur tenaille de plus en plus ses entrailles et elle examine une dernière fois l'écran de son smartphone. Toujours aucune barre de réseau.

Anna reste quelques secondes immobile. Le son de sa respiration lui paraît assourdissant. La porte de l'ascenseur n'est pas automatique et elle apprécie pour la première fois ce détail, elle qui a tant pesté contre la vétusté de cet appareil qui tombe en panne presque tous les deux mois.

Anna voudrait préparer ses clefs et se précipiter chez elle, mais que se passera-t-il si l'ombre l'attend juste derrière la porte ? Elle se fait peut-être des films et c'est simplement un habitant de l'immeuble qui est rentré chez lui alors qu'elle reste là transie de peur. En proie au doute, elle préfère finalement l'exiguïté et la relative protection de la cabine à un saut dans l'inconnu. Soudain, il lui vient une idée et elle tend un doigt sur le panneau hérissé de boutons ronds en Bakélite, dans le but de presser celui correspondant au rez-de-chaussée.

Mais la porte de l'ascenseur s'ouvre violemment, comme arrachée par une force inconnue. Une main gantée se précipite sur la grille de sécurité et parvient à la tirer à moitié. De l'autre côté, le noir qui emplit le couloir ne permet pas à Anna de distinguer quoi que ce soit, si ce n'est que la silhouette vêtue de noir qui essaie de pénétrer la cage d'ascenseur porte une cagoule.

La vision d'Anna se voile, elle ouvre la bouche pour pousser un cri qui ne veut pas sortir et, par réflexe, fait glisser son pied devant elle pour l'insérer entre les croisillons de la porte-accordéon et ainsi la bloquer. L'ombre exerce une pression qui commence à broyer les orteils d'Anna à travers sa basket. C'est celle d'un homme se dit-elle, sa force et sa détermination sont immenses. Elle ne résistera pas longtemps.

Nouvelle pression. La grille s'entrouvre encore de quelques centimètres au risque de casser les os du pied d'Anna. La jeune femme hurle enfin dans un cri arraché au fin fond de ses entrailles. Celui-ci galvanise l'ombre qui se tente de se glisser entre la grille et la paroi de l'ascenseur sans y parvenir, mais la main gantée réussit néanmoins à attraper le frêle cou d'Anna.

L'agresseur tire violemment la tête de la jeune femme contre la grille et son visage heurte violemment le maillage métallique. Sa mâchoire claque et elle peut sentir le goût du sang dans sa bouche. Les doigts puissants se resserrent sur sa trachée et il ne lui reste plus qu'un mince filet d'air pour respirer. Un voile noir couvre son champ de vision alors qu'elle commence à défaillir. L'homme redouble d'efforts, mais Anna, tentant désespérément de s'extraire de sa poigne, parvient à reculer de quelques centimètres libérant dans ce geste le pied qui coinçait l'ouverture complète de la grille. Le seul rempart qui la protégeait tant bien que mal du forcené n'existe plus. L'homme en profite pour se ruer à l'intérieur et plaquer Anna contre la paroi. Deux puissantes mains enserrant sa gorge, Anna étouffe un râle. Elle sent le sexe de son agresseur contre le bas de son ventre à travers le fin tissu de son legging et une larme dessine un sillon mouillé sur sa joue. Elle halète, hoquette, puis son sang se glace lorsqu'elle comprend que l'homme aurait déjà pu la tuer si tel était vraiment son but. Dans son esprit, les pires scénarios fusent et elle serre la mâchoire. Le temps lui paraît s'étirer à l'infini et elle en vient à prier pour que son agresseur utilise un préservatif si jamais il a l'intention de la violer. Elle en est réduite à ça, à espérer ne pas subir les conséquences désastreuses d'une maladie incurable en plus du traumatisme psychologique dont elle sait qu'elle ne se remettra jamais vraiment.

La tête encagoulée de l'homme s'approche lentement de son oreille, amenant avec elle des effluves musqués. Elle sent le souffle chaud de l'agresseur se faufiler jusqu'à ses tympans. Par réflexe, elle se crispe et serre fermement les paupières dans l'espoir que le temps s'accélère et que ce moment se termine au plus vite. La respiration lourde et profonde de l'agresseur, comme celle d'une bête de trait, lui glace le sang, et elle sent ses poils se hérisser de dégoût.

Soudain, la pression sur elle disparaît, son corps écrasé contre la paroi s'allège et, pour toute réponse à sa stupeur, elle perçoit les échos des semelles qui claquent dans la cage d'escalier.

L'homme a disparu. Elle est saine et sauve. Ou est-ce le calme avant la tempête ? Est-elle réellement sortie d'affaire ?

Comme si les éléments l'avaient entendue, Anna perçoit le craquement d'un orage au loin et le crépitement des premières gouttes de pluie sur la verrière de l'immeuble.

Être en vie ne lui a jamais paru aussi beau.

18

Mercredi 9 mars, 22 h 19

Cette histoire avec Craig Chaney ne me dit rien qui vaille. J'ai l'impression que tout le voisinage, si avenant lors de notre installation dans le quartier, a désormais quelque chose à cacher. Je me fais couler un bain et débouche une bouteille de vin rouge. J'éteins le plafonnier de la salle de bains et opte pour l'éclairage apaisant de bougies que je dispose autour de la baignoire et du lavabo. Les flammes ondoyantes projettent de longues ombres de velours sur les murs, et l'atmosphère de la petite pièce devient instantanément douillette et chaleureuse. Ma robe de chambre en satin glisse le long de mon corps et tombe sur le sol. Au loin, le grondement d'un orage me provoque un frisson et la chair de poule constelle mon corps nu.

Je m'empresse de m'immerger dans l'eau fumante ; je saisis mon livre puis mon verre dont la surface est recouverte de buée. Avant de me plonger dans ma lecture, je savoure une gorgée de liquide pourpre et balance ma tête en arrière en fermant les yeux. Je commence à me relaxer, je sens ma respiration devenir plus profonde et plus lente.

Les premières gouttes d'eau, poussées par le vent, viennent frapper la vitre et c'est la plus délicieuse des sensations que celle d'être à l'abri, bien au chaud dans le confort de son cocon alors que les éléments se déchaînent à l'extérieur.

Le tourbillon de mes pensées s'est totalement calmé et je peux enfin me consacrer pleinement à la lecture de mon roman. Il s'agit de la *Trilogie new-yorkaise* de Paul Auster et je suis totalement conquise par ces nouvelles emplies de mystère dont le genre flirte avec le fantastique. La prose de l'auteur m'embarque pour un voyage que j'espère infini.

Soudain, j'ouvre les yeux et mon cœur fait un bond alors que des bruits me parviennent depuis le rez-de-chaussée. Je me redresse et constate que l'eau est à peine tiède. Mon livre est posé sur le sol au pied de la baignoire et la bouteille est vide aux deux tiers. Combien de temps ai-je dormi ? Je jette un coup d'œil à côté du lavabo où j'ai posé mon téléphone portable, mais l'angle ne me permet pas d'apercevoir l'heure qu'il est. Des pas lourds résonnent dans l'entrée puis dans le salon, et j'entends les marches d'escalier qu'on martèle. La main de l'angoisse se glisse dans mes entrailles et referme sa poigne sur mon estomac.

— Ray ? crié-je d'une voix étranglée par l'inquiétude.

— Oui, c'est moi !

La peur retombe et le poids qui comprimait ma poitrine disparaît instantanément. J'émets un long soupir avant d'avertir :

— Je suis en train de prendre un bain !

Ray semble faire demi-tour et retourner au salon. Le son de sa voix est plus faible désormais.

— OK, je prendrais une douche plus tard !

Dehors, la pluie bat son plein et le vrombissement des orages se rapproche. Je compte bien me replonger dans mon roman depuis le confortable canapé du salon et laisser la place à Ray. Je sors du bain, empoigne un peignoir et allume le plafonnier. Mes yeux se plissent sous la puissance de l'éclairage et je commence à souffler sur les bougies une par une. Alors que l'eau de la baignoire disparaît par le siphon dans un petit tourbillon, j'applique une crème hydratante sur mon visage. Le miroir me renvoie l'image d'une femme fatiguée dont les traits creusés accentuent les cernes. Pendant que je m'applique le soin sur le front et les joues, je perçois une légère agitation en bas puis la voix étouffée de Ray qui marmonne des choses que je ne saisis pas. Il doit être dans sa chambre dont il a fait claquer la porte.

L'instant d'après, je l'entends qui grimpe les marches deux par deux et s'approcher de la salle de bains.

— J'ai… Je ressors, me dit-il, j'ai un truc à régler.

Sa voix est étrange et tremble un peu.

— Tu reviens ici après ? lui demandé-je.

Il marque une longue pause, puis répond dans un balbutiement :

— Euh, non, je… je ne dors pas ici cette nuit.

Il ne peut pas le voir, mais mes sourcils sont froncés et mon visage s'assombrit. Je ne supporte pas qu'il découche. Ce n'est aucunement une histoire de jalousie, ça ne fait tout simplement pas partie de notre deal. Je sens la colère monter en moi et ma mâchoire se contracte. Je fixe mon propre regard dans la glace et opte pour la diplomatie.

— OK, à demain, alors ! réussis-je à sortir sans que ma voix trahisse mon état.

— S'il y a quoi que ce soit, tu m'appelles, d'accord ?

C'est ça, comme hier soir.

— D'accord.

Ma voix est presque trop guillerette, mais c'est ma meilleure imitation de la femme qui fait comme si tout allait bien alors qu'une tempête fait rage à l'intérieur d'elle-même.

J'entends les pas pesants de Ray s'éloigner et la porte d'entrée se refermer. Je ne sais pas en quoi sont faites les maisons ici, mais, chaque fois qu'on ferme cette porte, les murs tremblent. Ce nouveau chez-moi est finalement à mon image, me dis-je. Coquette et solide en extérieur, mais fragile et brisée à l'intérieur. Et si Ray commence à passer les nuits ailleurs, ça ne pas va aller en s'arrangeant.

Je descends au salon en embarquant mon verre, la bouteille de vin et mon roman. La sensation des lattes froides du parquet sous ma voûte plantaire me provoque un long frisson. Je m'installe en tailleur sur le canapé moelleux et place un coussin épais sur mes pieds pour les maintenir au chaud. Je tends le bras pour me servir un verre et avise le liquide restant dans la bouteille en grimaçant. Je devrais peut-être m'arrêter là pour ce soir, me dis-je.

Mon esprit se perd dans les images suscitées par la prose de Paul Auster et je commence à ressentir les effets lancinants de l'alcool. Il ne manquerait plus qu'une cheminée et un bon feu de bois pour que le moment soit parfait. Pour accompagner ce sentiment de plénitude, je verse le fond de la bouteille de vin dans mon verre et bascule le buste vers l'arrière pour m'enfoncer dans le dossier du canapé. Les murs de la pièce vacillent et les horizontales ondulent subrepticement. Je sais que je vais avoir du mal à continuer de lire, aussi, je corne la page et pose mon roman à côté de moi. Je ferme les yeux pour me laisser bercer par le son de la pluie qui frappe le toit. J'esquisse un discret sourire. Je ne sais pas combien de temps je vais devoir rester ici, en Angleterre, mais, pour la première fois depuis six mois, je me sens presque chez moi.

Soudain, je perçois un voile blanc à travers mes paupières et ouvre les yeux. Le salon est plongé dans l'obscurité totale. Un nouvel éclair remplit l'espace de sa lumière crue et un détail attire mon attention. De l'autre côté de la fenêtre, je remarque que tous les lampadaires de la rue sont éteints. Et, en me penchant pour observer l'horloge digitale du four de la cuisine, je constate qu'il en est de même pour elle. Je me lève alors et teste sans succès les interrupteurs de la pièce. Le courant dans le quartier est manifestement coupé.

À travers la baie vitrée donnant sur le jardin, j'examine le lampadaire qui pointe derrière la haute rangée d'arbres en limite de notre terrain. C'est celui qui éclaire l'avenue qui longe notre quartier résidentiel, et son ampoule jaunâtre diffuse un halo circulaire que les gouttes traversent en scintillant. Notre secteur est donc le seul touché par la panne.

Une zébrure déchire le ciel noir et sa lumière franche découpe soudain une silhouette glaçante à quelques mètres de moi. J'étouffe un cri et j'effectue un pas de recul, par réflexe. La silhouette détale alors sur la droite en direction du jardin des Bathgate. Mes yeux s'écarquillent et la peur me fige quelques secondes avant que je ne secoue la tête pour reprendre mes esprits.

Je me précipite dans le bureau en longeant les murs à l'aveugle et manque de trébucher deux fois. Je sens l'alcool voiler ma vision et diminuer la précision de mes gestes. Mon sang afflue par salves dans tout mon corps, diffusant encore plus rapidement les molécules éthyliques qui altèrent mes sens. Un nouvel éclair découpe la nuit et, tel le flash d'un appareil photo, inonde un bref instant la pièce de sa lumière blanche. Mes yeux se plissent sous l'intensité et les contours du bureau restent imprimés sur ma rétine encore quelques secondes. Je réussis à me ruer sur le petit coffre-fort encastré dans le mur jouxtant la grande bibliothèque et à me jeter à genoux au sol devant le panneau numérique. Heureusement, il possède un système d'alimentation autonome muni d'une batterie qui peut tenir près d'une semaine sans courant. Les chiffres sont bien visibles et dansent devant mes yeux dans une lueur bleutée. Je m'y prends à deux fois pour entrer la combinaison et ouvrir la petite porte en acier. À l'intérieur, le métal froid de mon Glock me rassure. Je me retourne et trouve à tâtons le bureau dont je fouille l'unique tiroir à la recherche d'une lampe de poche. J'effleure des doigts l'objet cylindrique et l'allume. Je me lève d'un bond et regrette la précipitation du mouvement lorsque ma tête dodeline légèrement sous l'effet de la chute de tension.

Provenant du salon, un fracas de verre brisé me fait sursauter. Une fraction de seconde plus tard, je perçois le son d'un objet lourd qui rebondit deux fois sur le parquet. Je marque une pause pour écouter avec attention. Les murs de la pièce avancent et reculent pendant quelques instants puis, éclairant mon chemin à l'aide du faisceau de la lampe, je prends mon courage à deux mains et sors dans le jardin.

Les gouttes glacées me dessaoulent instantanément. J'ai du mal à garder les yeux ouverts sous les rafales de pluie, mais j'avance avec détermination, le pistolet braqué en avant et la torche calée sur mon poignet, pointant dans la même direction que le canon. Mes pieds nus foulent le gazon détrempé et, très vite, je ne les sens plus. Je sais que j'ai de longues secondes de retard sur l'intrus et qu'il y a peu de chance que je me retrouve nez à nez avec lui, mais mon cœur bat la chamade. J'essuie l'eau qui dégouline sur mon visage en le plongeant dans mon coude. Mon peignoir se gorge de pluie et s'alourdit.

Tout le long de ma progression, les gouttes

brillantes scintillent dans le faisceau de ma torche en un cylindre de lumière blanc. Les ténèbres se dissipent lorsque je les balaie, mais, dans le jardin silencieux, rien ne bouge. J'accède au portillon et remarque qu'il est ouvert. Je redouble de vigilance et avance plus lentement, serrant plus fermement la crosse de mon Glock. Je pénètre alors dans le jardin de Grace et Simon, et avise leur maison. Comme la mienne, elle est plongée dans le noir.

Je fouille l'obscurité avec la lampe et, ne trouvant que le vide d'un quartier privé d'électricité, j'ancre mes jambes dans le sol, tends mes bras et pointe le canon de l'arme devant moi.

— Montre-toi ! osé-je d'une voix tonitruante.

Pour seule réponse, j'obtiens le ruissellement de la pluie sur l'herbe saturée d'eau.

Soudain, une lueur mouvante vient former des taches lumineuses sur les carreaux de verre qui agrémentent la porte d'entrée de la maison des Bathgate, et la tête de Simon apparaît dans le rectangle noir de l'embrasure. Lui aussi tient une lampe de poche dont il braque le faisceau sur moi.

J'alourdis un peu plus mon peignoir en enfournant mon Glock dans une des poches. J'espère que Simon n'a pas remarqué mon arme et je lui fais un signe de la main.

— Vous avez du courant, vous ? demandé-je.

Grace sort à son tour, munie d'une lanterne décorative dans laquelle brûle une grosse bougie.

— Qu'est-ce que tu fais dehors par ce temps ? hurle-t-elle. Viens t'abriter à l'intérieur !

J'approche en trottinant, chacun de mes pas soulevant des gerbes d'eau dans des bruits de succion qui, en d'autres circonstances, auraient pu me faire sourire. Je croise Simon et remarque qu'il est vêtu d'un long imperméable gris et de bottes lui arrivant à mi-cuisse.

— Simon va aller jeter un coup d'œil au panneau électrique à l'entrée du quartier », me dit-elle.

La lanterne éclaire parcimonieusement le visage du mari et je lui adresse un hochement de tête avant qu'il ne disparaisse sans un mot dans la nuit.

Elle m'accompagne à l'intérieur puis me fait signe de ne plus bouger.

— Reste là, je vais chercher des serviettes et de quoi te changer, me dit-elle en baissant le regard jusqu'à mes pieds. Et aussi des chaussons.

Lorsqu'elle revient, je tremble de froid, aussi m'aide-t-elle à me sécher les cheveux. Alors que je m'habille avec un ensemble de jogging appartenant certainement à Serena, Grace saisit mon peignoir, écarquille les yeux d'étonnement en le soupesant et me dit :

— Je vais mettre ça au sèche-linge. Dans un quart d'heure, il sera prêt.

Je lève la main pour la stopper dans son élan et fais un pas en avant pour fouiller la poche dans le but d'en extirper mon Glock. Sa bouche s'agrandit en même temps qu'un froncement de sourcils fait plisser son front.

— Je te dois des explications, fais-je, bien décidée à, enfin, vider mon sac.

19

Mercredi 9 mars, 23 h 02

— Il en a pour combien de temps, Simon ? demandé-je.

Avant de répondre, Grace me fixe longuement. Elle a l'air étrangement calme et sereine. Elle s'est munie d'une bouteille d'eau qu'elle garde à la main à la manière des sportifs qui viennent de terminer un entraînement. Mais on approche de minuit et Grace ne revient pas d'un footing nocturne. Sa bouche semble pâteuse ; elle doit s'être gavée d'anxiolytiques.

— Un bon quart d'heure au minimum, répond-elle enfin. Le boîtier est au bout de la rue, il y a des choses à démonter et à remonter, d'après ce qu'il m'a dit. Ça arrive souvent par temps d'orage et, à chaque fois qu'on a fait intervenir le fournisseur d'électricité, ça a coûté une fortune à la copropriété. Simon a pu observer les techniciens plus d'une fois et, d'après lui, c'est une intervention simplissime. Les deux ou trois dernières fois, c'est lui qui a remis le courant et il a nous a permis à tous d'économiser une sacrée somme d'argent.

— Très bien. Je vais tâcher de faire vite. Mais promets-moi une chose, Grace ! Tu dois garder tout ce que je vais te dire pour toi. Et quand j'en aurai fini, tu devras tout me dire sur Keira. Je veux tout savoir, même les choses les plus difficiles à avouer.

J'essaie de la conditionner, de lui tendre une perche dans l'éventualité où elle se serait rendu compte que tout était une fable de son esprit et qu'elle aurait honte de me l'avouer. Pour le moment, les confidences doivent venir de moi. C'est un saut dans le passé que je n'ai pas vraiment envie de faire, surtout accoutrée de la sorte, avec les habits de sa fille, mais je dois bien ça à Grace. Et puis, s'il m'arrivait quelque chose, une personne dans mon entourage saurait au moins la vérité. C'est Ray qui est censé jouer ce rôle, mais, ces derniers temps, il agit de façon légère et je me demande si je peux toujours me fier à lui. Je secoue la tête pour dissiper ces pensées négatives et je me lance :

— Tu le sais déjà, je ne m'appelle pas Eleanor Perkins, mais mon véritable nom n'a plus vraiment d'importance. Je suis agent spécial du FBI, spécialisée dans l'analyse comportementale criminelle. Je suis *profiler*, si tu préfères.

Grace écarquille les yeux et sa bouche s'entrouvre légèrement. Je marque une pause pour la laisser digérer ces premières informations et boire une gorgée dans sa bouteille puis je reprends :

— Pendant des années, j'ai traqué des criminels de la pire espèce et certaines enquêtes ont absorbé une grande partie de ma vie. La dernière en date, la plus importante, a abouti à l'arrestation du plus dangereux *serial killer* des deux dernières décennies aux États-Unis. J'ai été personnellement impliquée dans l'enquête et j'ai côtoyé ce type de très près pendant des années.

— De qui parle-t-on ici ? demande Grace, l'air toujours abasourdi.

— Clyde Barker…

— Mon Dieu ! s'exclame Grace avant de couvrir sa bouche arrondie de la main.

— Je vois, à ta réaction que tu en as déjà entendu parler. Il a fait plus d'une trentaine de victimes dans tout le pays.

Je prends une seconde pour inspirer profondément et continue mes explications :

— Clyde Barker devait finir ses jours en prison, dans un établissement de haute sécurité, mais, il y a près de sept mois, il a réussi à s'échapper.

— Comment est-ce possible ? fait Grace d'une voix à peine audible.

— On pense qu'il a bénéficié d'une complicité à l'intérieur de la prison. Clyde est extrêmement intelligent et manipulateur. Il a hérité une fortune d'une famille très riche et bien que tous ses avoirs aux États-Unis et en Europe aient été gelés, la brigade financière est certaine qu'il possède des comptes cachés dans de nombreux paradis fiscaux dont l'opacité empêche toute intervention de notre part. Soudoyer des gardiens n'est rien pour lui.

— Simon regarde très souvent les chaînes d'informations américaines et il ne me semble pas avoir eu vent de ce fait.

— Aucun média n'est encore au courant. Comme beaucoup de tueurs psychopathes, Clyde Barker aime être sur le devant de la scène. La presse, les médias, le jeu contre les enquêteurs le galvanisent. Faire les gros titres est devenu chez lui presque aussi important que d'assouvir ses pulsions de mort. Toujours est-il que mes supérieurs ont estimé qu'avec l'évasion de Clyde, mes jours étaient en danger et ils m'ont intégrée dans un de leur programme de protection.

Grace reste bouche bée, les yeux arrondis, les pupilles dilatées par un mélange médicamenteux et émotionnel.

— Et Ray, c'est...

— Un agent spécial. Il assure notre couverture et aussi ma protection, fais-je en haussant les épaules.

Je mesure l'ironie de ce que je viens de dire. Ray s'est amouraché de cette jeune femme qui fréquente sa salle de sport et voilà qu'il commence à découcher. Tu parles d'une protection ! Je dois me débrouiller seule avec mon Glock au beau milieu d'un orage, à errer pieds nus sous la pluie.

Grace me fixe longuement, boit une gorgée et fronce les sourcils.

— Mais, dans ce cas, ton séjour devrait être de courte durée ?

— Probablement, fais-je en secouant la tête. Le programme est prévu pour une première période d'un an. Selon les statistiques, les cavales ne durent pas plus de huit ou neuf mois et s'étirent très rarement, pour ne pas dire jamais, au-delà des douze mois. Le FBI a déployé tous les moyens pour retrouver Clyde Barker et je suis confiante dans le fait que sa capture ne saurait tarder. Malheureusement, cet homme ne pourra pas rester bien longtemps sans assouvir ses fantasmes destructeurs et le fait que son évasion passe sous les radars va le frustrer encore plus.

— Tu crois qu'il va recommencer ?

— J'en suis certaine. J'ai étudié son profil dans les moindres détails, je le connais sûrement mieux que sa propre mère.

— Tu sais où en est cette affaire ? demande Grace, une lueur de curiosité dans le regard.

— Absolument pas. Pour ma sécurité, on me tient écartée de l'enquête.

Une ombre passe soudain sur le visage de ma voisine. Elle engloutit le fond de sa bouteille et revisse son gros bouchon, le regard baissé. On dirait qu'elle scrute le vide. Au bout d'un instant, elle relève la tête et jette un coup d'œil vers la porte d'entrée. Puis elle se tourne vers moi et me glisse à l'oreille :

— Tu crois que tu pourrais enquêter sur la disparition de Keira ?

Sa question me serre le cœur. Il n'y a malheureusement aucun élément tangible qui puisse étayer sa version et j'ai bien peur que ma seule amie dans ce quartier soit atteinte d'une affection incurable. Une sorte de syndrome posttraumatique qui émerge sous des formes différentes au fil du temps. J'ai la conviction que Grace croit sincèrement à son histoire, elle semble prisonnière de son mensonge et, à l'instar de tous les menteurs pathologiques, elle a transformé un ressenti en une réalité.

Je souhaite néanmoins offrir une nouvelle chance à Grace de s'expliquer et lui laisse entrevoir une lueur d'espoir.

— Pour ça, il faudrait que j'aie vraiment tous les éléments en ma possession, lui dis-je d'une voix douce. J'ai besoin que tu me dises absolument tout, dans les moindres détails, même si c'est parfois douloureux, même si tu as peur et que tu te sens prise au piège. Je peux tout entendre, sans jugement.

Grace, baisse les yeux et prend une profonde inspiration. Ses doigts jouent avec le bouchon de sa bouteille et ses jambes sont serrées.

— Je vais d'abord te raconter dans quelles circonstances j'ai eu Keira et tu comprendras tout, déclare-t-elle, déterminée à tout me dire.

Mais soudain, l'imposant lustre au-dessus de nos têtes crache sa lumière puissante, et un grand écran plat que je n'avais jamais remarqué au fond de la pièce se met à diffuser un film d'action. Le son d'une explosion me fait sursauter et Grace se lève d'un bond. Son visage a complètement changé et il arbore désormais une expression figée qui dissimule de la peur. Elle se dirige vers la bibliothèque sur laquelle des bougies devenues inutiles sont disposées. Elle les éteint d'un souffle et revient vers moi pour éteindre la lanterne posée sur la table basse.

— Grace ? fais-je, surprise par ce brusque changement de comportement.

Elle approche et se baisse pour me susurrer :

— Simon va revenir d'une minute à l'autre, voyons-nous demain matin, si tu es libre.

Je fais oui de la tête et me lève pour aider Grace à éteindre le reste des bougies.

Quelques instants plus tard, un Simon trempé jusqu'aux os fait son apparition dans l'embrasure de la porte d'entrée. Sa respiration est saccadée, comme s'il s'était précipité pour rentrer chez lui. Alors qu'il me jette un regard que je trouve glacial, je me demande s'il a couru pour éviter la pluie ou pour revenir ici au plus vite afin de laisser Grace seule avec moi le moins longtemps possible.

* * *

Mercredi 9 mars, 23 h 19

La pluie a un peu diminué d'intensité, mais elle est toujours bien présente. Grace m'a prêté un parapluie noir griffé du logo de Channel en imprimé doré et je peux faire le chemin qui sépare nos deux maisons à peu près au sec, un sac contenant mon peignoir pendu à mon bras.

Lorsque je pénètre chez moi, toutes les pièces sont allumées et une bourrasque fait virevolter les rideaux qui décorent la petite fenêtre sur ma droite dont les carreaux ont été cassés. Elle donne sur la parcelle de terrain qui longe la façade et, par l'ouverture, je devine la rangée de buissons épais délimitant la propriété des Bathgate. La température dans le salon est glaciale et une nouvelle rafale m'arrache un frisson. J'aperçois une flaque d'eau et des éclaboussures de pluie inondant les éclats de verre qui jonchent le sol. Je n'ai qu'une seule envie, me glisser sous mes draps et oublier cette journée, mais je ne peux m'y résoudre avant d'avoir inspecté la maison de fond en comble.

Une fois que je me sais en relative sécurité, je retourne dans le salon et me fais la réflexion que je ne peux pas le laisser dans cet état.

Je récupère un rouleau de scotch dans la réserve, ainsi qu'un vieux calendrier en carton dans mon bureau dans l'espoir de fabriquer un carreau de fortune en attendant d'appeler un réparateur.

J'éponge le sol à l'aide d'une vieille serviette criblée de taches jaunâtres datant d'une ancienne couleur que j'avais tenté d'appliquer sur mes cheveux lors de notre arrivée dans le quartier. Lorsque la surface est à peu près sèche, je ramasse les gros morceaux de verre avec précaution et passe l'aspirateur pour le reste. En rembobinant le fil de l'appareil, j'aperçois un bout tranchant de carreau, de la taille d'une main sous le fauteuil disposé à quelques mètres de la fenêtre. Je m'accroupis pour le ramasser et une forme rectangulaire accroche mon regard sous l'assise du meuble. C'est une brique. Le genre de petite brique rouge qu'on utilise ici pour construire la plupart des maisons. Comprenant que c'est ce projectile qui a été utilisé, je ne suis pas étonnée que la fenêtre ait été littéralement pulvérisée.

Je me penche un peu plus et tends le bras pour me saisir de l'objet. Mes doigts effleurent sa surface et je suis surprise de ne pas sentir le contact froid et rugueux de la brique. Ce que je touche est plus doux et fait un bruit de froissement sous mes doigts. J'empoigne le tout et me relève aussitôt, approchant le projectile de mes yeux. Une feuille pliée en quatre est maintenue à l'aide d'un élastique autour de la pierre. Mon cœur se met à battre plus fort à la vue de ce message et j'entends les pulsations de mon sang dans mes tempes.

La tête commence à me tourner et je suis contrainte de m'asseoir. Mes mains tremblantes s'affairent sur le papier pour le déplier. Toutes mes craintes se matérialisent soudain devant mes yeux. Il s'agit de deux vers d'un poème de Robert Frost, que je connais par cœur. Celui-là même que je craignais de retrouver sur une nouvelle victime de Clyde Barker avant que je l'arrête.

Quand au loin un cri interrompu est parvenu
Au-dessus des maisons depuis une autre rue

Je relis ces quelques mots des centaines de fois, comme si je pouvais les changer à force de les fixer. J'aurais tant voulu ne pas trouver ce message ! Je sens le poids de la brique froide sur mes genoux, j'enfonce mon visage dans mes mains et me mets à sangloter. Tout ça pour ça, me dis-je. Tous ces bouleversements, ce changement de vie, l'éloignement de nos proches aussi bien pour Ray que pour moi, des mois à vivre un mensonge ici, dans un pays qui n'est pas le nôtre, pour se retrouver là, au point de départ ?

Je me ressaisis soudain et fouille la pièce du regard à la recherche de mon téléphone portable. Sur l'écran, mes doigts glissent à la recherche du numéro de Ray.

Je l'appelle et tombe directement sur son répondeur.

Mais qu'est-ce que tu fous Ray, bon sang ?

20

Jeudi 10 mars, 6 h 15

Je n'ai pas fermé l'œil de la nuit et je n'ai évidemment pas voulu forcer mon sommeil avec l'aide de mes somnifères au cas où il se passerait quelque chose et que j'aie besoin de toute ma vigilance. Mon Glock dissimulé sous mon oreiller, j'ai passé les six dernières heures à scruter le plafond, l'oreille tendue aux aguets du moindre bruit suspect.

J'entends le mécanisme de la serrure de la porte d'entrée et je me précipite à l'étage inférieur. Je me rends compte que je suis toujours vêtue du jogging appartenant à la fille de Grace.

La porte s'ouvre sur un Ray qui effectue des gestes lents et essaie manifestement d'être le plus discret possible.

— Je suis déjà debout, fais-je d'une voix cassée.

Ray sursaute et ton trousseau de clefs tombe au sol.

— La vache ! dit-il en passant une main dans sa tignasse noire. Tu m'as fait peur !

Son visage, en me voyant, change d'expression. Il doit sentir la colère dans mon regard et je peux lire à mon tour de l'inquiétude au fond de ses yeux.

— Qu'est-ce qu'il y a ? me demande-t-il en refermant la porte derrière lui.

— Il y a que tu ne réponds jamais quand on a besoin de toi et, pire, tu n'es même plus là !

— Tu ne vas pas recommencer, fait-il en écartant les bras. J'ai passé la soirée avec Anna. Faudrait savoir ce que tu veux ! Tu m'as dit d'être plus discret, alors j'ai préféré rester chez elle plutôt qu'elle me raccompagne.

Je secoue la tête et lève les yeux au ciel. J'ai tant d'arguments contre cette excuse bidon, mais là n'est pas la question.

— Tu dois rester avec moi, Ray, au moins la nuit ! C'est le deal, on n'est pas en vacances !

Il soupire et son expression change de nouveau. Il a l'air sincèrement désolé, comme si je venais de lui rappeler pourquoi nous étions ici. Il avance vers moi lentement, sa bouche se tord en une sorte de moue digne d'un enfant qui veut se faire pardonner. En pénétrant dans le salon, son regard est attiré par la fenêtre cassée.

— Qu'est-ce qui s'est passé ? demande-t-il interloqué.

— Après que tu es parti, il y a eu une coupure de courant dans tout le quartier, commencé-je. J'étais tranquillement en train de lire sur le canapé quand, tout à coup, j'ai vu une silhouette dans le jardin.

— Encore ? lâche Ray en serrant les poings.

— J'ai pris le Glock dans le coffre et je me suis lancée à la poursuite de l'intrus, mais il a été trop rapide pour moi. Je me suis retrouvée sur le terrain des Bathgate et, comme il pleuvait des cordes, Grace m'a proposé de m'abriter chez elle. Simon est allé remettre le courant et j'en ai profité pour tout raconter à Grace.

Je marque un temps de pause et Ray fait quelque pas vers de la fenêtre pour inspecter les dégâts. Il parcourt du regard mon travail de calfeutrage et relève :

— Tout lui raconter… C'est-à-dire ? me demande-t-il.

— Je lui ai expliqué qui on était, pourquoi on était ici…

— Quoi ? crache-t-il les sourcils arqués bien haut au-dessus de ses yeux. Tu déconnes, j'espère ?

Je fais non de la tête et il enchaîne :

— Tu as révélé notre couverture ? Tu sais ce que ça signifie, n'est-ce pas ? On doit partir, c'est trop dangereux maintenant !

— Plus dangereux que le fait que tu découches ou sois absent la plus grande partie de la journée et de la nuit ?

Je vois la poitrine de Ray se soulever et redescendre à plusieurs reprises. J'ai visé juste. Il se gratte le menton et semble réfléchir.

— Qui d'autre est au courant ? demande-t-il enfin.

— Seulement Grace. Après sa découverte de l'article de journal et mon passage chez les flics, il a bien fallu que je dissipe ses soupçons. Sa fille s'est volatilisée, je te rappelle, je devais regagner sa confiance.

— Oh, mais arrête avec ça ! fait Ray en plissant le nez. Tu ne vois pas que cette femme est complètement déprimée, elle picole et se gave de médocs, son histoire ne tient pas debout.

— Et pourquoi pas ?

— Elle a fait une déposition auprès de la police, non ? Ils ont ouvert une enquête ?

Sa question est purement rhétorique, aussi reprend-il immédiatement :

— Aucun élément ne vient confirmer sa version. Tu ne veux pas te l'avouer, mais tout comme moi, tu sais que c'est une hallucination.

Je ne peux pas vraiment lui donner tort. Je suis

moi-même en proie au doute. Le détail qui me chiffonne le plus est qu'elle dit que le voisin les a aperçues, Keira et elle, alors qu'il rentrait chez lui et j'ai clairement observé sa réponse négative lorsque la police lui a posé la question.

Ray pivote à nouveau et pointe un index en direction de la fenêtre.

— Tu ne m'as toujours pas expliqué ça, fait-il.

Sans ajouter un mot, il sort dans le jardin et tourne au coin de la maison pour longer le mur. Je lui emboîte le pas et nous nous retrouvons tous les deux à scruter la fenêtre cassée depuis l'extérieur. J'aperçois quelques échardes de verre sur le petit rebord en béton qui ont dû tomber alors que j'essayais de réparer.

— Qui a brisé la vitre ?

— Le même type qui était dans notre jardin, j'en suis presque certaine.

— Tu as prévenu la police ? Le Bureau ?

— Non, fais-je en secouant la tête. Ça aurait servi à quoi ?

Ray hausse les épaules et tend le cou pour approcher son visage. On dirait un expert en assurance qui inspecte des dégâts qu'il ne veut pas rembourser.

— C'est bizarre, non ? Quel intérêt pour ce type de faire ça ? Pour faire diversion ? Tu dis que tu lui as couru après ?

— Tu vas très vite comprendre. Va dans mon bureau, la brique est posée sur la table.

Ray fronce les sourcils, marque un temps d'arrêt puis regagne l'intérieur de la maison.

Je jette un regard aux abords de la fenêtre et entreprends de nettoyer le restant des éclats de verre.

Dans le salon, je croise Ray dont la mine est fermée et le front plissé dans une expression d'incompréhension.

— Qu'est-ce qu'il y a ? demandé-je.

— Il n'y a rien sur ton bureau.

— Comment ça ?

— Tu m'as dit que j'allais comprendre, mais, à part ton ordinateur portable et quelques feuilles, il n'y a rien sur ton bureau.

Je cours dans la petite pièce en secouant la tête frénétiquement comme pour refuser à l'avance ce qui va se présenter à moi dans quelques secondes. Ray me suit de près.

Je franchis la porte et dois me rendre à l'évidence : la brique rouge et le message déposés quelques heures plus tôt sur mon bureau ont disparu.

21

Jeudi 10 mars, 10 h 27

J'ai installé une chaise de jardin au beau milieu de la pelouse et je scrute le ciel gris à la recherche de signes pouvant me confirmer que je ne suis pas folle. J'ai fouillé la maison de fond en comble. Au début, Ray a fait preuve de bonne volonté et m'a aidée, mais il a dû se préparer pour partir au travail ; ce qui finalement devait bien l'arranger. J'ai profité du fait qu'il soit sous la douche pour chercher cette satanée brique dans tous les endroits que nous avions déjà passés au crible. Je suis certaine que sa confiance en moi en a pris un coup et je ne veux pas qu'il pense que j'ai perdu la raison. La minutie des fouilles n'a donné aucun résultat. Plus de brique et, surtout, plus de message. Je me demande ce que pense Ray de tout ça. J'imagine qu'une part de lui veut me croire, car il connaît mes compétences, et mon CV au sein du FBI parle pour moi, mais je sais aussi que, depuis ces deniers mois, il a multiplié les remarques à propos de ma propension à boire un peu trop. Il a sûrement raison. Il faut dire que je me retrouve à des milliers de kilomètres de chez moi, dans un pays que je connais à peine, dans un quartier huppé où, malgré les quelques soirées entre voisins organisées par madame Griffith au début, on ne peut se faire une autre place que celle qu'offre la taille de son portefeuille. Je me suis un peu liée d'amitié avec Grace, mais seulement parce que, comme moi, elle reste seule chez elle toute la journée. Ray a choisi sa couverture en fonction de ses aptitudes et de ses passions ; il dirigeait le club amateur de crossfit de Quantico, c'est donc tout naturellement qu'il a été parachuté comme manager de la salle de fitness du coin. Quant à moi, mes supérieurs ont jugé qu'il était trop dangereux de m'exposer dans un boulot quotidien, alors je leur ai proposé de reprendre mon mémoire d'étudiante en psycho et de travailler dessus à la maison. Il aurait été assez facile d'expliquer cette situation à ceux qui poseraient des questions et, puisque les femmes au foyer ne sont pas ce qui manque ici, à Cobham, ça n'a finalement étonné personne que je passe des journées entières enfermée chez moi.

J'aperçois Simon et Grace sur leur perron. Elle l'embrasse avant qu'il disparaisse dans son garage. C'est à ce moment qu'elle me remarque et me fait un grand signe de la main. Hier soir, je lui ai proposé de venir à la maison afin qu'on puisse tout poser à plat. Elle doit tout me raconter au sujet de Keira et je ressens un léger pincement au cœur à l'idée d'avoir cette conversation. J'ai bien peur qu'il n'y ait pas beaucoup d'occasions pour Grace de me convaincre qu'elle ne fabule pas et que toute cette histoire est bien réelle. Sinon, le quartier de Cedar Avenue abritera deux folles en son sein, deux femmes dont les gens diront qu'elles boivent trop à force de s'ennuyer chez elles, deux femmes dont on n'écoutera les appels à l'aide que d'une oreille distraite, deux femmes qui auront trop crié « au loup » et à qui on ne prêtera aucun secours le jour où un véritable danger surviendra.

Je ferme les yeux et bascule la tête en arrière. Mes sens s'enivrent de l'odeur de verdure qui m'entoure et des gazouillis des oiseaux nichés dans les buissons touffus. Je profite de ces quelques moments de calme et de sérénité avant que Grace me rejoigne.

Grace et moi sommes côte à côte, assises confortablement sur le canapé du salon. Passé les explications à propos de la fenêtre cassée qu'elle a remarquée en arrivant, je lui propose sans délai de reprendre la conversation que nous avons commencée hier soir. J'imagine que ça ne va pas être une partie de plaisir pour elle et j'essaie de la mettre à l'aise du mieux que je peux. Je pose une main amicale sur son épaule et elle l'enveloppe de sa paume avant de commencer :

— Ce que je vais te raconter, personne ne le sait, ni Simon ni mes enfants. J'ai la conviction que si je t'explique tout depuis le début, tu pourras m'aider à retrouver Keira, surtout maintenant que je sais que tu es une sorte de super agent du FBI.

— N'exagérons rien, dis-je en esquissant un sourire gêné.

— J'avais à peine seize ans, reprend-elle après un long soupir. Mes parents m'avaient envoyée en campus d'été aux États-Unis, à Boston, et j'y ai fait la rencontre d'un garçon du nom de Tyron. Nous avons commencé à flirter et, avec l'adolescence et son plein d'hormones, nous sommes très vite passés à la vitesse supérieure. C'était mon premier mec. Il m'a dit que c'était également sa première fois, mais je n'y ai pas vraiment cru, et puis ça n'avait pas d'importance, je me croyais éperdument amoureuse de lui. Notre relation a duré le temps du séjour et ça a été un véritable déchirement quand je suis rentrée en Angleterre. Mais je n'étais pas au bout de mes surprises, car des mois après mon retour, après avoir refoulé l'idée et envisagé toutes les autres possibilités, je me suis rendu compte que j'étais enceinte. Mes parents étaient très stricts et le milieu très bourgeois de notre famille n'aurait jamais accepté une telle situation. Le pire était qu'il était trop tard pour avorter. Pour éviter le déshonneur, mes parents, après avoir passé des jours à me blâmer et à me sermonner, ont trouvé la solution : un couple dans leur cercle d'amis avait essayé pendant des années d'adopter, jusqu'à devenir trop vieux pour les critères du système. Quand ma mère leur a proposé de recevoir mon enfant, ils ont tout de suite accepté. Après toute ma grossesse à la maison, à l'abri des regards, j'accoucherais à domicile avec l'aide d'un médecin dans la confidence et, quand le bébé serait là, il pourrait rejoindre sa nouvelle famille. J'ai supplié mes parents de me laisser mon bébé pendant une période correspondant au sevrage, mais le médecin les en a dissuadés. Plus tôt le bébé rejoindrait sa nouvelle mère, plus le traumatisme serait atténué, voire totalement effacé.

Elle marque une pause et j'en profite pour enregistrer toutes ces informations. J'essaie de me mettre à sa place, mais je n'y arrive pas, la douleur et la tristesse qu'a dû ressentir Grace à cette époque me dépassent totalement. J'imagine qu'elle a dû être plongée dans une immense solitude, seule face à ses parents et au poids de l'honorabilité de sa famille. Elle a eu beau évoquer la notion d'honneur, mais je n'ai rien vu d'humain dans ce qu'elle m'a décrit. L'honneur est une affaire d'hommes, les bêtes n'en ont pas besoin.

Grace me demande un peu d'eau et je m'exécute rapidement. Quand je remplis son verre, je m'aperçois que je tremble. Après deux longues gorgées, elle reprend :

— Le jour où j'ai dû abandonner Keira, le couple

ne s'est même pas déplacé, il a envoyé son homme à tout faire.

Elle écrase une larme qui perlait au coin de son œil et continue :

— Cela se passe comme ça dans ce milieu où l'argent est roi. Personne ne veut se salir les mains, personne n'ose affronter la réalité en face. Tout peut s'acheter, même une conscience. Je n'ai jamais vu le couple qui m'a volé Keira, tout avait été prévu pour ça. Je suppose qu'ils ne voulaient pas vivre avec l'image d'une mère en pleurs à qui on a arraché son tout premier enfant.

Sa tristesse semble se muer en colère. Je reste silencieuse et à son écoute.

— Juste avant que je ne voie Keira pour la dernière fois, j'ai caché un message dans son couffin. Il était adressé à sa mère adoptive. J'espérais jouer sur sa corde sensible et l'ai implorée de ne pas le détruire et de lui donner si un jour elle s'en sentait capable. Le court texte disait que je ne l'avais pas abandonnée, que j'étais beaucoup trop jeune pour m'occuper d'elle, que c'était peut-être mieux comme ça, que je l'aimais et que je l'aimerais toujours quoi qu'il arrive. J'ai conclu en disant que si, un jour, elle voulait me retrouver, elle pourrait le faire, que je l'accueillerais à bras ouverts et je lui ai donc laissé mon nom.

— Et elle t'a retrouvée ? Comment s'est déroulée votre rencontre ? demandé-je, la curiosité me piquant.

— La première fois, c'était il y a environ huit mois. Elle a tout simplement sonné chez moi, en pleine journée. J'étais toute seule, c'était très étrange. Elle était très froide et moi, j'étais tétanisée. Je pense que nous sommes restées une éternité à nous fixer sur le pas de la porte. Je lui ai proposé d'aller boire un café en ville, je pensais que c'était mieux pour nous de nous retrouver dans un endroit neutre.

Elle a eu raison, pensé-je. Grace possède des

cadres photos de ses enfants sur les murs et cheminées de chaque pièce ainsi que des clichés où tous prennent la pose, telle une famille parfaite. Autant de choses qui auraient pu raviver les blessures de Keira. Une rencontre comme celle-ci reste un équilibre fragile que le moindre détail peut faire chavirer.

— Nous avons marché jusque chez *O'Brian's* et ne nous sommes pas adressé la parole de tout le trajet. J'essayais de contenir mes larmes, je ne voulais pas ajouter de pathos à la situation. J'étais si heureuse qu'elle m'ait retrouvée et, en même temps, totalement effrayée qu'elle me file entre les doigts comme un petit oiseau qui viendrait de se poser au creux de ma main. Quand nous sommes arrivées au café, j'ai parlé la première et je lui ai demandé comment elle m'avait retrouvée. Elle m'a répondu qu'elle était tombée sur mon message, celui caché dans ses affaires après sa naissance.

J'écarquille les yeux de stupéfaction et ne peux retenir une remarque.

— Attends, ce message a été conservé pendant quoi, vingt, vingt-cinq ans ?

— Vingt-quatre, rectifie-elle. C'est l'âge de Keira.

— Incroyable !

— Apparemment, ses parents l'avaient gardé dans un coffre-fort, chez eux. La mère adoptive de Keira est morte il y a quelques années déjà et son père, l'année dernière. Keira a hérité de la maison familiale et, dans leur testament, les défunts avaient laissé la combinaison du coffre. Une fois la succession réglée, Keira a pu l'ouvrir et trouver le message qui lui était destiné.

Grace marque une pause et me fixe longuement de ses yeux perçants. On dirait qu'elle essaie de fouiller mes pensées.

— Je sais ce que tu te demandes, lâche-t-elle soudain. Tu te demandes pourquoi personne n'est au courant de cette histoire. La réponse est simple comme mon mariage avec Simon. Sa famille est au moins aussi coincée que la mienne. Qui se ressemble s'assemble, non ?

On dit aussi que les contraires s'attirent, mais je ne relève pas et la laisse continuer.

— J'ai rencontré Simon lors d'un rallye à peine deux ans après avoir eu Keira. J'avais dix-huit ans et… (Elle s'éclaircit la gorge.) Il croit que la première fois où nous avons couché ensemble était la première fois pour tous les deux. Il serait dévasté s'il apprenait que je lui ai menti et que, par-dessus le marché, j'ai déjà eu un enfant avec un autre homme. Tu l'aurais vu quand Tom est né ! Il était le plus heureux du monde, il pensait qu'on avait construit ensemble la plus belle chose de l'univers, qu'on allait découvrir les joies d'être parents pour la première fois de notre vie. Il n'avait pas tort dans un sens, puisque je n'étais restée mère que neuf mois. Je ne pouvais pas lui faire ça, Simon est une personne en or, il a tout traversé avec moi et il s'est battu à mes côtés sans jamais jeter l'éponge.

Simon m'a parlé de sa fausse couche et de la dépression qui lui a succédé, et aussi de sa rechute après la naissance de Serena. J'observe le visage de Grace et je constate qu'il affiche des traits nouveaux, plus fermes, moins lâches, elle semble se rasséréner à mesure qu'elle parle. Revivre le passé en le reconstruisant avec ses mots, en le décrivant avec précision à quelqu'un qui le découvre, lui donne de la force. C'est le principe de la thérapie ; je me rends compte que cette discipline me manque.

— Et après la naissance de Serena… C'était compliqué, Eleanor, je…

Je m'avance vers elle pour serrer son bras doucement.

— Revenons-en à ta rencontre avec Keira, si tu veux bien.

Elle opine du chef et reprend :

— Keira cherchait des réponses sur les circonstances de sa naissance et je lui ai tout raconté. Elle est restée assez froide, ce que je peux comprendre, et je m'attendais sincèrement à ne plus jamais la revoir. Mais elle m'a dit que si je voulais, je pouvais lui laisser mon numéro de téléphone et qu'on pourrait fixer un autre rendez-vous.

— Et vous vous êtes revues ?

— Oui, quelques semaines après. Mais, entre-temps, on s'était échangé un nombre incalculable de SMS. C'était comme si se parler sans se voir nous permettait d'être plus libres, d'aller plus loin dans notre relation naissante.

J'écarquille les yeux et une pensée fugace me traverse l'esprit. Je tiens là la preuve dont j'ai besoin pour me sentir libre de pouvoir apporter toute mon aide à Grace. J'essaie de ne pas paraître trop invasive, mais je me lance d'une voix douce :

— Je ne savais pas que tu avais échangé des textos avec Keira. Me permets-tu de lire cette conversation ?

Grace prend une inspiration profonde, je vois sa poitrine se soulever et redescendre lentement.

— J'allais y venir, me dit-elle. De mon côté, j'ai tout effacé.

22

Jeudi 10 mars, 11 h 15

Je suis dans le bus N52 en direction de Knowle Hill Park, une boule d'angoisse comprimant ma gorge. Les services de la voirie viennent de m'appeler pour me dire que ma voiture était stationnée dans un endroit gênant et que, si je ne venais pas la bouger dans la demi-heure, la fourrière se chargerait de l'enlever.

Le problème, c'est que ma voiture n'est pas censée avoir bougé de la maison depuis des semaines. J'ai d'abord cru à une erreur et, immédiatement après le coup de fil, je suis allée inspecter notre garage : vide. Je suis restée là de longues minutes, sans bouger, à tenter de refaire le film de ces derniers jours pour savoir à quel moment ma voiture avait pu se perdre dans les environs de Knowle Hill Park.

Alors que j'aperçois le bâtiment en briques rouges décoré de colonnes blanches marquant l'entrée du parc, j'essaie une millième fois d'appeler Ray. Toujours ce foutu répondeur. Je ne vois que lui pour avoir laissé la voiture en plein milieu de la chaussée comme ça. J'essaie de m'imaginer la scène : il a certainement voulu organiser un rendez-vous romantique avec sa petite amie, il s'est garé à la va-vite dans un coin où les adolescents viennent se bécoter en laissant les phares allumés, ainsi que le poste radio. La batterie une fois à plat, il n'a pas réussi à redémarrer. Je serre le poing et contracte la mâchoire. Je ne vois pas pourquoi ce serait à moi de réparer ses conneries.

Je descends du bus et fais un tour d'horizon du regard. Une route étroite fait le tour du parc et, au loin, alors qu'elle entame un premier virage, j'aperçois deux hommes vêtus de gilets équipés de bandes réfléchissantes qui font de grands gestes pour inviter les voitures à ralentir. Ils ont installé des barrières provisoires de couleur orange surmontées de gyrophares. Lorsqu'il s'agit de sécurité, je constate que les Anglais sont autant dans l'exagération que nous autres Américains. À les voir comme ça, on dirait qu'un grave danger menace les automobilistes, alors que c'est simplement notre break qui gêne la circulation.

Lorsque j'arrive au niveau des barrières, l'un des deux agents de la voirie s'approche de moi, en colère. Il m'a identifiée immédiatement comme la propriétaire de la voiture et a sûrement remarqué mon visage rouge de honte.

— C'est à vous ? grogne-t-il.

Je me demande s'il aurait osé adopter la même attitude avec Ray. Dès qu'il s'est rendu compte que j'étais une femme, il s'est sûrement qu'il pourrait passer sa colère sur moi sans gros risques de représailles.

— Oui, réponds-je en sortant le trousseau de clefs de ma poche comme si c'était une preuve irréfutable.

— Qu'est-ce qui vous a pris de laisser votre bagnole comme ça en travers de la route ? Vous allez pouvoir redémarrer au moins ?

Je me contente de hausser les épaules puis je déverrouille les portes.

Je m'installe derrière le volant et insère la clef de contact en priant pour qu'il y ait toujours de la batterie... et de l'essence.

Le moteur se met à ronronner et je reprends un peu d'assurance. L'agent tapote sur le carreau pour que je le baisse. Je ne cède pas et, depuis l'habitacle, je lance un « désolé pour le dérangement » et enclenche le levier de vitesse en position de conduite. Comme personne ne bouge, j'allume le clignotant et exerce une légère pression sur la pédale d'accélérateur. Le deuxième homme, plus petit et trapu, sursaute comme si je venais de le sortir du coma. Il jette un œil à son collègue, qui doit être son supérieur, et, au hochement de la tête de ce dernier, il décale la barrière sur le côté pour me laisser le champ libre. J'entends la grosse voix étouffée de l'autre qui me sermonne, mais je suis déjà ailleurs, je n'ai qu'une seule hâte, revenir auprès de Grace pour mettre les choses au clair une bonne fois pour toutes.

Dans mon rétroviseur, les deux hommes font de grands gestes de protestation, mais ils sont déjà loin, petites silhouettes agitées sautillant dans la verdure.

Grâce au kit mains libres installé dans la voiture, je demande à haute voix à mon téléphone d'appeler Ray. Je tombe une nouvelle fois sur son répondeur, et à la colère s'ajoute une forme d'inquiétude. Je me sens soudain coupable d'avoir pesté contre lui, car il n'y a que lui de nous deux qui a pu laisser la voiture ainsi. Et s'il lui était arrivé quelque chose ? Beaucoup trop d'évènements étranges se sont accumulés ces deux derniers jours. D'abord la disparition de Keira, dont il faudra déterminer s'il s'agit bel et bien d'un fait réel ou des symptômes de la dépression de Grace, l'ombre qui s'est introduite par deux fois dans notre jardin et qui a laissé deux objets en rapport avec le poète Robert Frost : un livre et deux vers. S'ajoute à ça le fait que Craig Chaney, le fils des voisins au bout de l'impasse, informe les Bathgate de faits me concernant. Dans quel but a-t-il fait ça ? Est-ce que le THC lui a tant grillé les neurones qu'il en est devenu parano au point de vouloir démasquer tous ses voisins ? Est-ce qu'une tierce personne lui donne des tuyaux ? L'ombre ?

Soudain, j'écrase la pédale de frein à la vue du feu rouge et m'arrête à un mètre à peine d'un piéton qui empruntait le passage clouté. C'est une adolescente qui, écouteurs sans fils enfoncés dans les oreilles et lunettes de soleil, tourne le visage vers moi et m'adresse un joli doigt d'honneur tout en continuant son chemin. Je jette un œil dans mon rétroviseur et aperçois l'automobiliste derrière moi se gausser. J'ai la désagréable sensation que la terre entière est contre moi ce matin.

Le feu passe au vert et j'accélère prudemment. Je tente, une nouvelle fois, vainement d'appeler Ray. Mon sang commence à bouillir et je décide de lui faire une petite visite directement sur son lieu de travail.

La salle de fitness dans laquelle Ray est manager se situe en périphérie de la ville, dans une de ces zones d'activités où tous les bâtiments se ressemblent. Seules les enseignes et la couleur choisie pour peindre la tôle des parois les différencient. Le parking est étonnamment plein en cette fin de matinée pour un jour de semaine et j'en viens à me demander qui travaille réellement dans ce coin d'Angleterre. Est-ce que tous les habitants de Cobham sont des traders ?

Un simple coup d'œil dans le grand espace de musculation où s'entassent machines de tortures, haltères et autres ballons de tailles et de couleurs diverses me donne une réponse assez précise. Il n'y a presque

que des femmes ayant dépassé la cinquantaine et dont le chirurgien esthétique a réussi la prouesse de les faire paraître vingt ans plus jeunes. D'un autre côté, quand je tombe sur les nouvelles stars de la télé d'à peine vingt ans et leur compte Instagram, je me demande si ce n'est pas plutôt elles qui ressemblent à des femmes au foyer de luxe approchant la cinquantaine avec leurs lèvres refaites, leurs pommettes rehaussées, leur peau tirée et leurs faux cils mesurant des kilomètres. Je ne suis pas contre la chirurgie esthétique, mais je n'y aurai recours que lorsque la maison commencera à s'effondrer, pas tant que les fondations tiennent encore solidement.

L'odeur de javel et de déodorant me saute au nez alors que je passe le portillon et que je me dirige vers le comptoir de l'accueil. Un jeune homme arborant le T-shirt noir moulant à l'effigie de la franchise de la salle de fitness me salue avec un grand sourire aux dents impeccablement blanches.

— Bonjour, dis-je. Est-ce que Ray est là, s'il vous plaît ? Raymond Perkins, précisé-je.

— Il est malheureusement souffrant et ne pourra pas venir aujourd'hui. Vous aviez un cours avec lui aujourd'hui ? me demande-t-il en se postant derrière l'écran d'ordinateur qui dépasse au-dessus du comptoir.

Souffrant ? En d'autres circonstances, j'aurais trouvé ça drôle et j'aurais immédiatement pensé que Ray voulait simplement se prendre une journée pour la passer avec sa nouvelle dulcinée, mais, sur l'instant, mon sang se glace. Notre voiture à quelques kilomètres d'ici en travers de la route, Ray qui a découché et qui ne répond plus, et voilà qu'il ne s'est pas présenté au boulot ce matin. Qu'est-ce qui se passe ? Je me sens vraiment inquiète et ne peux le cacher, puisque l'éphèbe s'enquiert de ma santé :

— Ça va, madame ?

— Très bien, très bien, fais-je en secouant la tête pour faire cesser mes angoisses.

Je tourne les talons et me rue vers la sortie sans même un au revoir. À une dizaine de mètres de la voiture, je la déverrouille à distance en pressant le bouton de clef de contact d'une main tremblante et je laisse choir le trousseau. Je m'accroupis pour le ramasser, les cheveux me tombent devant le visage et je ne vois pas le sac de sport qui me gifle le visage.

— Oups, pardon, fait un jeune homme qui semble être la copie conforme de celui de l'accueil. Mais ne restez pas comme ça au milieu du chemin !

Je me relève d'un bond et me replace les cheveux derrière les oreilles.

— Tu t'excuses et puis tu m'engueules ? C'est quoi ton problème ? hurlé-je.

Il écarquille les yeux et recule, la mine figée dans une expression de stupéfaction presque comique. Il ne s'attendait certainement pas à ce que je le recadre de cette façon. Le jeune homme lève les mains au ciel et secoue la tête sans dire un mot avant de s'éloigner et de disparaître dans la salle de sport. Enfin, je file droit à ma voiture et me laisse tomber sur le siège en cuir. Là, je m'autorise quelques secondes de silence avant de marteler le volant jusqu'à ce que la douleur dans mes poings serrés ne soit plus supportable. Des larmes ont lézardé mes joues et mon maquillage a coulé. Un coup d'œil dans le rétroviseur me confirme que j'ai l'air d'une harpie, la véritable hystérique dont parlent les hommes pour qualifier une femme qui ose exprimer sa colère.

Sur la route jusque chez moi, je ne fais que ressasser tous les éléments en ma possession. Je ressens les mêmes picotements que lorsque j'étais au cœur des enquêtes qui remplissaient mes journées au FBI. Je me suis toujours immergée dans les différentes affaires auxquelles j'ai participé, au détriment de ma propre santé et de ma vie sentimentale. Pas étonnant qu'aucun mec n'ait partagé mon lit depuis ces cinq dernières années, j'imagine qu'il ne restait pas beaucoup de place entre mon boulot et mon besoin de solitude absolue après chaque affaire pour évacuer tout le mal dans lequel je m'étais plongée pendant trop longtemps.

Perdue dans mes pensées, je gare la voiture et me dirige vers l'entrée. J'ouvre et accroche machinalement ma veste sur la patère derrière la porte. Je me retourne et ma bouche s'agrandit sans qu'aucun son ne puisse s'en échapper.

Devant moi, un décor, anodin à n'importe qui, mais qui me terrifie pourtant. Tous les meubles composant le salon et la cuisine ont été déplacés. Quelqu'un cherche à jouer avec mes nerfs et y réussit.

Les jambes flageolantes, je pénètre dans la pièce.

À l'emplacement du canapé se trouve une brique rouge posée au sol.

23

Jeudi 10 mars, 12 h 40

Grace et moi sommes attablées dans un charmant petit restaurant du centre historique de Cobham. Je n'ai pas eu le courage de remettre les meubles à leur place et, après une énième tentative de joindre Ray sans succès, j'ai proposé à Grace qu'on déjeune ensemble. Je dois éloigner mon esprit de la situation étrange dans laquelle je me trouve et me focaliser sur l'histoire de Grace et de Keira, car il existe peut-être une infime chance que les deux soient liées. Nous avons choisi un recoin tranquille de la salle qui se prête à la confidence.

— Revenons-en à la nuit du lundi au mardi, si tu veux bien, Grace. Est-ce que tu peux me redire comment elle s'est déroulée en détail ?

Grace avale une bouchée de salade, essuie le coin de ses lèvres avant de répondre :

— Keira m'a envoyé plusieurs messages entre 22 heures et minuit. Elle et son petit ami étaient en pleine dispute et je pouvais sentir sa détresse au fur et à mesure des messages. Le dernier me disait qu'il l'avait battue et qu'elle s'était enfuie de la maison. Je lui ai dit de monter dans un taxi et de me rejoindre chez moi. Simon était en voyage d'affaires et les enfants, comme tu le sais, suivent leurs études au loin. J'étais donc seule et en mesure de l'accueillir pour la nuit. Elle m'a avoué ne pas avoir d'argent, qu'elle avait quitté la maison sans rien et je l'ai rassurée sur ce point !

— Le taxi est arrivé devant chez toi, tu l'as payé, et c'est à ce moment-là que tu as vu monsieur Spielmann, c'est ça ?

— Exactement. Il venait de garer sa voiture et il a jeté un regard dans ma direction, alors je l'ai salué.

— Il t'a répondu ?

— Oui, il m'a fait un geste du bras et il est rentré chez lui.

Je dois aller parler à Spielmann, me dis-je. *C'est lui qui peut confirmer ou infirmer les dires de Grace.*

— Qu'est-ce qui s'est passé ensuite ? reprends-je bien assise dans mon rôle d'enquêtrice.

— Keira m'a raconté sa dispute et m'a montré les bleus qu'elle avait sur le corps. J'ai voulu appeler la police, mais elle m'en a dissuadée. Son mec est flic et, selon elle, il a le bras long. Elle est donc à la merci de ce type. Sa situation semble inextricable. Il lui a toujours dit que, si elle le quittait ou lui causait le moindre problème dans sa carrière, il la tuerait. Il lui a répété maintes fois qu'il avait conditionné tous ses collègues en leur faisant croire que c'est elle qui était violente et mentalement instable, et que les fausses mains courantes à son encontre étaient prêtes si elle tentait quoi que ce soit contre lui.

Un pervers narcissique, sans l'ombre d'un doute.

Grace marque une pause pour prendre une gorgée dans son verre.

— Il se faisait tard, reprend-elle. Keira était au bout de ses forces. Pour ma part, j'étais désemparée et on a convenu d'attendre le matin pour évoquer un plan d'action. Le lendemain, quand je me suis rendue dans la chambre de Serena, là où Keira avait dormi, j'ai constaté qu'elle était vide. Son téléphone était coupé et, après l'avoir cherchée dans toute la maison, j'ai renoncé à tenir ma promesse et j'ai appelé la police. L'attente était trop longue, aussi j'ai raccroché. J'avais besoin de parler à quelqu'un et je ne pouvais pas joindre Simon pour me confier, alors je suis venue te voir. Je pensais qu'en tant que femme, tu serais ma meilleure alliée.

Ses propos sonnent comme un reproche, mais je ne relève pas. Je me cantonne à mon rôle d'investigatrice.

— Tu ne sais ni son nom de famille ni son adresse, c'est ça ?

Grace secoue la tête et son visage affiche une petite moue.

— Qu'est-ce qu'il s'est passé selon toi ?

— Je pense que son petit ami, d'une manière ou d'une autre, a réussi à la localiser et qu'elle a cherché à s'enfuir quand elle s'en est rendu compte. Tu as bien dit qu'on pouvait géolocaliser quelqu'un grâce à son téléphone, non ? Il est policier, c'est peut-être ce qu'il a fait.

— Tu n'as rien entendu du tout jusqu'au petit matin ? Pas de bruits particuliers qui pourraient étayer la théorie d'un enlèvement ou d'une fuite au beau milieu de la nuit ?

— J'avais pris la moitié d'un somnifère, avoue-t-elle, le regard baissé sur son assiette. J'étais sur les nerfs et je savais que j'aurais besoin du maximum de sommeil si je devais trouver des solutions pour Keira dès le lendemain. Je sais que c'est égoïste, mais je n'arrêtais pas de me demander comment j'allais faire pour expliquer tout ça à Simon.

— Ton mari n'est toujours pas au courant ?

— Non, fait-elle en secouant la tête de gauche à droite. Il pense que je nage en plein délire.

Comment lui donner tort ? pensé-je. Je réfléchis à la meilleure des façons de poser la question qui va suivre, mais je ne trouve rien alors je me lance en priant pour qu'elle ne s'emporte pas.

— Grace, fais-je d'une voix douce supposée arrondir les angles, le problème est que tu as gardé tout ça secret et qu'il est dès lors difficile de donner cette histoire tout le sérieux qu'elle requiert.

Elle relève la tête et je m'attends à ce qu'elle quitte la table en me hurlant dessus, mais ses yeux fatigués semblent me faire comprendre qu'elle a cessé de se battre.

— Tu ne me crois pas non plus ? me demande-t-elle le plus simplement du monde.

— Ce n'est pas ça, Grace, réponds-je du tac au tac, c'est simplement que les preuves sont minces. Tu le sais, maintenant, je suis *profiler* au FBI et, dans notre métier, on ne résout pas les affaires en se fondant sur des instincts ou des opinions. On a besoin de faits tangibles et irréfutables. Je vais être honnête avec toi ! Quand tu as évoqué tes conversations par SMS avec Keira, j'y ai vu une lueur d'espoir, mais après m'avoir avoué que tu avais tout effacé, mon optimisme a fondu comme neige au soleil.

— J'ai tout effacé parce que Simon fouille dans mon téléphone régulièrement, dit-elle après un long soupir. Il ne sait pas que je suis au courant, mais, depuis notre passage à vide, il ne me fait plus confiance. Alors, il se rassure comme il peut en espionnant toutes mes conversations. Toutes celles qui laissent des traces en tout cas. Pour ne pas éveiller ses soupçons, je le laisse faire, je m'arrange juste pour effacer certaines choses que je n'ai pas envie qu'il voie.

Mon esprit a buté sur les termes « passage à vide ». J'imagine qu'elle fait allusion à sa dépression consécutive à sa fausse couche ou bien peut-être au deuxième épisode après la naissance de Serena, mais je n'en suis pas sûre. Qui utiliserait ces mots pour qualifier un évènement aussi triste ? J'ai l'impression qu'il s'agit d'autre chose et je souhaite creuser un peu cette piste.

— Quand tu parles de « passage à vide », fais-je en mimant des guillemets avec mes doigts, tu fais référence à qu…

— Ma liaison, me coupe-t-elle, et ses mots tombent comme un couperet. J'ai eu… un amant.

Son hésitation sur le chiffre et son langage corporel me suggèrent qu'il y en a peut-être eu plus d'un, mais je ne suis pas la police de la morale, ça m'importe peu. Ce qui compte, c'est qu'elle me dise absolument toute la vérité. Je verrai ensuite ce que je peux en faire avec toutes ces informations.

Je reste silencieuse pour lui faire comprendre qu'elle peut entrer dans les détails. Elle s'éclaircit la gorge et enchaîne :

— C'était plus une crise existentielle qu'autre chose. J'aime Simon éperdument et ça n'a jamais changé. Disons que j'étais dans une période très sombre de ma vie et je crois que j'ai voulu tester toutes mes limites pour, enfin, ressentir des choses et ne pas m'enfermer dans une sorte de bulle d'insensibilité. Bref, fait-elle en secouant la tête, j'ai eu une liaison dont Simon a découvert l'existence en fouillant ma messagerie. Quand j'ai mis un terme à cette histoire, je lui ai donné tous mes codes et mots de passe pour regagner sa confiance, et il m'a dit que ça lui suffisait, qu'il ne toucherait plus à mes affaires. Mais je sais que c'est faux, qu'il reste en lui une part blessée et jalouse qui le pousse à m'espionner quand il le peut.

Elle conclut en haussant les épaules, manière de dire qu'elle vit avec ça, qu'elle est au courant, mais qu'elle laisse faire.

Nous mangeons quelques bouchées de nos plats en silence. Je sais que je dois creuser plus profondément. Il reste encore beaucoup trop d'éléments qui me chiffonnent.

— Simon ne m'a rien dit à ce sujet, mais il a, en revanche, évoqué tes périodes de dépression, après ta première fausse couche et suite à la naissance de Serena.

Elle lève les yeux et me fixe longuement. Je ne parviens pas à déchiffrer son expression et crains d'être allée trop loin. Je n'ai pas le choix, si Grace veut que je l'aide, il faut qu'elle comprenne que je ne suis plus la voisine avec qui elle a l'habitude de plaisanter autour d'un verre, mais un agent du FBI, certes en pause forcée, mais un agent tout de même.

— C'est vrai, répond-elle enfin, d'une voix terne. Mais j'ai été très bien suivie et je m'en suis sortie.

— Simon m'a parlé d'une thérapeute plutôt…

Je sursaute au bruit que fait Grace en frappant la table du plat de sa main.

— Mon mari est bien trop cartésien en ce qui concerne les questions de santé et de bien-être. Dès qu'on sort des sentiers battus pour explorer de nouvelles pistes ou des méthodes un peu originales, il se braque et crie au charlatanisme. Il n'appréciait pas ma dernière thérapeute, c'est vrai.

— Je crois qu'il pense que sa façon de faire t'a mis des idées dans la tête et que tu t'es persuadée que Keira existe, que ton esprit est embrumé par le mélange d'alcool et de médicaments.

Mon intervention est crue et un peu abrupte, j'en conviens, mais si je veux que Grace me fasse confiance et me dise toute la vérité, je lui dois aussi de jouer cartes sur table. Mes mots ont touché quelque chose en elle, je peux le sentir et le voir, les muscles de sa mâchoire se contractent de façon frénétique. Elle ferme les yeux, prend une longue inspiration et son visage se recompose dans une expression plus apaisée.

— C'est ce que tu penses aussi ? me demande-t-elle, renvoyant la balle dans mon camp.

— J'ai vu des boîtes de somnifères un peu partout chez toi, dis-je avant de marquer une courte pause pour observer sa réaction. Je t'ai proposé de l'eau et tu as lorgné la bouteille de vin alors qu'il était tôt dans la matinée...

— Et ça fait de moi une affabulatrice ?

— Je suis psychologue de formation, je sais ce que ce mélange détonnant peut provoquer.

Quand je termine ma phrase, une pointe de honte me pique à l'intérieur. Je revois ma boîte d'Ativan sur la table de nuit, les cadavres de bouteilles dans le bac à verre sous le plan de travail de la cuisine.

— Je ne prends plus d'anxiolytiques, dit-elle en brisant le court silence qui s'est installé. Et pour ce qui est du mélange détonnant avec l'alcool, comme tu dis, c'est toi qui m'as proposé quelque chose de plus fort. J'ai accepté car j'avais les nerfs en pelote et que j'avais besoin de me calmer.

Elle repousse son assiette et me fixe. Je vois ses yeux se remplir de larmes.

— Je retrouve mon tout premier enfant au bout d'un quart de siècle et elle disparaît dans l'indifférence générale. Tout le monde à part moi semble se foutre de son sort ! Elle a un petit ami violent qui l'a menacée plusieurs fois de la tuer, qu'est-ce qu'il vous faut, à la fin, bon sang ?

J'avance une main et recouvre la sienne avec tendresse.

— Je vais m'en occuper, Grace, je te promets que je vais tout faire pour tirer cette histoire au clair, dis-je d'une voix douce à la limite du murmure.

24

Jeudi 10 mars, 18 h 50

Chaque fois que je suis allée faire un tour dans le jardin, le soleil formait un halo jaunâtre derrière les nuages qui m'a forcée à plisser les yeux. Maintenant qu'il commence à disparaître derrière une lointaine colline, les tons passent du rose à l'orange. La nuit grignote petit à petit le peu de lumière qu'il reste et Cobham se retrouve très vite dans une atmosphère crépusculaire qui est pour moi la parfaite représentation de l'ambiance dans les romans policiers britanniques que je lisais étant plus jeune.

Je saisis la télécommande des stores automatiques et appuie sur le bouton de fermeture. Je reste à observer le large volet roulant me couper lentement du jardin, m'offrant progressivement un sentiment de sécurité. Une fraction de seconde avant qu'il ne soit complètement verrouillé, j'aperçois une tache noire en mouvement à travers les petits interstices et mon cœur se serre. L'ombre est-elle de retour ?

Je cours dans mon bureau et ouvre le coffre-fort en

hâte pour récupérer mon Glock. Ma respiration se coupe lorsque je constate qu'il n'est plus là. Des salves d'adrénaline se diffusent dans tout mon corps à un rythme croissant. Un dément est peut-être dans mon jardin et je n'ai plus rien pour me défendre.

Je me relève d'un bond et me précipite dans la cuisine où je trouve mon téléphone portable, mais je dois choisir rapidement entre appeler les secours qui mettront au mieux une bonne vingtaine de minutes à venir ou me protéger dans l'immédiat.

Des cliquetis lointains me parviennent.

L'ombre essaie d'entrer, j'en suis convaincue.

D'une main tremblante, j'ouvre un tiroir et me saisis du couteau le plus tranchant. Je tends l'oreille pour identifier la source des sons. La chambre de Ray.

L'ombre essaie d'y pénétrer. La pièce a un accès par l'extérieur et j'imagine qu'il est bien plus facile à forcer que notre lourde porte d'entrée. Malgré la peur qui m'envahit, j'avance à pas lents en direction de la chambre, la lame pointée en avant. Je me remémore mes séances d'entraînement de combat à l'arme blanche au centre de formation de Quantico. Notre instructeur nous avait bien précisé que ce genre d'armes était uniquement à but défensif. Si l'adversaire nous désarme, le couteau est retourné contre nous. Qu'à cela ne tienne, si je prends l'initiative de l'attaque, je suis persuadée de pouvoir me battre dignement.

J'approche de la porte et tends lentement mon bras en direction de la poignée. Je referme ma main autour et mes jointures blanchissent. Je prends deux grandes respirations et ouvre la porte soudainement.

« Bouge pas, connard ! » hurlé-je en menaçant avec le couteau l'homme qui se tient devant moi.

Un homme lève les bras en l'air d'une façon presque comique. C'est Ray. Sa posture ridicule fait disparaître toute angoisse en moi et la colère commence à bouillir dans mes veines.

— Putain ! Ray ! J'aurais pu te blesser ! craché-je, le couteau toujours brandi.

Son visage se tord en une expression d'effroi, je peux voir la peur au fond de ses yeux.

— P... Pose ce truc..., balbutie-t-il d'une voix étouffée.

Je jette un regard à la lame et secoue la tête avant de lâcher le couteau sur la commode près de moi.

— Qu'est-ce que tu fous là ? Tu ne peux pas utiliser la porte d'entrée comme tout le monde ? demandé-je d'une voix pleine de colère.

— Je... Je ne voulais pas te déranger, répond-il. Je viens juste chercher quelques affaires et je repars chez Anna.

Je laisse retomber le long de mon corps les bras que j'avais écartés. Je regarde le vide devant moi, je ne sais plus quoi dire. Je me sens exténuée tout à coup. Je ne comprends pas ce mec. Il agit de façon incompréhensible ces derniers temps. Il a oublié qu'il était ici pour assurer ma protection ou quoi ?

— J'ai essayé de t'appeler toute la journée, dis-je d'une voix étrangement calme désormais.

— Je... J'ai eu beaucoup de boulot, répond-il en haussant les épaules.

Je serre les poings à m'en faire mal, la colère monte de nouveau en moi.

— Tu mens ! crié-je. Je suis passée à ta salle de sport, tu n'y étais pas !

Il passe une main sur son visage puis soupire avant de faire un pas vers moi et d'agripper mon épaule.

— Écoute, je ne sais pas quoi te dire. Je... Laisse-moi passer cette nuit avec Anna, elle ne se sent pas bien.

J'enlève sa main d'un geste que je trouve trop brusque après coup. Il a l'air sincère, mais je décèle étrangement de la peur dans le fond de son regard. Je sens aussi qu'il ne me dit pas tout.

— Qu'est-ce qu'il se passe, Ray ?

— Rien, dit-il en secouant la tête de gauche à droite. Anna est vraiment mal en point, je lui ai promis de passer la nuit avec elle.

— Et à moi, tu y penses ? Après les évènements de ces derniers jours, c'est le moment que tu choisis pour disparaître, ton portable coupé sans arrêt ?

— Je te promets que je vais faire attention et le laisser allumé, tente-t-il de me rassurer, l'air penaud.

— Où est le flingue ?

Son visage change totalement d'expression, ses lèvres s'étirent en une expression d'incompréhension qui lui déforme la bouche.

— Hein ?

Le trait a l'air forcé. J'insiste.

— Le Glock n'est plus dans le coffre-fort.

— Qu'est-ce tu racontes ? demande-t-il, le front toujours plissé.

— Tu veux m'accompagner jusqu'au bureau et le constater par toi-même ?

En guise de réponse, il enfourne rapidement un sweat dans son sac de voyage. Le geste est beaucoup trop rapide pour être naturel. Mes sens sont en alerte. Je fais un pas vers l'avant et fouille du regard son bagage d'où dépasse la manche d'une chemise claire. Ray abaisse instinctivement la main, comme pour protéger un butin qu'il viendrait de déterrer.

— Qu'est-ce que je vais trouver si je cherche dans ton sac, Ray ? demandé-je sur un ton autoritaire.

Ray peste, plonge la main dans la pelote d'habits et brandit le pistolet automatique. Ma bouche s'arrondit.

— Tu allais me laisser ici toute seule sans me dire que tu emportais avec toi mon seul véritable moyen de me défendre ?

Mon sang est en train de bouillir, je voudrais le secouer et lui faire entendre raison. Il agit vraiment de manière inconsciente et ça commence à devenir dangereux.

Le sang dans le visage de Ray semble se vider et il s'approche de moi, assez près pour que je sente son haleine légèrement alcoolisée. Ses yeux sont rouges et je perçois une profonde détresse au fond de son regard. *Qu'est-ce qui t'arrive mon pauvre vieux ?*

— Laisse-moi le Glock, je t'en supplie, au moins pour cette nuit, m'implore-t-il presque.

Je secoue la tête.

— Si tu choisis d'abandonner le navire, dépose aussi les armes.

— Je n'abandonne pas le...

Il s'interrompt, lève les yeux au ciel comme s'il cherchait le secours d'un dieu bienveillant et lâche un long soupir. Puis, sans dire un mot, il pose le lourd pistolet sur la table de chevet. Il ferme un instant les paupières comme s'il abandonnait un compagnon de guerre derrière lui et je peux observer sa main trembler légèrement au-dessus de l'objet métallique. L'air résigné, il se détourne et continue à remplir son sac comme si je n'existais pas.

— Va rejoindre ta nana, dis-je sur un ton agacé, je ne veux plus te voir. Mais demain, on reparle de tout ça et on appellera Burrows s'il le faut.

Il opine brièvement du chef et continue de faire son bagage. Il est bien trop content de clore cette discussion et de disparaître d'ici.

* * *

Jeudi 10 mars, 1 h 19

. . .

Je n'ai pas fermé l'œil jusqu'à maintenant. Le moindre bruit me fait sursauter et la moindre de mes pensées tournées vers Ray et son attitude plus qu'étrange me rend malade. J'ai l'impression de ne l'avoir jamais connu, je n'arrive pas à le comprendre, et si, demain, nous ne pouvons pas trouver une solution ou un terrain d'entente, il est clair que je ferai un rapport circonstancié à mes supérieurs dès notre retour au pays. *Si on y retourne un jour…*

La simple pensée que nous puissions rester coincés ici à jamais me rend folle.

Après le départ de Ray, je me suis munie du Glock et j'ai bien pris la précaution de verrouiller toutes les portes, de baisser tous les stores et de fermer tous les volets. On se serait cru dans une véritable scène d'un film de zombies. J'ai refait le tour de la maison plusieurs fois pour tout vérifier, comme si j'avais des troubles obsessionnels compulsifs. L'obsession de ne pas mourir, surtout. Je me suis préparé une carafe entière de café, mais je n'ai même pas besoin de ça pour rester éveillée.

Aux alentours de minuit, j'ai songé à me prendre une chambre d'hôtel, mais les quelques établissements disponibles à quelques minutes de route n'acceptent plus de réservation après 22 heures. Il y a bien les hôtels bon marché à la périphérie de la ville, mais je ne me sens pas la force de préparer quelques affaires et de conduire pour à peine quelques heures de sommeil dans un lit inconfortable et une chambre aux murs épais comme du papier à cigarettes. Et puis, quelque chose au fond de moi m'a rappelé que je suis un agent du FBI, que j'ai suivi des mois intensifs de formation au cours desquels la grande majorité des gens n'aurait pas tenu une semaine, et que cet entraînement m'a préparée à ce genre de situation.

Je tends le bras pour me saisir de ma bouteille d'eau et je constate qu'elle est vide. Il y en a une fraîche qui m'attend dans le frigo, mais je repousse l'idée de m'extirper des draps et de descendre dans la cuisine. Ma gorge, cependant, est trop sèche pour résister.

Les marches craquent sous mes pas et le contact avec le sol froid du salon m'arrache un court frisson. Avant que je n'allume les pièces successives sur mon chemin, l'obscurité conférait des contours effrayants à tous les meubles devant moi. Le silence semble alourdir l'atmosphère de la maison comme une chape de béton.

Alors que je passe à proximité de l'entrée pour gagner la cuisine, j'aperçois un rai de lumière sous la porte qui balaie le sol de droite à gauche. Je tends l'oreille. C'est un véhicule qui roule au pas puis s'arrête plus loin dans l'impasse. Je regarde l'heure sur le four : 1 h 28. La curiosité me pousse à vérifier ce qui se trame dans ma rue. Une intuition, mon instinct de chasseuse qui se réveille.

Je saisis la télécommande du store de la fenêtre qui donne sur l'impasse et je l'entrouvre suffisamment pour y glisser un œil, mais pas assez pour être repérée si on venait à regarder dans ma direction. La scène qui se joue devant moi met en action les rouages de mon cerveau. Harvey Spielmann a garé sa voiture et s'en extirpe péniblement. Il fait le tour du véhicule et ouvre la porte passager dans un geste d'une galanterie qui paraît peu naturelle à ses manières. Une créature en sort dont la jupe trop courte, la coiffure laquée et le maquillage outrancier laissent peu de doutes sur la profession de vendeuse d'amour. Pas étonnant que monsieur Spielmann se retourne toutes les deux secondes pour observer les alentours et qu'il enjoigne à celle qui l'accompagne d'accélérer le pas.

L'adrénaline se diffuse de nouveau en moi et je prends une grande inspiration. Je connais très bien l'état dans lequel je me trouve, je ressens les mêmes émotions que lors d'une enquête où les pièces du puzzle commencent à s'emboîter.

L'heure coïncide. Je comprends désormais l'attitude de Spielmann quelques jours plus tôt.

Demain, je me paierai le luxe d'une petite visite au voisin. J'ai besoin de réponses et je compte bien les obtenir.

25

Vendredi 11 mars, 8 h 53

Je tourne en rond depuis une éternité. J'attends juste une heure plus décente pour aller déranger un homme qui est rentré chez lui au beau milieu de la nuit en charmante — et payante — compagnie. J'esquisse un rictus en imaginant Harvey Spielmann s'endormir en plein coït à cause de son grand âge et le dégoût me submerge. Quelle idée de penser à mon vieux voisin en plein ébat ? Je secoue la tête pour faire disparaître ces images et j'avise l'heure sur mon téléphone portable. 9 heures pile. Au loin, un clocher doit certainement faire tinter sa lourde cloche neuf fois, mais ici, il est l'heure d'en découdre.

Déterminée, je sors de chez moi et marche en direction de la maison d'Harvey Spielmann. Je me demande si l'*escort girl* qu'il a ramenée hier est toujours chez lui ou si elle a déjà pris un taxi pour rentrer discrètement chez elle.

J'approche un doigt du bouton de la sonnette et je marque une pause. Spielmann pourrait toujours être en train de dormir. Si je le réveille, il va certainement se mettre en rogne, d'autant plus avec ce que j'ai à lui dire.

Je sonne.

À mon grand étonnement, on vient m'ouvrir à peine quelques secondes plus tard. C'est Harvey. La chaleur qu'il met à me sourire et à me saluer lorsqu'il constate que c'est moi me fait penser qu'il n'a pas l'air d'un homme qui a quelque chose à cacher. La prostituée a donc débarrassé le plancher.

— Bonjour, monsieur Spielmann, fais-je en lui offrant un sourire au moins aussi avenant que le sien.

— Que me vaut le plaisir de votre visite ? me demande-t-il sur un ton charmeur.

L'espace d'un instant, je plonge mon regard dans ses yeux gris et je l'imagine un demi-siècle plus jeune, les cheveux noirs, châtain foncé peut-être. J'essaie simplement de me convaincre qu'il n'a pas fait appel à une professionnelle du sexe et que la femme que j'ai aperçue hier soir a prolongé la soirée avec lui de sa propre initiative. Mais ça ne colle pas. Et puis je sais qu'il existe une madame Spielmann, je me doute donc bien qu'il y a un grain de sable dans le rouage, mais je ne suis pas là pour juger les mœurs de mes voisins.

— Vous m'offrez un café ? demandé-je en faisant un pas en avant.

— Euh… oui, si vous voulez. Vous êtes venue me parler de quelque chose en particulier ?

— Oui… On sera mieux à l'intérieur.

Mon ton s'est durci et le froncement de ses sourcils blancs m'indique qu'il l'a remarqué. Il m'invite à entrer d'un geste ample du bras et pointe du doigt une table ronde en bois sombre placée au centre d'une grande pièce.

Je longe le hall puis m'installe, et Harvey réapparaît quelques secondes plus tard, porteur de deux tasses fumantes.

— Je l'aime très peu corsé, j'espère que ça vous convient, me dit-il.

— C'est comme ça qu'on le prend chez moi, réponds-je.

Il penche la tête sur le côté et semble comprendre au bout d'un instant seulement que je fais allusion aux États-Unis.

— Monsieur Spielmann, enchaîné-je sur un ton plus sérieux, j'ai quelques questions à vous poser, mais j'ai besoin que vous soyez franc avec moi.

Il approche sa tasse de ses lèvres et opine lentement, me laissant le champ libre pour continuer.

— En début de semaine, dans la nuit de lundi à mardi, avez-vous vu Grace Bathgate sortir de chez elle pour régler une course de taxi ?

Il se gratte la joue avant de répondre. *Mauvais réflexe, mon vieux, tout ce que tu vas dire après ça sera pris avec des réserves.*

— Ça ne me dit rien. Un policier m'a posé la même question l'autre jour. Qu'est-ce qui s'est passé ?

— Vous n'êtes pas au courant ? fais-je surprise.

— Si vous cherchez une commère dans ce quartier, allez plutôt voir du côté de madame Griffith, rétorque-t-il en m'adressant un clin d'œil.

Je bois une gorgée de mon café pour laisser planer un silence. Mon visage est froid, j'essaie de lui faire comprendre sans parler que je ne suis pas dupe sans pour autant le braquer. Je sais qu'il peut mettre fin à l'entretien d'une seconde à l'autre sans avoir à se justifier et je serais venue pour rien.

— Écoutez, reprends-je enfin, c'est un sujet un peu délicat, mais j'ai la conviction que vous ne me dites pas toute la vérité.

Il fait un mouvement de recul et grimace.

— Vous entrez chez moi pour me traiter de menteur ? lâche-t-il.

C'est mal barré, me dis-je.

Son ton reste cordial, mais je sens qu'il commence à s'irriter. Son poing s'est légèrement serré en prononçant ses mots.

— Je vous ai vu, hier soir, en compagnie d'une jeune femme qui n'avait pas la moindre ressemblance avec madame Spielmann, osé-je, une pointe d'appréhension dans l'estomac ne sachant pas du tout où cette piste va me mener.

S'il a ressenti quoi que ce soit à l'évocation de sa nuit d'hier, il l'a dissimulé avec brio. Peut-être qu'il est encore en train de digérer mes mots. Je tente le tout pour le tout et décide de m'enfoncer dans la brèche.

— Où est-elle d'ailleurs, votre femme ?

L'homme en face de moi se lève d'un bond, manquant renverser totalement son café sur la table. Il me fait les gros yeux, son visage se fige dans une expression de colère sourde et c'est à cet instant que je me rends compte à quel point il est massif.

— Si vous êtes ici pour me manquer de respect, vous pouvez sortir ! grogne-t-il en m'indiquant le couloir d'un geste déterminé.

— Une jeune femme a été enlevée, monsieur Spielmann, et à l'heure où on parle, elle court certainement un grand danger.

— Qu'est-ce que j'ai à voir avec ça ?

— Votre témoignage peut tout changer. Est-ce que, oui ou non, vous avez aperçu Grace devant chez elle en compagnie d'une jeune femme qui sortait d'un taxi ?

— Ne me remerciez pas pour le café et débarrassez-moi le plancher, fait-il en fermant les yeux.

— Pourquoi ne dites-vous pas la vérité ? Qu'est-ce que vous avez à cacher ?

— Sortez ! hurle-t-il.

Il bombe le torse et avance vers moi d'une façon menaçante. Son visage rougit de colère et gonfle ses veines, il vient de perdre presque dix ans en une fraction de seconde.

Je suis sur le point d'atteindre la sortie quand j'aperçois, au fond de la pièce, quelques photos dans des cadres présentant une jeune femme d'à peu près mon âge. Elle possède le même regard gris et perçant que celui de Harvey et la rondeur de son visage est semblable à celui de madame Spielmann.

— Votre témoignage est crucial dans cette affaire, monsieur Spielmann, insisté-je.

— Qu'est-ce que ça peut vous faire, vous êtes de la police ?

— Justement, la police ne croit pas à la version de Grace Bathgate, pas plus que son mari d'ailleurs. Elle dit que vous l'avez aperçue et saluée vers 1 heure du matin quand elle vous a croisé alors que vous rentriez chez vous.

— Peut-être et alors, qu'est-ce que ça change ?

Son attitude vient déjà de changer, sa colère semble s'être légèrement atténuée.

— Qu'avez-vous dit à la police ? Que vous avez aperçu Grace ce soir-là ou pas ?

Il croise les bras sur sa poitrine et prend une profonde inspiration. Il est en train de se fermer au dialogue, je suis sur le point de le perdre.

— Avez-vous des enfants, Harvey ?

L'usage du prénom est volontaire pour toucher à l'intime de sa personne, pour tenter d'incarner au mieux une figure bienveillante, presque amicale. Je ne pouvais pas passer en force.

Spielmann grince qu'il ne voit toujours pas le rapport.

— La fille aînée de Grace Bathgate a disparu cette fameuse nuit, précisé-je, et si vous avez aperçu sa mère à l'heure qu'elle a indiquée à la police, les forces de l'ordre prendront cette affaire au sérieux et pourront déployer leurs effectifs pour se mettre à sa recherche.

Il secoue la tête. J'ai la conviction qu'il veut aider, mais son aveu lui porterait un énorme préjudice. Il est certainement en train de peser le pour et le contre. Je m'approche lentement et m'adresse à lui d'une voix douce, compatissante :

— Vous savez, je me fous totalement de ce que vous faites dans votre intimité, je veux juste sauver cette pauvre fille, s'il est encore temps. Mais on ne pourra rien si personne ne croit à l'histoire de Grace. Tout le monde pense qu'elle affabule. Si ce qu'elle a dit est vrai, il faut que je le sache.

Harvey baisse le regard et se gratte le menton avant de se diriger vers la table et de s'installer sur une chaise. Il enfouit son visage dans ses mains ridées et j'entends son souffle qui trouble le silence.

À mon approche sans hâte, il lève la tête.

— Oui, je l'ai vue ce soir-là, avoue-t-il enfin. Une jeune femme sortait d'un taxi et Grace a réglé la course. Je rentrais à ce moment-là et elle m'a adressé un geste de salutation que je lui ai rendu. Je ne sais rien de plus.

Dans mon esprit, les rouages tournent à toute vapeur.

— Vous savez, ma femme n'a plus toute sa tête, ajoute-t-il pour se justifier.

Il me fixe d'un regard de chien battu, certainement pour m'attendrir, puis reprend :

— Elle est en convalescence depuis quelques semaines déjà.

On dirait un petit garçon qui a fait une bêtise et qui craint une punition disproportionnée. Les hommes sont si prévisibles. Alors quoi ? Madame est absente et monsieur se précipite sur la première personne pouvant assouvir ses désirs sexuels ? Il fait ce qu'il veut, ce pauvre vieux, je m'en contrefous. Je n'ai juste pas envie de le voir sortir les violons pour accompagner ses excuses.

— Répéteriez-vous cela à la police si elle vous reposait la question ? lui demandé-je.

Il relève la tête et paraît étonné. Ses yeux et son front se plissent.

— Comment ça ?

Il a certainement peur de devoir évoquer l'*escort girl*. Je précise ma pensée :

— Est-ce que vous seriez prêt à apporter votre témoignage et à corroborer les propos de Grace Bathgate au sujet de la nuit du lundi au mardi ?

— Euh… oui, bien sûr, si ça peut aider.

Il me fixe longuement et je me demande soudain ce que je fais encore dans le salon de cet homme.

— Ce n'est pas ce que vous croyez, reprend-il.

— Je ne crois rien du tout monsieur Spielmann, je voulais simplement m'assurer que Grace a dit la vérité, le reste…

Je laisse ma phrase en suspens et tourne les talons pour quitter en hâte le domicile.

Cette affaire brille désormais sous un nouvel éclairage. Grace n'est pas le portrait de cette femme à l'esprit fragile que s'échine à brosser son entourage, et sa fille est peut-être en grand danger.

26

Vendredi 11 mars, 9 h 35

Depuis le perron des Spielmann, je peux observer la maison des Bathgate. Une pointe d'excitation me chatouille et je m'apprête à passer chez Grace pour lui annoncer que j'ai les moyens de lui apporter mon aide dans la recherche de sa fille et que je me rends au commissariat pour convaincre l'inspecteur Connors de prendre l'enquête. Je ne sais pas si mon statut d'agent du FBI pourra avoir une quelconque influence ici, mais j'espère bien user et abuser de ce titre tant que je le peux. C'est aussi ça que je veux annoncer à Grace, qu'elle a mon soutien indéfectible et que, quoi qu'il arrive, je suivrai de près cette affaire, si la police me le permet.

À l'approche de la maison, j'aperçois un gros SUV noir garé juste devant la porte du garage. Si les Bathgate ont de la compagnie, il est peut-être préférable que je repasse plus tard. Mais je comprends très vite de quoi il s'agit.

Alors que je suis le trottoir qui longe le terrain des Bathgate, la porte s'ouvre sur un homme chauve portant une barbichette et une moustache blanche qui le font ressembler à un scientifique d'un autre siècle. Il porte une sacoche en cuir dans une main et donne l'autre bras à Grace qui l'accompagne dans leur lente progression vers le gros véhicule. Simon qui les suit opine du chef sans arrêt après chaque phrase de l'inconnu.

En m'approchant, je peux remarquer la ressemblance flagrante entre Simon et l'homme à la barbe, comme si l'un était la version plus âgée de l'autre. Je crois me souvenir que Simon avait évoqué un oncle médecin et, maintenant que j'y pense, c'est d'un médecin sorti tout droit du XVIIIe siècle dont il a l'allure.

Je suis trop près pour ne pas annoncer ma présence et j'adresse au petit groupe un grand geste de la main. Simon, la mine inquiète, me le rend rapidement et Grace se contente de hocher la tête lorsqu'elle croise mon regard. L'homme à la barbe, quant à lui, ne daigne même pas me saluer, il se contente de continuer de marcher jusqu'à son SUV. Il jette sa sacoche sur la banquette arrière, ouvre la porte passager à Grace et l'aide à monter à bord. Le plus sérieusement du monde, il fait le tour du 4×4 et s'installe au volant. Il tourne la tête vers Grace et lui dit des mots qui ne me parviennent pas.

Quelque chose cloche. Où cet homme emmène-t-il Grace ?

Le véhicule démarre et, alors qu'il remonte l'impasse, Grace ne me lâche pas du regard. Ses yeux sont exorbités et le masque du désarroi fige ses traits. Elle semble avoir perdu toute autorité sur son sort. *Mais de quel sort s'agit-il ?*

Avant que le SUV ne disparaisse, les lèvres charnues de Grace remuent sans cesse dans une litanie silencieuse. L'homme accélère et je comprends au dernier moment son message à mon attention : « À l'aide ! ».

Une vague d'incompréhension me secoue et je trottine en direction de Simon dans l'espoir d'obtenir des explications. Il est en train de refermer la porte derrière lui comme s'il ne m'avait pas vue arriver.

— Hé, Simon !

Il se raidit et se retourne pour m'offrir une mine faussement étonnée. Face à son silence, je me lance :

— On emmène Grace quelque part ?

— J'ai bien peur qu'elle n'ait fait une rechute, me dit-il d'une voix chuchotée comme s'il me révélait un secret.

— Comment ça ?

— Elle ne décroche pas de son délire, elle a besoin de repos et de personnes compétentes pour gérer son état. Je vais encore devoir m'absenter quelques jours, je ne me vois pas la laisser ici toute seule et, moi-même, je ne me sens pas en capacité d'endurer une nouvelle crise. Elle a refusé de retourner dans l'établissement qui l'a suivie la première fois et nous sommes arrivés à un compromis. Elle a enfin accepté que mon oncle la prenne en charge.

Je me disais bien que la ressemblance était flagrante.

— Où va-t-elle ?

— Dans une maison de repos tout aussi sérieuse qu'un hôpital psychiatrique, mais avec beaucoup moins de restrictions, un meilleur suivi et un environnement propice à la guérison. Je suis sûr qu'elle sera rapidement de retour parmi nous. Tu pourras aller la voir, si tu veux. Pas dans l'immédiat, c'est évident, mais mon oncle pense que dans trois ou quatre jours, elle pourra recevoir des visites.

Je ne sais pas quoi dire tant je suis choquée par la situation. On dirait un mauvais remake de pratiques d'un autre siècle, celui où les hommes pouvaient faire interner leurs femmes à la moindre contrariété. Est-ce que Simon est vraiment sincère dans son désir de faire guérir sa femme ou joue-t-il les naïfs pour la mettre à l'écart et étouffer son secret ? Est-ce pour ça qu'il veut l'interner, pour ne pas que sa famille à lui, très puritaine selon Grace, soit au courant ?

Comme je ne dis plus rien, Simon lâche un léger soupir, pour me faire comprendre que le mieux à faire est de rentrer chacun chez soi, mais je ne peux pas le laisser ainsi me filer entre les doigts.

— Grace dit la vérité, Simon.

Il fronce les sourcils sans rien ajouter.

— Je reviens de chez Spielmann. Il m'a avoué avoir menti à la police. Il a bien aperçu Grace et une jeune fille cette nuit-là. Ta femme ne fabule pas.

— Qu'est-ce que ça prouve ? fait-il en haussant les épaules. Grace pense que sa fille a disparu, tu ne comprends donc pas ?

— Cette jeune femme, Keira, tu n'as jamais envisagé que ce soit véritablement sa fille ?

Simon secoue la tête et rentre à l'intérieur de sa maison. Avant de refermer la porte, alors que seul son visage, dont les traits sont exagérés par la pénombre, pointe dans l'embrasure, il conclut :

— Grace n'a qu'une seule fille, et c'est Serena, dit-il. Le mieux à faire maintenant, c'est d'attendre les consignes des médecins avant d'aller lui rendre visite, si toutefois tu le souhaites. Bonne journée, Eleanor.

La porte claque et je me retrouve seule à fixer le vide.

27

Vendredi 11 mars, 11 h 13

Tout à Cobham est entouré — certains diraient protégé — par un écrin de verdure, et le commissariat ne fait pas exception. Ses briques rouges et ses fenêtres à baïonnette blanches lui confèrent un air antique qui n'est pas déplaisant. Chez moi, les brigades de police ou celles des shérifs des comtés sont, à de très rares exceptions près, de simples blocs de métal et de béton qui ne se différencient des autres bâtiments que par leur énorme insigne ostentatoire et la nuée de voitures de police garées autour. J'ai également remarqué qu'ici, les policiers sont plus sveltes et souffrent beaucoup moins, voire pas du tout, de l'image du flic qui s'empiffre de donuts toute la journée et qui peine à courir après les suspects plus de quelques mètres.

L'imposant fronton en pierre qui surplombe l'entrée affiche un « COBHAM POLICE STATION » en lettres de style Art déco. Quatre colonnes arrondies en leur milieu le soutiennent et font barrage aux rayons du soleil, créant un espace constamment ombragé.

Je grimpe les trois marches pavées qui mènent à une porte tambour en verre et me faufile à l'intérieur du commissariat. L'endroit grouille d'uniformes qui entrent et sortent tantôt de bureaux, tantôt du grand *open space* qui s'étire à perte de vue un peu plus loin. Je retrouve l'odeur de cire qui doit servir à entretenir l'impeccable parquet. Sur ma gauche, derrière le comptoir d'accueil, une jeune policière reçoit tous les nouveaux arrivants.

Elle termine de donner des instructions à un petit vieux qui hoche la tête et disparaît dans une arrière-salle en attendant qu'on l'appelle. Je m'approche et offre à la jeune femme mon plus beau sourire. J'espère bien lui faire comprendre que je ne suis pas comme tous ceux qu'elle croise à longueur de journée et que mon problème ne concerne pas un quelconque chien écrasé ou un voisin qui a encore laissé ses poubelles sur ma propriété. Mon affaire est sérieuse et urgente.

— Bonjour madame, je suis l'agent O'Brian, que puis-je faire pour vous ? lâche-t-elle d'une voix de robot.

Je remarque que sa casquette à visière est légèrement trop grande pour elle et je me surprends à imaginer le stock d'uniformes de la police britannique. Est-ce qu'ils possèdent vraiment toutes les tailles ou se contentent-ils de faire fabriquer les plus courantes par souci d'économie ?

— Bonjour, fais-je avec une voix que j'utiliserais pour séduire un homme, à la limite de la minauderie. J'aurais besoin de voir l'inspecteur Connors. C'est urgent, il s'agit d'une affaire grave.

Elle affiche une mine contrite et semble chercher dans sa mémoire la phrase un jour apprise par cœur qui permet de répondre à une telle demande.

— Je suis désolée, madame, mais il n'est pas possible de rencontrer directement un officier en particulier. Expliquez-moi votre problème et vous pourrez vous installer dans la salle d'attente en attendant que quelqu'un prenne en charge votre requête.

Bravo ! C'est bien récité et ça n'a même pas eu l'air condescendant une seule seconde, encore une différente flagrante avec la police américaine. Je m'éclaircis la gorge et choisis un autre angle d'attaque.

— Il s'agit d'une affaire en cours, une enquête dirigée par l'inspecteur Connors. Il m'a dit que si j'avais de nouvelles informations, je devais lui en faire part de toute urgence.

L'agent O'Brian marque une pause. Je peux presque entendre les rouages de son cerveau. Elle se décale sur sa droite pour décrocher le combiné d'un poste téléphonique d'un autre âge puis relève le regard sur moi.

— Il ne vous a pas laissé sa carte ? me demande-t-elle.

Bon sang, la carte de Connors ! Je peux la voir posée sur un meuble chez Grace.

Je passe une main dans mes cheveux et esquisse un sourire que je veux délibérément niais.

— Il me l'a donnée mardi matin, mais elle est restée dans un pantalon qui est passé à la machine…

La bouche de la jeune femme s'arrondit. Elle cherche sûrement dans sa liste de situations une solution à ce problème.

— OK, dit-elle en approchant le combiné de son oreille. Je vais voir ce que je peux faire. Puis-je avoir votre nom ?

— Eleanor Perkins, réponds-je. C'est au sujet de Grace Bathgate et c'est urgent, répété-je.

Elle opine du chef et m'indique l'arrière-salle de l'index.

— Allez vous asseoir, on vous appellera.

Je remercie la policière et pénètre dans la pièce vitrée située derrière le comptoir d'accueil. Une odeur âcre de transpiration m'assaille et je peux encore déceler dans cet air chargé et humide, celle de tabac froid. Le parquet court dans tout le bâtiment et je parie qu'il recrachera ses vieux effluves pendant encore des décennies.

Une demi-douzaine de personnes d'allures et d'âges hétéroclites sont dispersées sur les sièges qui forment des rangées sur toute la surface de la pièce. Je choisis un coin isolé pour m'y asseoir.

Immédiatement après m'être installée, je sors mon téléphone portable et envoie un message à Ray pour lui demander s'il compte revenir à la maison et, surtout, quand.

Une vingtaine de minutes plus tard, toujours pas de signe de vie de mon collègue, mais voilà que la carrure de l'inspecteur Connors se dessine dans l'encadrement de la double porte. Son regard accroche le mien et reste impassible, déjà agacé par ce qu'il suppose que je vais lui dire. Il me fait un geste de la main en m'enjoignant de le rejoindre.

— Bonjour, madame Perkins, lance-t-il en faisant un premier pas alors que j'arrive à peine à sa hauteur. Allons dans mon bureau, suivez-moi.

Nous suivons un large couloir qui longe l'*open space* et qui distribue les bureaux des inspecteurs de la brigade.

Celui de Connors est à son image : froid et impersonnel. Seul un cadre photo décore l'imposant meuble métallique qui lui sert de poste de travail, mais celui-ci est tourné vers lui et je ne peux pas distinguer ce qui se trouve sur le cliché. Pour tout ce que j'en sais, le cadre est peut-être vide. Vide comme le regard de Connors qui prend place en face de moi. Il soupire et parle le premier :

— Je suis très occupé, madame Perkins, mais, au regard de votre situation et de votre statut, et bien qu'il n'ait aucune valeur en Angleterre, j'ai accepté de vous recevoir. J'espère que vous avez du nouveau, et du solide cette fois.

Je croise les jambes et attrape mon genou des deux mains.

— Je suis allée rendre visite au voisin, monsieur Spielmann, et il m'a avoué avoir aperçu Grace Bathgate ainsi qu'une jeune femme dans la nuit de lundi à mardi.

Connors observe l'écran de son ordinateur quelques secondes et ses yeux se plissent.

— Excusez-moi, mais pouvez-vous me rafraîchir la mémoire ? me demande-t-il. Cobham a beau être une petite ville, on a un nombre impressionnant d'affaires qui s'enchaînent et je ne les ai pas toutes en tête.

— Grace Bathgate, vous vous souvenez ? fais-je avec agacement.

— Oui, ça, ça va, je vous remercie. Je me souviens qu'elle nous a appelés en début de semaine. Sa fille avait soi-disant disparu.

— Eh bien, c'est vrai, le coupé-je. Vous pensiez qu'elle divaguait, comme à chaque fois où vous êtes intervenus chez elle, mais le voisin d'en face confirme finalement sa version.

Connors hausse les épaules et tourne ses paumes vers le plafond. J'en déduis qu'il a besoin que je lui rafraîchisse la mémoire une nouvelle fois.

— Grace vous a dit que sa fille, Keira, avait débarqué chez elle en pleine nuit en taxi et que monsieur Spielmann les avait vues toutes les deux, alors qu'il rentrait chez lui. Il les a même saluées. Quand votre collègue et vous êtes allés l'interroger, il a démenti ce fait et vous en avez conclu que Grace était de nouveau en proie à un délire. Mais Spielmann vous a menti.

— Comment le savez-vous ?

— Je vous ai vus sonner chez lui et il a fait « non » de la tête bien distinctement quand vous lui avez parlé. Vous êtes restés à peine une minute, il ne faut pas être un génie pour comprendre qu'il a contredit la version de Grace.

— Je ne parle pas de ça. Comment savez-vous que Spielmann a menti ce jour-là ?

Ma bouche s'entrouvre pour répondre, mais mes mots meurent entre mes lèvres quand Connors frappe son bureau du poing, l'air d'avoir compris.

— Vous êtes allée l'interroger ? tonne-t-il. Vous n'avez aucune autorité ici, on n'est pas aux États-Unis, ma chère !

Il me prend de haut et je n'apprécie pas du tout. Et ce petit « ma chère » bien cinglant qu'il me livre ne lui ressemble pas, pour le peu que j'ai vu de lui.

— Grace est mon amie et je m'inquiète pour l'intégrité de sa fille. Cela me donne tout de même le droit de poser des questions à mon voisin, non ? Qui plus est quand son témoignage est crucial dans une affaire aussi grave. Ça change tout, inspecteur. Spielmann a bel et bien vu Grace en compagnie d'une jeune femme. Elle dit la vérité, sa fille a disparu.

Il ferme son poing et l'approche de sa bouche pour toussoter à l'intérieur. Ses traits se sont adoucis et il paraît prendre la mesure de ce que je viens lui dire.

— Très bien. Dans ce cas, dites à madame Bathgate de venir ici pour faire une déposition complète et nous verrons ce que nous pourrons faire. Mais, en l'absence du nom de la jeune femme ou d'éléments plus probants, comme son adresse ou même son métier, je ne vais pas pouvoir déclencher une alerte pour disparition inquiétante.

Mes lèvres se tordent sur le côté dans une moue embêtée. Connors la remarque immédiatement.

— Il y a un problème ?

— Grace ne va pas pouvoir venir avant un petit moment…

— Et pourquoi ça ?

— Elle vient d'être internée dans une maison de repos.

Connors écarquille les yeux. Il a très bien compris l'euphémisme. Il me lance un regard blasé qui veut tout dire. Sans qu'il prononce un seul mot, je réalise les conséquences de cette difficulté. Je me sens presque ridicule, je sais que je ne devrais pas, mais comment faire autrement ? Une lueur de compassion semble briller dans les yeux de l'inspecteur et il écarte les bras avant de briser le silence :

— Si vous le pouvez, transmettez-lui le message et dites-lui de passer quand elle sera remise. (Il se lève et réajuste sa chemise noire.) Désolé, mais j'ai beaucoup de travail.

Je me lève à mon tour et avise une petite boîte en plastique dans laquelle sont empilées des cartes de visite. J'allonge le bras vers elles et je lève les yeux vers Connors.

— Je peux ? Pour vous joindre directement sans passer par votre salle d'attente.

L'inspecteur saisit une carte et me la tend sans dire un mot avant de me raccompagner à la porte.

Une fois hors du bureau, mon cœur se serre, je sais que lorsque je sortirai de ce commissariat, je serai de retour à la case départ.

28

Vendredi 11 mars, 13 h 10

Après l'échec du commissariat, je suis retournée chez moi pour déjeuner. Mon estomac était vide, mais tellement serré que je ne ressentais pas la faim. Je me suis forcée à avaler un sandwich avant de réaliser que je me retrouvais seule au monde. Grace a été emmenée de force dans un institut, Ray reste aux abonnés absents et Connors ne prend toujours pas cette affaire au sérieux.

Je suis assise dans mon canapé, l'écran de télé fixé au mur diffuse des images dont j'ai coupé le son d'une chaîne d'informations en continu et c'est comme si mon regard passait au travers. L'atmosphère du salon me paraît tout à coup glaciale et une sensation de démangeaison remontant ma colonne vertébrale devient de plus en plus intense. Mes entrailles forment de nouveau des petits nœuds d'appréhension et l'impatience me gagne. Si personne ne veut ou ne peut rien faire, je dois prendre les choses en main. Je ne suis pas l'héroïne faussement simplette d'un *cozy mystery*, — même si le décor s'y prête volontiers —, je suis agent du FBI et, dans ma carrière, j'ai traqué les tueurs les plus dangereux du pays. Je peux — je dois, même — faire quelque chose, je ne peux plus rester immobile. Keira, ou tout autre nom quel qu'il soit, est peut-être séquestrée ou pire…

Le témoignage de Grace me revient en mémoire et une idée illumine soudain mon esprit. Je me lève d'un bond et gagne ma voiture d'un pas rapide.

Après quelques recherches, j'ai trouvé l'adresse de la station des taxis de la ville. Elle est située en périphérie de Cobham, dans une zone d'activité sans âme où les bâtiments de taule se succèdent et ne se différencient qu'aux couleurs de leurs façades.

N'ayant pas trouvé de place sur le parking saturé, je me suis garée à quelques encablures de la station et je profite du chemin qui me sépare de ma destination pour envoyer une salve de textos incendiaires à Ray. Il a intérêt à me répondre et à pointer le bout de son nez à la maison d'ici ce soir, sinon je vais le chercher moi-même par la peau des fesses.

Un panneau jauni par le temps m'indique l'accueil du public. Au fond, derrière une banque qui coupe pratiquement la pièce en deux, une jeune femme au visage rubicond, portant une chemisette aux couleurs de la compagnie de taxis est absorbée par son téléphone portable, posé à plat devant elle. Lorsqu'elle entend mes bottines claquer sur le sol, elle relève la tête et sursaute. Je remarque qu'elle est équipée d'un casque-micro qui me fait immédiatement penser à celui d'une pop star des années 90. Ma présence ravive les muscles de sa mâchoire qui se met à mastiquer son chewing-gum.

— Bonjour madame, me dit-elle en m'adressant un sourire qui fait remonter ses pommettes roses.

— Bonjour, fais-je du même air avenant. J'ai une demande à faire concernant un de vos taxis.

— Je vous écoute, dit-elle en se redressant et plaçant ses deux mains au-dessus de son clavier, prête à accéder à ma requête.

— Ma fille a effectué une course avec un taxi de chez vous et a oublié son sac à main à l'intérieur.

— Très bien, madame, vous avez un reçu ?

— Euh... non, je ne crois pas l'avoir conservé.

Je pense brièvement à lui servir l'excuse du passage en machine, mais j'ai l'impression de jouer avec ma chance et je préfère d'abord tâter le terrain.

— Vous vous rappelez la plaque ou le numéro de matricule sur le flanc du véhicule, madame ?

— Non plus, je n'y ai pas fait attention, ne pensant pas, alors, en avoir besoin.

Machinalement, elle fixe l'écran de son ordinateur et effectue quelques clics de souris. Elle reprend :

— Très bien, madame. Pouvez-vous me préciser la date de la course, l'adresse de départ et d'arrivée ?

— Euh, fais-je en remettant une mèche de cheveux derrière mon oreille. C'était lundi soir... non, mardi matin, du coup, vers 1 heure. L'adresse d'arrivée est le 8 Cedar Avenue à Cobham.

Les doigts de la jeune femme pianotent à toute allure et semblent voler au-dessus du clavier. J'entends les cliquetis et ils me font penser aux sons que font les gouttes de pluie sur le petit toit en tuiles moussues de l'abri de jardin.

Elle s'arrête soudain et, sans même m'adresser un regard, continue de faire courir ses doigts sur le pavé numérique.

« Ouais, dit-elle d'une voix plus familière dans son micro, c'est Karen, on a une requête *objets trouvés*. »

Un silence, puis elle reprend :

« Tu notes ? C'est le 8869, le 8 mars. OK, merci », conclut-elle en raccrochant.

Alors qu'elle sort une feuille d'un tiroir de son bureau, elle s'interrompt pour saluer du menton un homme qui franchit la porte. Elle pose ensuite la feuille sur le comptoir, me tend un stylo.

— Mettez-vous sur le côté, remplissez ce formulaire avec vos coordonnées et on vous recontactera. Si, dans quarante-huit heures, vous n'avez pas de nos nouvelles, c'est qu'on n'a rien trouvé.

Tout ce dont j'ai besoin, c'est l'adresse de départ de la course, mais elle ne l'a pas évoquée et je ne me vois pas la lui demander. Qui aurait besoin de connaître une telle information à part quelqu'un qui a de sérieux problèmes de mémoire ? Elle trouverait ça suspect.

Hésitante, je me décale sur le côté et, d'un geste de la main, l'hôtesse invite l'homme qui vient d'arriver à s'approcher du comptoir. Avant qu'il n'atteigne notre hauteur, je tends le cou pour m'adresser à Karen.

— Excusez-moi… Karen, c'est ça ? C'est le nom qui figure sur votre badge. Vous ne savez pas si on a trouvé quelque chose ?

— Remplissez le formulaire et, si le sac à main a été perdu dans le taxi, on vous recontactera.

— Et si quelqu'un l'a pris lors des courses suivantes ? Vous avez un moyen de retracer tout l'itinéraire ?

— Madame, la seule chose que vous avez à faire c'est…

— De remplir le formulaire, oui, j'ai compris, la coupé-je.

Elle me fusille du regard et se détourne de moi pour s'occuper du client.

J'effectue un tour d'horizon de la pièce et une affiche orange collée sur le mur du fond attire mon attention : « UNE RÉCLAMATION AU SUJET D'UN DE NOS CHAUFFEURS ? NOUS SOMMES À VOTRE ÉCOUTE. » Quelques centimètres plus bas, sur la droite, une feuille A4 fixée en mode paysage indique d'une flèche et par quelques mots écrits au marqueur, l'emplacement des formulaires de réclamation qui n'est autre qu'une bannette en plastique rose.

Je reviens aussitôt au guichet et ajoute d'une voix mielleuse :

— J'ai également une plainte à faire contre un de vos chauffeurs.

Mon intervention stoppe net la discussion entre l'hôtesse d'accueil et son client et leurs visages se tournent dans ma direction.

— Pardon ? demande l'employée.

— Je veux faire une réclamation contre le chauffeur qui a pris ma fille, répété-je, déterminée.

— Madame, si c'est toujours à propos de cette histoire de sac, vous ne pouvez pas transformer ça en réclamation, il s'agit d'un oubli et, je le répète...

— Votre chauffeur a embouti le pare-chocs de ma voiture en faisant demi-tour, déclaré-je avec aplomb.

Le visage de Karen se tord dans une moue perplexe.

— Qu'est-ce que...

— Je ne voulais pas forcément évoquer l'accident, déclaré-je, mais, maintenant que ça me revient, votre chauffeur s'est comporté comme un malotru et je ne peux pas laisser passer ça.

La jeune femme me fixe longuement sans rien dire, certainement dans l'espoir que je revienne sur ce qu'elle devine être un mensonge, mais je reste sur ma position.

— Je suis sérieuse, mademoiselle. Où dois-je m'adresser pour faire une réclamation ?

Elle roule des yeux et exhale un soupir désabusé. Elle s'excuse auprès de l'homme, se lève et traîne les pieds jusqu'au fond de la pièce, là où les formulaires attendent sagement des réclamations comme la mienne.

Une pulsion d'adrénaline se diffuse en moi et je jette mon buste au-dessus du comptoir. Je tends les bras, saisis l'écran d'ordinateur sous le regard interloqué du client et le tourne vers moi. Les quelques câbles qui s'entremêlent à l'arrière freinent la manœuvre, mais, au terme d'un coup de poignet vigoureux, mon visage se retrouve face à l'écran et je peux y lire toutes les informations. Mes yeux parcourent le fichier jusqu'à un encadré qui indique l'adresse de départ. Les mots se gravent dans ma mémoire et, avant que la jeune femme ne se retourne pour me hurler dessus, je suis déjà loin. Une fois hors de portée, je note soigneusement l'adresse d'où Keira est partie dans la nuit de lundi à mardi pour être sûre de ne pas l'oublier.

29

Vendredi 11 mars, 17 h 38

Devant mes yeux est affichée la carte satellite de la zone autour de l'adresse exacte que j'ai tapée dans le moteur de recherche. Je suis encore loin du but, mais je m'en approche ; je touche du doigt un élément clef de cette histoire. Je peux évidemment me tromper, mais si ce qu'a dit Grace est vrai — et je n'ai plus aucune raison de douter d'elle désormais — et que Keira a fui de chez elle suite à une dispute avec son petit ami, je peux alors tenter de me glisser dans sa peau et tenter de déduire d'où elle est partie. Le lieu où l'a prise le taxi se situe à l'angle de l'axe principal qui traverse la petite ville huppée de Moseley et de la rue qui y débouche : Wolsey Road. D'après les photos du site web, des maisons toutes plus chic les unes que les autres s'y alignent de part et d'autre, et les marques de luxe des quelques voitures garées dans les allées témoignent du standing du quartier. Les souvenirs d'une conversation avec Grace me reviennent. Elle a évoqué la mort des parents de Keira et a insisté sur le fait que le couple évoluait dans le même milieu très aisé que sa famille. Il se peut tout à fait que Keira ait élu domicile dans la demeure ainsi héritée et que ma théorie se confirme.

J'effectue une recherche d'itinéraire et le site m'indique un trajet long de vingt-cinq minutes dans les conditions de circulation actuelles. Il n'y a pas de temps à perdre. Cette affaire est restée en sommeil pendant trop de temps déjà et il se pourrait bien que mes efforts soient vains. L'idée qu'il soit déjà trop tard pour sauver Keira me serre la gorge et je secoue la tête pour faire fuir la noirceur de ces images funestes.

Je transfère l'itinéraire sur mon téléphone portable et me lève d'un bond. J'enfile la veste qui dort sur le dossier de ma chaise et, dans ma précipitation à sortir, ma tête heurte un obstacle de plein fouet, occasionnant une douleur explosive. Cet obstacle, c'est Craig Chaney. La puissance du choc l'a fait vaciller avant de tomber au sol. Dans l'action, un objet rectangulaire lui a échappé. Un seul coup d'œil me suffit pour reconnaître le recueil de poèmes de Robert Frost et, comme dans un réflexe pavlovien, une décharge électrique parcourt ma nuque.

Je me masse le menton avant d'accourir vers le jeune homme qui, à terre, regarde dans le vide d'un air hébété.

— Désolée ! Ça va ?

Il ne répond pas tout de suite et approche ses paumes de ses yeux. Du sang frais et rouge vif dégouline jusqu'à ses poignets.

— Pardon, pardon, pardon, m'excusé-je avec une voix qui tire dans les aigus. Tu peux te lever ?

Je m'accroupis à côté de lui et le soulève en maintenant son aisselle jusqu'à ce qu'il soit debout. Je suis un peu rassurée de constater qu'il tient l'équilibre.

— Viens, on va désinfecter ça, lui dis-je en l'accompagnant doucement à l'intérieur.

Craig ne dit pas un mot et se laisse faire.

Je l'installe sur un tabouret haut autour de l'îlot central de la cuisine et vais chercher de quoi nettoyer ses plaies dans la salle de bains.

Un rapide examen de ses paumes m'indique que les blessures sont bénignes. Plus de peur que de mal.

— Bon, c'est rien, lui fais-je. Désolée, mais qu'est-ce tu fichais devant ma porte, toi aussi ?

Il sort rapidement de sa torpeur et son regard se fait noir pour répondre à ma question par une autre.

— Pourquoi vous avez laissé ce livre à mes parents ?

Il tourne la tête de gauche à droite et réalise qu'il parle d'un objet qu'il n'a plus entre les mains. Je le laisse se remettre de ses émotions et fais un aller-retour à l'extérieur pour aller chercher le recueil de poèmes.

Lorsque je reviens, je brandis l'ouvrage.

— Tu veux parler de ça ? C'est plutôt à moi de te renvoyer la question ! Pourquoi tu as laissé ça dans mon jardin ? Qu'est-ce que tu foutais chez moi en pleine nuit ? À quoi tu joues ?

Mon ton s'est progressivement fait plus agressif et je prends une grande inspiration avant sa réponse pour faire redescendre la pression.

— Quoi ? Mais vous délirez ! C'est ce que vous croyez ? Pourquoi me serais-je introduit dans votre jardin pour y laisser ça ?

Son air offusqué ne me semble pas feint.

— Qu'est-ce que tu sais de Robert Frost ? demandé-je, une pointe d'appréhension dans l'estomac.

— Rien du tout avant que je ne fasse des recherches, répond-il plus calmement.

— Et, maintenant, tu sais quoi ?

— Que vous n'êtes pas Eleanor Perkins, mais Melody Winslow.

Dans sa bouche, ces mots sonnent comme un coup

de poignard porté au flanc. Je tente de rester impassible et enchaîne :

— Et Robert Frost ?

Avant de répondre, il masse délicatement les bandages que je lui ai appliqués et grimace.

— C'est en rapport avec l'affaire Clyde Barker, dit-il. Il tuait des jeunes femmes et laissait sur elles des vers de poèmes de Robert Frost. Vous étiez agent du FBI sur cette enquête, mais tout ça, ce n'est pas moi qui vais vous l'apprendre.

Je plisse les yeux et le fixe longuement. Comment en sait-il autant ? Comment a-t-il fait pour retrouver mon identité ? Je dois remonter le fil et m'attarder sur l'évènement qui a déclenché tout cela.

— C'est toi qui as apporté l'article de journal aux Bathgate, pas vrai ? Pourquoi ?

— C'est plutôt à moi de vous demander des explications ! dit-il en se renfrognant. Une fille disparaît et j'apprends que la voisine n'est pas celle qu'elle prétend être. Avouez que c'est bizarre, non ? Et cette baraque, fait-il en dessinant un cercle avec son index au-dessus de sa tête, ça fait des années que personne n'habite dedans. Pourtant, l'herbe du jardin est toujours impeccable. On est où, ici ? C'est une planque du FBI, c'est ça ?

Pas bête, le jeune homme. Ça ne me dit pas comment il a obtenu autant d'informations et c'est ce que j'ai besoin de savoir.

— Si tu m'expliques comment tu connais mon nom, je te raconte tout.

30

Vendredi 11 mars, 17 h 55

Ses mains tremblent et il fait tous les efforts du monde pour ne pas le montrer. Ses yeux sont injectés de sang. Je peux évaluer son rythme cardiaque grâce aux mouvements de son T-shirt et aux presque imperceptibles pulsations de la veine de son cou. Il est nerveux. Pas étonnant avec tout le cannabis qu'il fume. Si ça se trouve, il pense que je suis là pour cette raison, qui sait ?

— Si on sait se débrouiller sur Internet, c'est pas très compliqué, déclare-t-il avec fierté.

OK, il ne veut rien balancer. On dirait un journaliste qui ne veut pas révéler ses sources.

— Le coup du recueil de poèmes et Clyde Barker, fais-je d'un air entendu, je t'accorde que ce n'est pas bien compliqué à trouver. Il a fait la *une* des journaux pendant des années et il ne faut pas être un génie pour découvrir ces informations, puisque tout est dans la presse. Les journalistes en savent parfois plus que les enquêteurs à certains moments d'une enquête. Mais pour découvrir mon nom, comment as-tu fait ?

— Je suis parti d'Eleanor Perkins et de l'article. De là, on tombe très vite sur d'autres articles qui citent votre véritable nom. Une simple recherche *Google* m'a donné votre photo et votre job. Le reste est facilement trouvable sur le *deep web*.

Il se redresse et marque un temps d'arrêt pour afficher une mine blême comme s'il en avait trop dit.

— Je ne suis pas ici pour toi, le rassuré-je. Je me contrefous que tu traînes sur le *darknet* ou que tu fumes des joints, je ne suis pas en mission, si ça peut te rassurer.

— C'est du CBD, c'est totalement légal ! s'offusque-t-il.

Le CBD, j'en ai déjà pris en gélules dans les moments de stress et ça fait bien longtemps que plusieurs États des États-Unis ont adopté des lois autorisant le cannabis thérapeutique. Mais avec des yeux rouges comme les siens, il ne peut pas me berner aussi facilement.

— Si c'est ce que tu dis à tes parents pour les rassurer, grand bien te fasse. Tu pourrais bien avoir organisé un trafic d'héroïne dans le quartier que je ne lèverai pas le petit doigt. Je n'aurais de toute façon pas le droit d'intervenir dans un pays étranger.

Il reste figé, probablement car il ne sait pas si je suis sérieuse ou sarcastique.

— Si tu veux tout savoir, je ne suis pas contre un petit joint de temps en temps pour me détendre. La prochaine fois que tu fais une commande, n'hésite pas à me prévenir, ça pourrait m'intéresser.

Craig écarquille les yeux, incrédule.

— À la seule condition que ce soit du CBD, évidemment, ajouté-je avec un clin d'œil.

Il se passe la main dans les cheveux, et sa bouche se tord sous l'effet de la douleur.

— Tu n'oublieras pas de changer le bandage ce

soir. Ce n'est pas très profond, mais tu vas avoir une belle croûte.

— Vous avez dit que vous me raconteriez tout, si je…

— Eleanor est ma sœur, le coupé-je.

— Vous n'avez pas le même nom de famille, rétorque-t-il du tac au tac.

— Ma demi-sœur si tu préfères. J'ai toujours eu horreur d'ajouter cette précision qui, pour moi, ne veut strictement rien dire, mais puisque tu demandes…

— J'avais plus ou moins deviné ça, enchaîne-t-il, mais pour le reste ? Le FBI, Frost, Clyde Barker ? Vous êtes en planque sous un faux nom, un truc dans le genre ?

— Ce n'est pas un faux nom ! m'emporté-je avant de reprendre mon calme aussitôt. C'est mon nom, ici, en Angleterre, aussi longtemps que nécessaire.

Je marque une pause et considère ce que je peux révéler à Craig. S'il est venu jusqu'ici pour me parler du recueil de poèmes, c'est bien la preuve qu'il n'y est pour rien. Ou, alors, il joue excellemment bien la comédie, mais j'ai trop d'expérience pour savoir qu'un adolescent de son âge, légèrement défoncé qui plus est, ne peut pas tenir le masque du mensonge très longtemps. Reste à savoir ce qui l'a mis sur la piste d'informations sur moi, jusqu'à aller chercher mon nom dans des coupures de journaux datant d'une décennie. Son argument est peut-être vrai, finalement ; cette maison inoccupée pendant des années dont le gazon est pourtant entretenu… ajoutez à ça la psychose provoquée par le THC chez un fumeur habituel et tous les ingrédients sont réunis pour que l'inquiétude soit à son paroxysme.

En conclusion, je décide de jouer franc jeu. Cet ado ne me lâchera pas tant qu'il n'aura pas obtenu des réponses satisfaisantes et l'heure tourne pour Keira. Je dois me rendre à Moseley au plus vite.

— Clyde Barker s'est évadé, dis-je d'un ton grave. Je l'ai traqué pendant des années et avant ça, il a entretenu une relation quasi obsessionnelle avec moi par médias interposés jusqu'à son arrestation. Le fait qu'il soit de nouveau en pleine nature me met en grave danger. Le FBI m'a transférée ici dans un programme prévu normalement pour les témoins protégés.

La bouche de Craig forme un magnifique cercle qui se mue en un grand sourire quelques secondes plus tard.

— Et votre mari ?

— Ray est un collègue du FBI. Il est là pour ma protection.

L'ironie des mots que je viens de prononcer provoque une gêne dans ma gorge. Je détourne le regard et le braque machinalement sur l'écran de mon téléphone. Aucune réponse à mes textos. *T'es où, Ray, bordel ?*

— Tu dois absolument garder tout ce que je viens de te raconter pour toi, lui dis-je avec fermeté tout en me demandant si je n'ai pas fait une erreur en le mettant dans la confidence. Quoi qu'il arrive, si une information fuite, je saurai que c'est toi, conclus-je, plus pour me rassurer que pour lui faire peur.

Je jette un œil à l'heure sur le four et, l'instant d'après, à celle sur mon portable, par un besoin impérieux d'avoir une confirmation que le temps ne s'est pas figé. Craig le remarque, mais reste silencieux.

— Comment es-tu tombé sur l'article de journal mentionnant ma sœur ? demandé-je enfin.

— Je vous l'ai dit, j'ai fait des recherches sur Internet.

J'esquisse un rictus dubitatif.

— Ça te prend souvent de chercher des infos sur tes voisins ? Tu t'es dit : « Tiens, de nouveaux arrivants dans le quartier, je vais vérifier leur identité » ?

Je pensais au moins lui décrocher un sourire avec

mes sarcasmes, mais son visage est de plus en plus blême. Il reste immobile pendant une longue minute à regarder ses blessures, il ne supporte pas le fait de me fixer dans les yeux plus d'une fraction de seconde.

— J'ai reçu des e-mails anonymes, avoue-t-il dans un murmure.

— Comment ça ? m'enquis-je en me redressant.

— J'ai reçu des e-mails anonymes, répète-t-il sur un ton légèrement agacé. Le premier disait de se méfier de vous deux, Ray et vous, et qu'il fallait vous surveiller, un truc dans le genre. À la soirée de madame Griffith, j'ai remarqué vos accents américains et comme je me suis toujours posé des questions sur cette maison, ça m'a intrigué et j'ai ouvert l'œil.

— Et tu as vu quoi ?

— Votre mari qui... enfin, votre collègue... il faisait beaucoup d'allers-retours en pleine nuit, ça m'a paru louche. Ensuite, j'ai reçu l'article de journal et j'ai très vite conclu que la véritable Eleanor Perkins était en fauteuil roulant et n'avait rien d'une femme rousse comme vous.

L'évocation de ma sœur et de sa condition me provoque un pincement au cœur. Je prépare une note mentale pour me rappeler d'appeler le centre où elle séjourne. Mes coups de fil se sont espacés depuis que je suis arrivée ici, mais elle ne peut pas communiquer sans l'aide d'une infirmière qualifiée et je sais que ça nous fait mal à toutes les deux de ne pas pouvoir nous parler librement comme avant. J'ai bien essayé un appel en visioconférence, mais voir ce petit bout de femme diminué en qualité médiocre sur un écran froid me brise le cœur. Dès que je serai de retour aux États-Unis, j'irai passer une semaine dans l'Arkansas pour lui rendre visite tous les jours.

La voix de Craig chasse mes pensées et me ramène au moment présent.

— Et puis, quand il y a eu cette histoire de fille

disparue, reprend-il, j'ai cru que c'était Serena, alors je n'ai pas pu rester sans rien dire et je suis allé chez les Bathgate pour qu'ils sachent au moins qui étaient leurs voisins les plus proches.

C'est donc ça ! Ce petit gars en pince pour la fille de Grace ! Il faut dire qu'elle est sublime et que, si j'étais un adolescent comme Craig, je pourrais facilement craquer. Il a simplement voulu attirer l'attention sur lui en jouant les héros.

— Tu sais qui t'a envoyé ces e-mails ? demandé-je.

— Non.

— Combien en as-tu reçu ?

— Juste deux.

— C'était quand le premier ?

— Hé ! Vous me prenez pour un de vos suspects ou quoi ? s'offusque-t-il.

— Réponds, dis-je sur un ton péremptoire.

— Un truc comme deux, trois mois après votre arrivée dans le quartier.

— Et le deuxième ? enchaîné-je rapidement pour ne pas casser le rythme soutenu de mes questions.

— Mardi.

Quelqu'un de très bien informé donc, pensé-je en jetant un nouveau coup d'œil à l'horloge de mon téléphone.

— Vous êtes pressée ? me demande Craig.

— Tu en as fait les frais, non ? dis-je en pointant du doigt un de ses bandages.

Je recule le tabouret, me lève et pousse un long soupir que Craig sait interpréter comme une invitation à m'imiter.

Sur le perron, je lui enjoins une dernière fois de garder le secret absolu au sujet de cette conversation et, avant de tourner les talons pour rentrer chez lui, il me demande d'une voix monocorde :

— Est-ce qu'on est en danger ?

— C'est la question à laquelle j'essaie de répondre au plus vite, lui avoué-je avant de verrouiller ma porte et de marcher en direction de ma voiture.

31

Vendredi 11 mars, 18 h 40

La petite bourgade de Moseley se dessine sur ma gauche, engoncée entre une immense étendue de verdure et un petit lac à l'eau sombre qu'un panneau m'indique comme étant le réservoir d'Island Barn. J'emprunte la sortie et jette un œil sur l'application GPS de mon portable : je ne suis plus très loin, quelques minutes tout au plus. La conduite à gauche me provoque toujours un stress supplémentaire lorsque je dois circuler sur de grands axes à pleine vitesse et, pire encore, quand je me retrouve dans des carrefours qui me semblent inextricables.

Je file sur Bridge Road jusqu'au lieu indiqué par un petit drapeau à damiers sur ma carte routière virtuelle et un feu rouge me permet d'examiner les environs. Sur ma gauche, Wolsey Road trace un sillon rectiligne entre des rangées de maisons d'allure cossue. Je remarque que, contrairement à notre quartier de Cobham où une unité a été conservée, les habitations sont ici totalement disparates. Les briques rouges côtoient le marbre, le stuc, le béton et même le bois vieilli d'une sorte de chalet gigantesque caché derrière de grands chênes aux troncs noueux.

Un bref coup d'avertisseur me tire de mes considérations et j'enclenche le clignotant pour m'engager sur Wolsey Road. Je cherche une place le long du trottoir au début de la rue et envisage de la remonter à pied en examinant tous les noms sur les boîtes aux lettres. Je remarque très vite que la tâche sera beaucoup plus ardue que je ne l'aurais imaginé, car l'anonymat dans cette artère huppée semble de mise.

Je lève les yeux en direction du fond de la rue et aperçois, à quelques maisons de moi, une voiture de police garée dans une allée qui plonge vers la porte d'un garage en sous-sol. Les mots de Grace me reviennent. Elle a évoqué le fait que le compagnon de Keira était policier. Je presse donc le pas vers cette nouvelle destination.

Je débouche sur une sublime maison de style Art déco, bloc rectangulaire de béton aux arêtes arrondies et dont les fenêtres sont encadrées par des moulures aux formes géométriques simples. La porte d'entrée se distingue discrètement dans un renfoncement au sommet en arc de cercle et flanqué de deux colonnettes intégrées au mur. Le terrain autour est impeccablement entretenu et il est clair que la façade a été ravalée il y a moins d'une décennie. Sur ma droite, un lourd portail à un seul vantail a été automatisé grâce à un système moderne qui dénote quelque peu avec l'ensemble, mais qui a été camouflé à l'aide d'une peinture pastel du même ton que la bâtisse. Devant moi, un portillon au design similaire se dresse entre la rue et la propriété. Une encoche dans le mur d'enceinte indique l'emplacement de la boîte aux lettres et, sous celle-ci, deux paires d'initiales : K. P. et B. C.

K pour Keira ? Il n'y a qu'une seule façon d'en avoir le cœur net.

Je ne remarque aucun bouton de sonnette devant

moi, aussi actionné-je la poignée du portillon. C'est ouvert. Je pousse le battant et me dirige vers la porte d'entrée. Chacun de mes pas crisse sur les gravillons qui s'étalent tout autour de la maison comme un océan minéral. Dans l'ombre d'une des colonnes, un bouton rectangulaire attend que je l'actionne. Deux sons brefs résonnent à l'intérieur puis, un instant plus tard, des bruits de pas.

L'épaisse porte en bois vernis s'entrouvre sur un jeune homme robuste vêtu d'un uniforme. Son regard aux yeux verts rehaussé par de grands cils me paraît pourtant noir. Son visage est anguleux et sec, et deux gros cernes sombres témoignent de longues nuits sans sommeil. Sa courte barbe et sa moustache sont taillées à la façon d'un mousquetaire des temps modernes. Dès qu'il ouvre la bouche, son accent londonien fait ressortir sa ressemblance avec l'acteur Orlando Bloom.

— Je peux vous aider ? lâche-t-il sur un ton cinglant qui m'informe sans ménagement que je ne suis pas la bienvenue.

L'estomac serré, je me lance :

— Est-ce que Keira est là ?

Le visage de l'homme reste impassible. Je crois un instant que je me suis trompée de maison, mais le fait qu'il n'ait pas l'air surpris me laisse une lueur d'espoir.

— Qui la demande ?

Bingo ! Le poisson est ferré, il s'agit simplement de le remonter à la surface. L'adrénaline chasse le cortisol dans mon organisme et je reprends mes réflexes d'enquêtrice.

— Je suis une amie. Je passais dans le coin et, comme ça fait longtemps qu'on ne s'est pas vues, je me suis dit que j'allais lui rendre une petite visite. J'espère que je ne dérange pas.

— Elle n'est pas ici, dit-il en reculant son visage pour fermer la porte.

— Vous savez où elle est, peut-être ?

Une ombre passe sur son visage.

— Demandez-lui vous-même. Appelez-la !

— J'ai essayé son portable, mais elle ne répond pas.

— Peut-être qu'elle n'a pas envie de vous parler. C'est comment votre nom ?

— Grace, Grace Bathgate, dis-je sans une once d'hésitation.

Cette réponse ne paraît pas provoquer en lui la moindre émotion, ou il mérite un Oscar. Est-ce qu'Orlando Bloom a déjà obtenu un Oscar ?

— Jamais entendu parler de vous, grogne-t-il. Écoutez, il me reste à peine une dizaine de minutes de pause avant de prendre mon poste et j'ai une très longue soirée qui m'attend, conclut-il en indiquant du doigt l'écusson de police brodé sur sa chemise.

— Peut-être pourriez-vous l'appeler et lui dire que je souhaite la voir, elle vous répondra, à vous.

L'homme se rembrunit, il a compris mon petit jeu et n'est pas d'humeur.

— On s'est disputé, elle ne veut plus me parler non plus. Vous voyez, on est dans la même situation, je ne peux rien faire pour vous, désolé.

Il claque violemment la porte et me laisse penaude et seule sur le perron à scruter le vide pendant un instant. Je tourne les talons et regagne ma voiture.

J'ai une autre idée.

* * *

Je suis garée derrière un gros SUV flambant neuf et j'observe la maison de Keira. Si cet homme a dit vrai, sa pause est désormais terminée et il ne va pas tarder à pointer son minois de sosie d'acteur hors de chez lui.

L'instant d'après, comme s'il était réglé comme un coucou suisse, le policier quitte son domicile et monte dans sa voiture de fonction. Lorsque ses deux phares arrière ne sont plus que deux minuscules points rouges au bout de la rue, je m'extrais de mon véhicule et marche jusqu'à la maison.

Le portillon est resté déverrouillé et j'entreprends de faire le tour de l'imposant immeuble. Je presse le pas le long du mur ouest pour me mettre rapidement à l'abri des regards depuis la rue. Je contourne le coin sur ma droite et débouche sur un magnifique jardin fleuri de plantes blanches que je ne reconnais pas, et hérissé de cyprès taillés en pointe avec soin. Je continue sous l'ombre de la vaste terrasse du premier étage étayée par de robustes colonnes dans le même style Art déco que celles de l'entrée. De l'autre côté, un petit escalier en pierre blanche fait la liaison entre le jardin et l'étage. Le talon de mes bottines résonne sur les marches et un groupe d'oiseaux jailli des buissons pour disparaître dans le ciel.

Arrivée au sommet de l'escalier, je constate que deux immenses baies vitrées en forme d'arches laissent pénétrer la lumière du jour dans ce qui semble être le salon.

Je m'approche de la vitre et colle mon visage contre le carreau, mes mains en visière au-dessus de mes yeux pour mieux voir. À l'intérieur, la décoration est un peu vieillotte, mais de très bon goût. Une bibliothèque d'angle qui semble s'étirer à l'infini au-dessus de la grande pièce épouse la totalité des murs en face et à droite. Sur la moitié gauche, l'espace est rempli par une longue table ovale entourée d'une demi-douzaine de chaises. Un buffet massif trône au centre du mur, sous une fenêtre au sommet arrondi qui donne sur la propriété voisine. Je fouille le volume des yeux et mon regard est accroché par un ensemble composé par une table basse, deux chaises et une table de chevet au plateau de marbre. Posés sur celle-ci, trois cadres photo de tailles identiques se distinguent. Au centre, je reconnais l'homme à qui j'ai parlé tout à l'heure : il est debout, son bras droit passé sur les épaules d'une jeune femme qui sourit de toutes ses dents. Lorsque j'aperçois son visage, un sentiment de panique m'envahit. Le cadre à gauche de celui exhibant le couple heureux affiche un portrait de Keira. Il n'y a plus de place au doute désormais. Les battements de mon cœur ne sont plus que d'assourdissants coups de masse contre mes tempes et je dois me forcer à prendre une grande inspiration avant qu'un voile noir n'obscurcisse totalement ma vision.

Je réalise alors que je n'ai jamais su à quoi ressemblait Keira et que Grace ne me l'a pas décrite. Maintenant que j'observe sa photo, mes peurs les plus profondes et les plus enfouies refont surface tel un geyser d'angoisse crachant son vitriol sur ma santé mentale. Il faut absolument que j'arrive à contacter Ray, l'heure est grave.

Tout en me précipitant dans la rue, mes mains tremblantes fouillent la poche de ma veste pour en sortir mon téléphone. Encore une fois, je tombe sur la messagerie de Ray. Le souffle court, je me réfugie dans l'habitacle de ma voiture. L'odeur désormais familière qui y règne ne parvient même plus à me rassurer. Mes yeux s'embuent et une larme court sur ma joue avant de tomber.

32

Vendredi 11 mars, 19 h 29

La voiture file à toute allure sur la route. J'ai déjà laissé trois messages affolés à Ray et je ne parviens pas à me calmer. Je hurle sur les passants qui traversent trop lentement les passages cloutés, sur les chauffeurs qui ne démarrent pas assez vite au feu vert et je tambourine mon volant de mes poings jusqu'à ce que la douleur ne soit plus supportable. *Où es-tu, Ray, putain ?!*

Au bout d'une vingtaine de minutes et autant d'infractions au Code de la route anglais, je me gare précipitamment sur le parking de la salle de sport où Ray travaille. Mes pneus crissent et une jeune femme sortant de la salle, vêtue d'un ensemble jaune fluo, me fait les gros yeux.

Je cours à l'intérieur et m'imagine voir Ray derrière le comptoir, mais il n'y a personne.

— Y a quelqu'un ? hurlé-je comme une hystérique en proie à une crise d'angoisse.

Un grand homme aux traits asiatiques et aux bras

gros comme mes cuisses apparaît depuis une arrière-salle, tel un diable sorti de sa boîte.

— Je suis là, je suis là ! fait-il sur un ton légèrement agacé, mais il se change en voyant mon visage figé par l'effroi. Ça va, madame ?

— Où est Ray ? dis-je sans prendre le temps de lui répondre.

— Raymond ? précise-t-il inutilement. C'est moi qui le remplace, il est malheureusement souffrant.

Foutaises ! Ray n'est pas plus malade que je ne suis britannique.

Totalement submergée par l'anxiété, je reste immobile, sans savoir quoi faire. Je me tiens le front d'une manière pensive, puis une idée me vient. Je dois retrouver la petite amie de Ray. Il m'a dit avoir passé la nuit chez elle l'autre jour et m'a promis des explications. Cette fois, je vais aller les chercher moi-même, ses explications ! S'il ne m'a pas menti, sa nouvelle idylle est une cliente de cette même salle de fitness.

— La nana de Ray, lâché-je en brisant le silence, elle est bien abonnée ici ?

— Euh, je ne sais pas si...

— Écoutez-moi bien, fais-je, la rage altérant le son de ma voix, *je* suis la femme de Ray ! On est mariés depuis dix ans et, depuis qu'on a emménagé ici, en Angleterre, il me trompe avec cette traînée, alors vous allez me dire son nom où je ne bouge pas d'ici et je fais un scandale !

Les yeux du bodybuildé s'arrondissent comme deux billes parfaitement sphériques et il reste pétrifié comme une statue de sel.

— Elle est cliente ici ou pas ? crié-je en faisant se retourner quelques têtes dans la grande salle sur ma droite.

— Euh, oui, balbutie-t-il, mais je ne suis pas sûr que...

Je frappe le comptoir des deux poings et l'homme

sursaute. Je tends le cou pour approcher mon visage du sien et exhibe une mine menaçante.

— Regardez-moi bien, jeune homme, est-ce que j'ai l'air d'en avoir quelque chose à foutre de vos lois sur la vie privée ? Cherchez son fichier d'abonnés et donnez-moi son nom et son adresse ! Ne vous en faites pas, je ne vais rien lui faire à elle, c'est plutôt à mon mari que je vais botter le cul !

Sa bouche se tord pour me signifier qu'il ne peut décemment pas transgresser la confiance d'une cliente.

Un homme barbu en sueur descend de son tapis de course et se rapproche de nous.

— Tout va bien, Greg ? Madame ?

— Restez en dehors de tout ça, vous !

Il recule d'un pas et lève les mains en l'air en signe de reddition. Greg et ses muscles saillants dans son T-shirt en lycra moulant changent désormais d'attitude. Il se penche sur le clavier de l'ordinateur en face de lui.

Les secondes s'égrainent et me paraissent une éternité. Puis il relève le visage et me fixe droit dans les yeux.

— Anna Dimitrov, me lâche-t-il d'une voix presque chuchotée. Sa fiche indique qu'elle habite au 13 Oakdene Parade.

À peine termine-t-il d'articuler les derniers mots que je suis déjà sur le parking.

Au 13 Oakdene Parade s'érige un vieil immeuble dans le même style Art déco que la maison de Keira, comme si les architectes s'étaient passé le mot. Le bâtiment se découpe dans le crépuscule comme un gigantesque prédateur de mauvais augure, attendant l'obscurité totale pour aller chasser. Je dois faire deux fois le tour du petit quartier pour trouver enfin une place à côté de laquelle un panneau m'indique que je ne peux rester que trente minutes maximum. Ça tombe bien, je ne compte pas m'éterniser, mais aller chercher Ray, par la peau des fesses s'il le faut.

Arrivée devant l'immeuble, j'avise le panneau encastré dans le mur et cherche le nom de la maîtresse de Ray en parcourant la liste des occupants à l'aide d'une molette.

A. Dimitrov.

Je sonne et patiente quelques secondes. Rien

J'appuie sur le bouton une nouvelle fois, le son émis est le même que celui d'un appel téléphonique, les tonalités se succèdent, mais personne ne décroche. Je constate que l'interphone possède une caméra. Peut-être que Ray me voit et qu'il ne veut pas m'ouvrir. Ce silence vient s'ajouter à la liste de mes échecs dans mes tentatives de le joindre par téléphone. En proie à un accès de colère, je tape du pied et peste. Un passant tourne le visage vers moi et me jette un mauvais regard. Les oreilles des Anglais sont certainement moins habituées à entendre une femme jurer que celles du reste du monde.

Le visage bloqué dans une expression de fureur, je regagne ma voiture à grandes enjambées. À l'intérieur, je tente une nouvelle fois d'appeler Ray et je lui laisse un énième message incendiaire lorsque je tombe sur sa boîte vocale. Il a jusqu'à la fin de la journée pour me donner signe de vie, passé ce délai, je contacte le FBI. L'idée ne m'enchante vraiment pas, car je sais tout ce qu'une rupture de protocole induit.

Mon plan se résume désormais à faire le planton au pied de l'immeuble d'Anna Dimitrov dans l'espoir de voir entrer ou sortir Ray. Dans le cas où je tomberais sur elle, je pourrais toujours l'approcher et lui arracher sa tignasse et lui faire cracher jusqu'à la dernière réponse à ma dernière question !

Les minutes s'égrainent et mon impatience s'accroît, quand soudain, mon téléphone vibre sur la console centrale. Mon cœur s'emballe. *Faites que ce soit Ray*.

Le numéro qui s'affiche n'est pas le sien, mais un de ceux qu'utilisent des entreprises peu scrupuleuses pour faire du démarchage téléphonique. L'écran de mon smartphone m'indique d'ailleurs, par une icône de panneau-stop, que le message que j'ai reçu est probablement un spam. D'une pression du pouce, j'ouvre le SMS. Ma respiration se raccourcit quand je lis les trois lignes de texte. Il s'agit de la suite du poème de Robert Frost, le vers poursuivant celui qui accompagnait la brique qui a brisé la fenêtre du salon.

Mais pas pour me rappeler ou me dire au revoir,
Et encore plus loin à une hauteur surnaturelle,
Une horloge lumineuse sur fond de ciel

Le texte est accompagné d'un lien Internet. Mes mains tremblent et je suis obligée de marquer une pause pour approvisionner mon sang en oxygène.

Je clique.

Le rectangle noir d'un fichier vidéo apparaît et, après un court instant de téléchargement, des images s'affichent.

Ma bouche est grande ouverte et un hurlement se coince dans ma gorge à la vue de ce que me révèle l'écran.

33

Vendredi 11 mars, 20 h 15

C'est ma cuisine, c'est mon salon, c'est chez moi qu'on a filmé ! Les images muettes continuent de défiler devant mes yeux. La caméra se déplace lentement jusqu'à l'escalier et la personne qui filme monte les marches une par une. J'ai l'impression qu'une main puissante est en train de serrer ma gorge à mesure que le caméraman se rapproche de ma chambre. *Est-ce que c'est en direct ?* Une décharge électrique me parcourt tout le corps et je me redresse d'un mouvement brusque sur mon siège. Ma main, celle qui tient le téléphone, tremble tellement que j'ai presque du mal à distinguer nettement les images.

La vidéo continue, la porte de ma chambre s'ouvre, je m'attends presque à me voir en train de dormir, mais au lieu de ça, c'est mon lit et les draps défaits qui apparaissent dans le champ de la caméra. Je fouille rapidement dans ma mémoire pour essayer de me rappeler dans quel état j'ai abandonné ma chambre ce matin. Est-ce que je l'ai laissée comme ça ? Ces images datent-elles de quelques jours, de quelques mois, d'il y a à peine quelques heures ? Est-ce que tout se déroule en temps réel ?

Je reste figée devant ce spectacle effroyable comme un automobiliste devant un accident sur l'autoroute. Ce n'est pas tant une curiosité morbide qui m'anime que le fait de savoir que si j'appelle la police maintenant, je ne pourrais plus continuer à visionner la vidéo. Qu'est-ce qu'il y a de plus important ? Réveille-toi ! me tancé-je.

Tant pis. Je sors de l'écran et compose le numéro des urgences policières. J'active le haut-parleur et démarre ma voiture. La musique d'attente accompagne les grondements du moteur alors que je file en direction de la maison.

Une minute interminable plus tard, on décroche.

— Je m'appelle Eleanor Perkins, j'habite au 2 Cedar Avenue à Cobham et il y a quelqu'un qui s'est introduit chez moi ! hurlé-je le cou tendu vers le combiné.

— Vous trouvez-vous en sécurité, madame ? Répondez par oui ou par non, et si vous ne pouvez pas répondre…

— Oui, oui, oui ! Je ne suis pas chez moi, j'ai… j'ai reçu une vidéo… il y a quelqu'un chez moi, je suis en route, là !

La fin de ma phrase correspond au moment où je grille un feu rouge et je traverse le carrefour dans une fanfare de klaxons.

— Très bien, madame, j'envoie une équipe immédiatement, ne tentez pas de rentrer chez vous avant la police, restez en sécurité aux abords de votre domicile et attendez une de nos équipes. C'est compris, mad…

Je raccroche et, dans une dangereuse manœuvre, compte tenu de ma vitesse dans les rues étroites de Cobham, j'essaie de continuer à visionner la vidéo. Mais la page est blanche. Donnant des coups d'œil frénétiques entre la route et mon smartphone, je retourne sur ma boîte de messages et clique à nouveau sur le lien. Une fois encore, une page blanche apparaît puis un message d'erreur.

La page Internet que vous cherchez n'existe plus.

Je laisse exploser un cri bestial en serrant le volant à m'en faire blanchir les jointures.

Quand j'arrive au niveau du portail qui garde l'entrée du lotissement, j'aperçois déjà des gyrophares. Je lâche un soupir de soulagement. La police a été plus rapide que moi. Pas étonnant puisque je me suis retrouvée derrière un camion poubelle dans une rue interminable dont je ne pouvais pas m'extraire.

Je me gare en catastrophe devant chez moi et, quand ma tête émerge de l'habitacle, j'aperçois une femme rondelette en uniforme de police apparaître au coin de la maison, fouillant le sol à l'aide d'une lampe de poche. Son regard croise le mien, elle fronce les sourcils puis presse le pas dans ma direction. Une seconde derrière elle, son collègue apparaît à son tour dans mon champ de vision, le faisceau de sa lampe rasant cette fois-ci les murs de la maison.

— Vous habitez ici ? me demande la policière.

— Oui, lâché-je dans un souffle presque murmuré.

— C'est vous qui avez appelé ?

— C'est moi, oui.

— Si vous voulez bien me donner vos clefs et l'autorisation de pénétrer chez vous, nous allons inspecter l'intérieur. Pour l'instant, rien à signaler autour de la maison.

Je fouille ma poche et lui tends la clef principale d'une main tremblante. Elle tourne les talons et rejoint son collègue au pas de course.

D'où je me tiens, je les observe faire leur travail dans une sorte de ballet bien répété.

• • •

Quelques minutes plus tard, les deux flics montent sur le perron. J'ai profité de ce court instant pour appeler Ray et lui laisser un nouveau message, toute consciente que je sois de l'inutilité de la manœuvre. Je ne compte plus le nombre de mes essais et je suis même étonnée que sa boîte vocale ne soit pas encore saturée.

Machinalement, je m'approche du duo de policiers, c'est la femme qui parle en premier.

— Rien à signaler à l'intérieur non plus, madame. En revanche, il va falloir réparer la fenêtre du salon.

— Vous pensez que l'intrus est passé par là ?

Elle marque une pause pour se tourner vers son collègue et son visage affiche une expression circonspecte.

— Nous n'avons relevé aucune trace d'effraction et la fenêtre est intacte. Disons que le bout de carton est toujours là, mais si quelqu'un s'est bel est bien introduit chez vous, il aurait très facilement pu entrer et puis ressortir en rebouchant le tout. Qu'est-ce qui vous a fait penser que votre domicile était en train d'être cambriolé ?

— Je l'ai vu sur…

Je m'interromps subitement. Le lien vidéo n'existe plus et l'explication dans son entièreté lui paraîtra certainement abracadabrante.

— Vous avez des caméras de surveillance ? tente-t-elle de m'aider.

— Euh, oui, voilà.

— Dans ce cas, il nous faudra impérativement les images, ça nous sera très utile pour la résolution de l'enquête si la brigade décide d'en ouvrir une. Vous savez, les vols sont malheureusement courants dans ces quartiers et le moindre élément pouvant nous aider à mettre la main sur les criminels pourrait être décisif.

— Oui, oui, je vais faire ça, conclus-je sans que

j'aie vraiment eu l'impression de réussir à la convaincre.

Ses iris semblent me transpercer. Elle marque un temps d'arrêt puis relance l'entretien.

— Vous êtes la seule à posséder les clefs, madame ?

La question provoque un nœud dans mon estomac. *Ray*.

— Non, il y a aussi mon... petit ami.

— Est-il possible qu'il ait perdu le trousseau ? Où est-il en ce moment ?

Je me fige. Par où commencer ? Comment répondre à ça ?

La policière me scrute longuement et semble comprendre mon désarroi. Elle plisse les yeux et son visage s'adoucit.

— Écoutez, pour ce que nous avons pu constater, l'intérieur et l'extérieur de votre domicile sont exempts de toute menace. Mais si jamais vous vous sentez en danger, n'hésitez pas à nous appeler immédiatement. Je vous conseille de mettre le numéro des urgences de police dans vos raccourcis d'appels, et, si vous avez des amis qui peuvent vous accueillir pour la nuit, il pourrait être bon de les appeler, conclut-elle d'une voix douce et bienveillante.

Je hoche la tête en silence et les deux agents me font un discret signe à l'aide de la visière de leur casquette en regagnant leur véhicule.

Au loin, une volute de fumée blanche s'élève du balcon de la maison des Chaney et, chez les Spielmann, les rideaux de la fenêtre qui donnent sur la rue se referment brusquement au moment où je pose mon regard dans leur direction. J'ai l'impression d'être passée au crible par toute la rue.

Une pensée pour Grace, grande absente du tableau du quartier, me provoque un pincement au cœur. Apparaît enfin le visage de Keira.

Maintenant que je sais à quoi elle ressemble, je ne peux plus rester sans rien faire. J'aurais voulu en parler à Ray, lui aurait compris la situation et le danger extrême dans lequel je me trouve en ce moment si mes craintes se révèlent justifiées.

Alors que je pénètre chez moi, un sentiment de solitude intense me prend et je m'effondre en larmes au beau milieu de mon salon. Dehors, la nuit recouvre la ville d'un linceul inquiétant.

34

Vendredi 11 mars, 21 h 45

Un serveur m'apporte ma commande. J'attends qu'il s'éloigne pour ouvrir la boîte d'emballage du téléphone prépayé que je viens d'acheter deux rues plus loin avant d'entrer dans le premier pub que j'ai vu et de me trouver une place à l'abri des oreilles et des regards dans une alcôve discrète et tranquille. Le vendredi soir et le week-end, les pubs de la périphérie sont bondés en faveur de ceux du centre-ville, si bien qu'ils ferment une heure plus tôt. Ce soir ne fait pas exception à la règle et, à part deux clients qui ont l'air d'être des habitués, il n'y a personne dans le bar dans lequel je me trouve.

J'ouvre la coque arrière de l'appareil, retire la batterie et insère la carte SIM. Je remonte le tout et mets le téléphone en marche. Alors que la petite brique électronique s'éveille lentement, je fouille mon sac à main à la recherche de mon passeport. Au milieu, parmi les visas, le tampon d'une destination contrefaite indique, pour qui en connaît le secret, une série de chiffres qui passeraient anodins pour n'importe quel œil non averti. C'est le numéro de téléphone à appeler en cas d'urgence pour joindre mon agent référent au FBI.

L'heure me garantit que j'aurai directement Burrows au bout du fil, et non un officier suppléant qui prend le relais si l'appel est placé en dehors des horaires de bureau.

— Allô ? fait la voix grincheuse que je reconnaîtrais entre mille ; c'est bien celle de Samuel Burrows.

— C'est Eleanor, réponds-je en utilisant mon pseudonyme.

— Tu m'appelles d'où ?

Cette question est un code. Si je suis en danger, je dois répondre « depuis mon portable » et l'agent contacté sait qu'il doit lancer la procédure de traçage de l'appel que je ferai durer le plus longtemps possible.

— Depuis une ligne sécurisée, déclaré-je, pour signifier que le danger n'est pas immédiat.

— Il y a un problème ?

— J'ai besoin de voir certaines choses avec toi, Sam.

— C'est si grave que ça pour que tu me téléphones ? Tu sais que tu ne dois avoir aucun contact avec nous ?

— Il se passe des choses bizarres ici et je préfère prendre toutes les précautions pour en parler.

— Quel genre ? demande Burrows intrigué. Tu as encore des problèmes avec les flics locaux ? Le chef de la police a été mis au courant de…

— Ce n'est pas ça, le coupé-je. Depuis que ce gamin du quartier a découvert ma véritable identité, mes craintes n'ont fait que s'accentuer.

— Hein ? Comment il a fait ? Si tu te sens menacée et que tu veux rentrer, tu n'as qu'un mot à dire et, dès que tu raccroches, j'enclenche le dispositif, dit-il rassurant.

— Pas encore, Sam. Je dois mettre au clair certaines choses. Je…

— Tu es dans un programme de protection, pas dans une nouvelle enquête, ne commence pas à jouer les Miss Marple !

Burrows a toujours eu le don pour tourner les affaires les plus graves en dérision. Ça semble fonctionner sur moi, je sens que les nœuds dans mes entrailles se desserrent un peu.

— Pourquoi pas Hercule Poirot ? demandé-je sur la même lancée. Il est beaucoup plus brillant, et plus célèbre aussi.

— Tu m'as compris, fait-il en accompagnant ses mots d'un petit rire gras. Revenons-en aux choses sérieuses, qu'est-ce que tu as besoin de clarifier, au juste ?

— Une jeune femme a disparu. La fille de ma voisine.

— En quoi ça te regarde ? C'est quand même pas pour ça que tu m'appelles, si ?

— Elle est métisse, Sam.

Silence au bout de la ligne. J'entends sa respiration dans le combiné.

— Ça ne veut rien dire, c'est juste une coïncidence. Une putain de coïncidence, je te l'accorde, mais une coïncidence quand même.

— C'est ce que je me suis dit, mais s'ajoutent à ça d'autres éléments troublants. Un intrus semble se donner un malin plaisir à pénétrer chez moi et à laisser des indices. Un livre de Robert Frost, des vers de poèmes…

— Quoi ? tonne-t-il. Il en dit quoi McGill ?

Cette fois, c'est moi qui marque une pause.

— Ça fait près de vingt-quatre heures que je n'ai pas vu Ray.

— Comment ça ?

J'entends le grincement d'une chaise au bout de la

ligne. Le poids de la nouvelle l'a certainement contraint à s'asseoir.

— Écoute, rien de très alarmant pour l'instant, fais-je en tentant de minimiser au maximum l'effet anxiogène que l'absence de Ray a sur moi. Il s'est trouvé une petite Anglaise. Tu sais bien qu'il s'est totalement immergé dans le boulot depuis son divorce, j'imagine que l'air de la Tamise a réveillé ses envies.

— Quel con ! crache Burrows. Il va griller sa couverture. Je ne le paie pas pour prendre du bon temps sur les deniers du contribuable. Dis-lui de m'appeler sans délai. Et de rappliquer au foyer vite fait. Précise-lui que c'est un ordre !

Encore une fois, les frasques de Ray sont l'arbre qui cache la forêt. Je recentre notre conversation.

— Sam, dis-je d'une voix plus calme mais également plus grave. Ça commence à faire beaucoup là. Je t'appelle essentiellement pour savoir où vous en êtes sur la traque de Clyde Barker. Vous avez des pistes ?

Burrows s'éclaircit la gorge avant de répondre :

— Figure-toi qu'hier, j'ai été réveillé en pleine nuit pour me faire annoncer une bonne nouvelle. On a retrouvé la trace de Barker et on connaît le lieu exact d'une de ses planques. C'est peut-être même la seule. On n'a pas pu le déterminer encore à l'instant où je te parle, mais une opération est prévue dans les heures qui viennent. On va le retrouver ce salopard et le remettre en prison. On fêtera ton retour chez *Maxwell's*, c'est moi qui régale !

Burrows ne peut pas le voir, mais je souris. Ma poitrine s'allège d'un poids qui l'écrasait jusqu'à présent. Il reste toujours énormément de questions sans réponses avant que je retrouve ma sérénité, mais j'ai désormais bon espoir que les choses rentrent dans l'ordre. Reste à savoir qui s'amuse à jouer avec mes nerfs en imitant les méthodes de Clyde Barker.

— Ça va te coûter une fortune ! enchaîné-je.

Burrows éclate d'un rire franc qui meurt dans le combiné une fraction de seconde plus tard. Je l'entends déglutir et il reprend, retrouvant son ton grave :

— Il y a autre chose, fait-il. On pense que Barker a pu bénéficier de l'aide d'un ou plusieurs complices pour son évasion et sa cavale.

— C'était évident. J'en suis convaincue depuis le début. On ne s'évade pas d'un centre aussi sécurisé comme ça. Reste à savoir qui est impliqué.

— Justement, c'est là où je voulais en venir. Je ne devrais pas te le dire, mais on pense que ça vient de l'intérieur même du FBI.

Un silence pesant répond à cette nouvelle. J'entends une voix qui aboie au loin et Burrows me dit de prendre soin de moi avant de raccrocher.

Ses mots résonnent encore dans mon esprit longtemps après la fin de la conversation.

Ça vient de l'intérieur même du FBI, me répété-je.

Mon sang se glace.

35

Vendredi 11 mars, 23 heures

Le pub est sur le point de fermer. Je suis la dernière cliente. Je me dirige vers la sortie sous les regards fatigués des employés qui entassent déjà les chaises sur les tables.

Dans la rue, l'air frais de la nuit m'enveloppe et je plonge mes mains dans les poches de ma veste. Le coin est désert et le bruit de mes bottines sur les pavés résonne dans la nuit. Je regagne ma voiture et considère mes options. Je ne me vois pas rentrer chez moi, je sais que je ne fermerai pas l'œil et, dans ce contexte, il serait imprudent d'avaler des somnifères. Je jette un dernier coup d'œil à mon portable, dans l'espoir que Ray se sera décidé à me contacter et que je n'ai tout simplement pas entendu la notification.

Rien. Évidemment.

Le seul endroit où j'ai une chance de le trouver, c'est chez sa petite amie. J'ai déjà fait le planton au pied de son immeuble en début de soirée, je vais recommencer.

. . .

J'ai trouvé une place en face d'un kiosque à journaux d'où l'on peut observer l'entrée de l'immeuble sans se faire repérer. Je ne voudrais pas que Ray prenne ses jambes à son cou en reconnaissant la voiture.

La nuit a recouvert toute la ville sous sa cape noire et les réverbères diffusent des halos jaunâtres qui éclairent de leur lumière diffuse les visages des quelques passants. Des jeunes, principalement. Des jeunes filles en robes moulantes aux couleurs criardes, juchées sur des chaussures plateformes à talons qui ne me renvoient que des images de chevilles brisées. La chaleur de la voiture s'est évaporée et je m'emmitoufle dans mon manteau. Je remonte mon col et y enfonce ma tête.

À la légère euphorie des quelques verres de vin que j'ai bus au pub un peu plus tôt, succède un sentiment de grande fatigue que la lassitude accentue. Mes yeux commencent à piquer et je me surprends à fermer les paupières de plus en plus longuement. La nuit de la veille n'a pas été réparatrice et je commence à en ressentir les effets. J'ai peur de m'endormir et de louper Ray, ou même Anna, néanmoins, je sais que je ne vais pas pouvoir lutter très longtemps. Je me dis que je devrais aller sonner chez elle, maintenant que je connais son nom de famille, mais qu'arriverai-je à obtenir de Ray ? S'il ne répond à aucun de mes messages, c'est qu'il ne veut pas me parler. La raison, je ne la connais pas, mais une chose est sûre, s'il est dans cet immeuble, il va bien falloir qu'il en sorte un jour, même si ça veut dire que je dois passer mes journées à en surveiller l'entrée.

* * *

Un lourd fracas fait trembler les vitres de la voiture et je me réveille en sursaut. La lumière du petit matin, même voilée par une épaisse couche de nuages blancs, déchire ma rétine et je plisse les yeux dans une grimace de douleur. Je me précipite sur mon téléphone portable : 6 h 07. Je suis étonnée d'avoir traversé cette nuit sans m'en rendre compte, sans même m'être réveillée une seule fois. Mon corps en avait décidément beaucoup plus besoin que je ne le pensais. Ma bouche est pâteuse et je regrette de ne pas avoir de bouteille d'eau.

L'agitation près du kiosque à journaux attire mon attention. Ils vendent peut-être des boissons. Je me redresse et tends le cou pour mieux distinguer le stand qu'un petit vieux équipé de mitaines met en place. Un camion à la caisse cubique arrive sur la gauche et s'arrête devant le kiosque. Un homme bedonnant en descend et le petit vieux lui adresse un geste de la main. Le chauffeur abaisse le hayon et j'aperçois les dizaines de ballots de journaux de tailles différentes qu'il transporte ; l'homme en saisit un petit et le lance au kiosquier et disparaît comme il était venu pour continuer sa ronde de livraison. Le petit vieux se penche au-dessus de l'étroit comptoir et brandit un panneau pliant. Il ôte le journal de la veille de sous la couche de plastique transparent et y glisse celui du jour, exhibant la *une* pour attirer le chaland.

À la vue des gros titres et de la photo en pleine page qui les accompagne, sursaute : « QUI A TUÉ SARAH K. ? » Sous les grosses lettres rouges s'étend le portrait d'une jeune femme métisse, les cheveux maintenus dans une coiffure afro par un bandeau aussi rouge que le titre, le visage arborant un sourire aux dents parfaitement blanches. La lueur que je vois pétiller dans son œil me provoque un haut-le-cœur, car je sais qu'elle ne brille plus désormais.

Je fouille la poche intérieure de ma veste et saisis la carte de visite de l'inspecteur Connors. Je me fiche que toute la ville soit encore endormie, je compose le numéro. Les tonalités me semblent assourdissantes et l'attente éternelle.

— Connors, j'écoute, fait une voix autoritaire.

— Inspecteur, désolée de vous déranger à une heure pareille, mais j'ai besoin que vous soyez franc avec moi.

— À qui ai-je l'honneur ? continue-t-il sur le même ton impérieux.

— C'est Eleanor Perkins, dis-je d'une petite voix gênée.

Je l'entends soupirer au bout du fil.

— Votre brigade est sur l'affaire Sarah K. ? m'enquis-je.

— En quoi ça vous regarde ?

— Vous l'avez retrouvée morte de faim, n'est-ce pas ?

Un long silence traduit l'hésitation de Connors, et me confirme que j'ai visé juste.

— Je ne peux pas discuter de ça avec vous, fait-il enfin.

— OK, je comprends. Les légistes ont-ils déjà autopsié la victime ?

— Je vous le répète, madame Perkins, souffle-t-il dans le combiné, je ne peux pas révéler les détails de cette affaire.

— Répondez simplement, insisté-je.

Nouveau soupir.

— Le légiste a simplement procédé aux premières constatations, l'autopsie est programmée pour plus tard dans la semaine.

— Très bien. Je vais vous donner un conseil. Dites au légiste de fouiller au fond de la gorge de la victime, c'est un endroit qui est souvent laissé de côté au profit du reste, surtout pour une telle mort. Si vous trouvez une petite boule de papier chiffonné avec les vers d'un poème de Robert Frost, rendez-vous service et contactez le FBI dans la foulée, il connaît le tueur.

Connors marque un long temps de pause avant de répondre :

« OK, je veillerai à ce que ce soit fait. »

Sans un mot de plus, l'inspecteur raccroche, laissant le silence me submerger.

Mon ventre commence à gargouiller, mais je n'arrive pas à me résoudre à quitter ma surveillance. Heureusement, j'ai trouvé un *Starbucks* à l'angle de deux rues d'où on peut observer l'entrée de l'immeuble d'Anna depuis la file d'attente. J'enchaîne les cafés depuis ce matin et la tête commence à me tourner. J'essaie de faire l'inventaire de mes solutions, mais j'en arrive chaque fois à la conclusion que je n'en ai qu'une : je dois aller sonner chez Anna Dimitrov en échappant à la surveillance de la caméra insérée dans le panneau de l'interphone. Il est encore tôt et je n'ai encore vu personne entrer ou sortir de l'immeuble, à croire qu'il est complètement vide d'habitants, mais je dois me résigner à tromper la vigilance d'un occupant et passer derrière lui en toute discrétion.

En regardant l'heure sur mon téléphone, je remarque la réception d'un SMS. Je fronce les sourcils. Je ne l'ai pas entendu ni senti vibrer. Peut-être sur le chemin entre le *Starbucks* et ma voiture, pendant que je marchais ? Et si c'était Ray qui me dit qu'il me voit d'où il est ?

Un cri reste prisonnier de ma gorge quand je me rends compte que c'est encore un texto accompagné d'un lien vidéo. J'ai l'impression de revivre la même scène qu'il y a quelques heures et mon souffle se coupe. *Cet endroit est-il maudit ?*

Mon pouce tremble au-dessus de l'adresse Internet avant de cliquer.

36

Samedi 12 mars, 8 h 15

La vidéo est granuleuse à cause du manque évident d'éclairage, mais l'horreur des images est tout aussi puissante.

La caméra se déplace dans une cage d'escalier en direction d'une cave. Il y fait sombre, l'obscurité est presque totale jusqu'à ce qu'une porte noire s'ouvre sur un véritable cauchemar. La caméra s'arrête sur une jeune femme. Ses mains sont entravées en hauteur par une courte chaîne qui semble reliée à une sorte de rail fixé au plafond. L'objectif s'approche de la jeune femme, son visage est émacié et deux traces noires de maquillage coulent sous ses yeux injectés de sang, couvrant des cernes gonflés par les pleurs. Je la reconnais immédiatement. C'est la même femme que dans le cadre photo chez ce flic antipathique. C'est la fille de Grace. C'est Keira !

— Je vous en supplie, gémit-elle, laissez-moi partir !

Elle n'obtient pour seule réponse que la respiration lourde de celui qui filme. Keira le fixe et implore sa clémence. À bout de forces, elle plie les genoux et se laisse pendre à la chaîne dans un cliquetis macabre. Son débardeur maculé de taches jaunâtres et noires se soulève et je peux apercevoir son ventre creux. Elle n'a pas mangé depuis son enlèvement, j'en suis certaine. C'était le mode opératoire de Clyde Barker, et un dément est en train de le prendre comme modèle.

Comme si plus rien ne pouvait la sauver, Keira laisse tomber sa tête, son menton heurte le haut de sa poitrine, et un filet de bave coule jusqu'au sol, comme si elle abandonnait tout espoir. Dans le vacarme métallique des chaînes qui s'entrechoquent, je perçois les murmures de la jeune femme, comme une incantation, une prière adressée à un dieu qui ne fait rien pour elle. La vidéo s'arrête brutalement et mon cœur, comme s'il s'était stoppé le temps du visionnage, reprend un rythme saccadé et cadencé. Je revisionne la vidéo dans l'espoir d'y trouver des indices qui pourraient m'indiquer où Keira est tenue captive. D'une pression fébrile du doigt, je rafraîchis la page et, la seconde d'après, un message d'erreur m'indique que l'adresse n'existe plus. Je jette alors mon téléphone sur le siège passager et tambourine le volant en hurlant.

Après avoir laissé échapper toute ma colère, je m'enfonce dans mon siège et fais de rapides exercices de respiration pour retrouver mon calme. Ce nouvel élément est décisif, on ne peut plus rester les bras croisés et je n'ai d'autre choix que de me rendre à la police.

Sur le parking du commissariat de Cobham, je compose le numéro de l'inspecteur Connors et il décroche à la première sonnerie :

— Madame Perkins, je n'ai vraiment pas le temps, fait-il sur un ton déjà agacé.

— Vous avez enregistré mon numéro ? Je ne sais pas si c'est une bonne ou une mauvaise chose…

— Vous vouliez me parler ? élude-t-il.

— J'ai reçu un fichier vidéo qui montre Keira enchaînée dans une sorte de cave, elle a subi…

— Passez au poste dans une heure ou voyez avec un de mes collègues, on va examiner ça de plus près.

— Je suis devant l'entrée du commissariat, inspecteur.

— C'est que…, souffle-t-il dans le combiné avant de marquer un temps d'arrêt.

Puis il aboie quelques ordres dont je ne perçois que quelques bribes et reprend :

— Rejoignez-moi dans mon bureau, je préviens l'agent à l'accueil.

Je jette un œil à mon visage dans le rétroviseur. On dirait que je n'ai pas dormi depuis des lustres, ce qui est finalement le cas quand on y pense, et mes cheveux sont sales. Je fouille la boîte à gants et récupère un élastique dont je me sers pour nouer ma tignasse rousse en une queue-de-cheval approximative. Je prends une grande inspiration avant de descendre de voiture et gagner l'entrée du bâtiment de police.

Connors me reçoit sans cérémonie. Il a l'air aussi fatigué que moi, mais sa peau noire a l'avantage de ne pas marquer autant les traits que la mienne qui s'assombrit sous les yeux et se ternit de jour en jour.

Je tends mon téléphone portable à l'inspecteur et, bien que je sache qu'il ne pourra pas voir la vidéo, je refais la manipulation que j'ai effectuée pour arriver sur le site temporaire et lui décris ce que j'ai vu. Après mes explications, une ombre passe sur son visage et son expression se fige dans l'inquiétude.

— Vous permettez que je fasse examiner votre portable par un des membres de l'équipe technique ? Ce n'est pas le labo de Londres, mais on a quelqu'un qui se débrouille comme un chef.

Je hoche la tête en silence et, quelques secondes après que Connors a donné l'ordre par téléphone, une jeune femme — presque une jeune fille —, l'air timide et la longue chevelure raide et noir corbeau, entre dans le bureau. Je lui cède mon téléphone portable et elle disparaît comme elle est venue, laissant derrière elle les effluves d'un parfum acidulé.

— Je sais déjà quel va être le diagnostic, fais-je en brisant le silence.

— Ah oui ? dit Connors en penchant légèrement la tête sur le côté.

— J'ai reçu le même genre de message hier soir. Une vidéo de l'intérieur de chez moi. Une de vos équipes a fait le déplacement.

— Et ? demande-t-il, une pointe de curiosité dans sa voix.

— RAS. Et, en ce qui concerne le message et la vidéo reçus, ils ont certainement été envoyés depuis un serveur virtuel temporaire qui se désactive après le premier visionnage.

— Pourquoi n'êtes-vous pas venue directement ici avant de cliquer sur le lien dans ce cas ? s'emporte-t-il. On aurait très certainement pu localiser le serveur !

— Excusez-moi de vous le dire aussi crûment, rétorqué-je, mais j'ai plutôt l'impression que vous vous foutez éperdument de ce que j'essaie de vous dire depuis des jours.

Il fait un mouvement de recul et arbore une mine offusquée. Je ne décolère pas et reprends :

— J'ai eu la preuve que Keira a été enlevée, et par un malade qui plus est. Grace disait vrai depuis le début. Vous êtes retourné vérifier l'info auprès du voisin, monsieur Spielmann ?

— Écoutez, fait-il dans un geste d'apaisement des deux mains, nos équipes sont débordées avec une affaire qui terrorise notre petite ville de Cobham. On a même fait appel à Scotland Yard dont une équipe devrait débarquer dans la journée. Quand ils nous allégeront la charge de travail, je vous promets de m'occuper personnellement du cas de la fille de madame Bathgate.

— Mais vous ne comprenez pas que tout est certainement lié ? tonné-je en tapant du poing sur la table. Votre victime, elle est morte de faim, n'est-ce pas ? Dans une cave ou dans un box de stockage !

À ces mots, un sourcil de Connors s'arque subrepticement. J'ai tapé dans le mille.

— C'est le même mode opératoire que Clyde Barker, je me tue à vous le dire depuis le début ! Les victimes sont des jeunes femmes métisses, elles meurent de faim et, comme je vous l'ai dit au téléphone, on retrouve au fond de leur gorge des vers de poèmes de Robert Frost. Si c'est le cas dans votre affaire, c'est que vous avez affaire à un dangereux *copycat* !

Ou à Clyde Barker lui-même, pensé-je. Il se pourrait très bien que Burrows et le FBI soient sur une fausse piste. Ce tueur en série a toujours eu plusieurs coups d'avance, c'est ce qui a fait que l'enquête a duré tant années avant qu'on parvienne à l'arrêter.

Connors reste silencieux et griffonne quelques mots sur un carnet de notes posé devant lui. Il ne me prend pas pour une folle, me dis-je, c'est déjà ça.

— On fait quoi pour Keira ? demandé-je.

— Je vous l'ai dit, c'est délicat, fait-il en secouant la tête. Je prends très sérieusement en compte vos informations pour l'affaire qui nous occupe, mais pour ce qui est de Keira…

— Je viens de vous dire que j'ai reçu une vidéo d'elle en train d'agoniser dans un putain de sous-sol ! hurlé-je, les yeux exorbités.

— Si seulement j'avais pu la visionner ou quelqu'un…

Finalement, si, il me prend pour une folle.

— Vous déconnez ? Vous pensez que je fabule ?

Vous allez faire quoi ? Appeler le mari de Grace pour qu'il me fasse interner moi aussi grâce à ses connexions ? Si cette vidéo est récente, c'est une question d'heures et si...

Je ne termine pas cette phrase, je n'en ai pas besoin. Nous avons tous les deux compris.

Je fixe Connors longuement. Il ne cille pas, je peux simplement observer le flux et le reflux de sa poitrine.

Le silence est rompu par la jeune technicienne qui entre dans le bureau sans frapper, mon téléphone à la main.

— Alors ? demande Connors trop content de pouvoir détacher son regard du mien.

— Service d'envoi de SMS intraçable. On ne peut pas non plus remonter jusqu'au serveur qui devait être virtuel et s'est déconnecté automatiquement au bout d'un certain temps ou suite à une commande exécutable.

L'inspecteur tourne le regard dans ma direction et je hausse les épaules en signe d'impuissance.

37

Samedi 12 mars, 8 h 40

Connors remercie sa collègue puis revient à moi, les mains jointes devant lui.

— Écoutez, me fait-il d'un air résigné. Ce que je peux faire, c'est consigner tout ce que vous aurez à me dire dans une déposition, et si de nouveaux éléments viennent alimenter la piste de l'enlèvement, nous pourrons agir plus rapidement.

— Franchement, je ne sais pas ce qu'il vous faut, rétorqué-je dépitée.

— À ma connaissance, personne n'a signalé la disparition de cette jeune femme, on n'a rien sur elle à part son prénom.

— J'ai son adresse, ses initiales et celles de son conjoint, et l'un des prénoms commence par un K. Le petit ami est policier, comme vous. À la brigade de Moseley. En tout cas, c'est ce qui était écrit sur la voiture garée devant chez lui.

— Vous êtes allée le voir ? s'emporte Connors en levant les yeux au ciel.

— Personne ne fait rien ! Je fais mon devoir, je vous avais déjà prévenu.

— Vous lui avez parlé ?

— Oui. Il cache quelque chose.

— Il a fait une déposition concernant la disparition de sa petite amie ?

— C'est à vous de me le dire, fais-je avant de reprendre. Il prétend qu'ils se sont disputés et qu'elle ne veut plus lui parler.

— Vous voyez, les explications les plus simples sont souvent l'expression de la stricte vérité.

— Il ment ! Vous avez déjà oublié la vidéo dont je viens de vous parler ? hurlé-je. Celle où on voit Keira ligotée à des chaînes comme dans une espèce de jeu de torture que seul un psychopathe pourrait envisager, celle où elle supplie son agresseur de la laisser partir ?

Je le fusille du regard et il détourne les yeux. Je reprends de plus belle :

— C'est le mode opératoire de Clyde Barker. Il capture des jeunes femmes et les emprisonne pour les laisser mourir de faim. Il aime les laisser en vie le plus longtemps possible, c'est pourquoi il prend bien soin de les hydrater correctement. Il aime ce contrôle qu'il exerce sur ces vies humaines, il adore plus que tout qu'elles le supplient. C'est ça qu'il attend, qu'on l'élève au rang de Dieu, celui qui a pouvoir de vie ou de mort sur une simple décision. Je ne vous apprends rien quand je vous dis que Barker est comme la presque totalité des tueurs en série, il a soif de pouvoir et cherche la maîtrise absolue.

Connors se passe une main sur le visage et expire bruyamment. Je sais ce qu'il se dit. Que si ce que je viens de lui décrire est vrai, il est impliqué dans une affaire plus que grave, car Keira est sûrement encore vivante à l'heure qu'il est et que ses décisions peuvent influer sur la vie d'une jeune femme, en bien ou en mal. Mais avec cette enquête qui occupe toute sa brigade et le manque d'effectifs, Connors ne veut pas se hasarder sur une fausse piste et risquer sa carrière. La police n'oublie pas, et elle lui en voudra d'avoir mobilisé des hommes sur la base de faits invérifiables.

— Si sa petite amie n'est pas revenue à la maison depuis des jours, pourquoi ce type ne dirait-il rien ? demande l'inspecteur d'une voix calme.

— Ils se sont disputés et il l'a battue, à en croire les affirmations de Keira à sa mère. Un homme qui en arrive aux mains n'en est certainement pas à son coup d'essai. Je pense qu'il préférerait la retrouver, lui, avant la police, de peur qu'elle ne parle. Il est lui-même policier et il sait à quel point sa vie et sa carrière pourraient être ruinées si ça se savait.

Connors opine du chef et je lui fournis l'adresse à Moseley ainsi que les initiales trouvées sur la boîte aux lettres.

— Avec tous ces éléments, ça ne devrait pas être bien compliqué de retrouver l'identité de tout le monde. Je connais quelqu'un à la brigade de Moseley, je vais lui demander d'enquêter discrètement.

J'hésite une fraction de seconde à le remercier puis me ravise et enchaîne sur Ray et sur mes inquiétudes à son égard.

— Si vous voulez déposer un avis de recherche pour disparition inquiétante, il vous faudra attendre au moins quarante-huit heures. Mais je ne vous cache pas que, sans élément pouvant prouver qu'il est en danger, ce genre de requête a très peu de chances d'aboutir, surtout quand il s'agit de personnes majeures et vaccinées. Les gens ont le droit de disparaître comme bon leur semble, malheureusement.

Je ne relève pas son ton légèrement condescendant et ne prends pas le temps non plus de lui expliquer que ma situation n'est pas celle du commun des mortels. J'ai été intégrée à un programme de protection du FBI et Ray est censé assurer ma sécurité. Le fait qu'il soit aux abonnés absents alors même que des évènements en rapport avec un tueur en série que j'ai moi-même traqué pendant des années est des plus inquiétants.

Le silence s'invite dans la pièce. On entendrait une mouche voler. Connors regarde sa montre et fait une grimace. Il se lève, signal que je dois en faire autant.

— Promettez-moi d'aller voir monsieur Spielmann. Au moins pour confirmer qu'il a vu Grace et Keira dans la nuit de lundi à mardi. Et d'aller parler à ce flic de Moseley.

Connors ferme la porte derrière lui et pivote d'un quart de tour pour me faire face. Il me fixe longuement avant de parler.

— Je vous le promets. Je vais faire ça pour vous.

— Faites-le pour Keira, le corrigé-je.

— Je vous assure que, si vous preniez un peu de recul, vous verriez que la situation dans laquelle vous m'avez mise est plus que délicate. Vous me rapportez des faits criminels immensément graves d'un côté, mais de l'autre, il n'y a que des suppositions. J'ai besoin de convaincre ma hiérarchie pour lancer toutes les procédures, et vous le savez comme moi, on ne peut pas se jeter à corps perdu dans une affaire sur la base d'une simple intuition ou de prétendues vidéos dont on ne trouve pas trace.

Je reçois ses mots comme autant de coups de poignard, car il a raison. Au FBI, mes supérieurs n'avaient de cesse de me le répéter. J'essaie de me mettre à la place de l'inspecteur, qui devra assumer d'avoir fait ou non le lien entre une affaire dont l'opinion publique et les médias se sont déjà emparés et un cas de disparition qui n'existe pour l'instant que dans la bouche de celles qui veulent bien y croire, c'est-à-dire Grace et moi. Je sais bien que la vidéo pourrait être une vieille vidéo d'un jeu sexuel avec son petit ami. La nature humaine est parfois très étonnante, et, de par mon métier, je suis aux premières loges pour le constater.

— J'attends de vos nouvelles, conclus-je en tournant les talons.

— Et si vous recevez le moindre message, vous venez directement ici sans le consulter, c'est compris ?

— Entendu !

Lorsque je pénètre dans ma voiture, je m'effondre sur le volant. Mes nerfs me lâchent, le manque de sommeil y est pour beaucoup. Je me sens si seule ! Ray a disparu, Grace est internée et je suis à des milliers de kilomètres de chez moi. Mes pensées se tournent vers ma petite sœur, celle de qui j'ai pris le nom, pour la faire voyager à travers moi, elle qui ne le peut plus. Je me rends compte que je n'ai pas appelé le centre où elle est prise en charge depuis des lustres. Mais c'est trop difficile, je n'ai plus la force de parler à un écran, face à quelqu'un qui ne peut pas me répondre. Je ne sais pas ce que l'avenir me réserve, mais je me fais le serment que, dès mon retour, je déménagerai pour me rapprocher d'elle. L'Arkansas est plutôt un État duquel on s'enfuit, mais qu'à cela ne tienne, je demanderai ma mutation à Burrows et il comprendra. Je crois qu'il y a une antenne du FBI à Little Rock.

Je marque une pause pour constater que mes sanglots ont cessé. Je me mords la lèvre. C'est vraiment tout moi, pensé-je, il faut sans cesse que le boulot revienne sur le devant de la scène, même quand je pense à ma sœur.

Mon regard se perd à travers le pare-brise. Je ne sais pas combien de temps je suis restée là, immobile, à observer le ballet des voitures qui entrent et sortent du parking. Cinq minutes ? Dix ? Trop longtemps, c'est certain.

Dans mon sac, mon portable vibre et je sursaute.

Je saisis l'appareil et observe l'écran. Encore un numéro étrange à l'indicatif particulier.

— Allô ?

— C'est Connors. Je viens de recevoir les premiers résultats de l'autopsie… (Il s'éclaircit la gorge.) Je dois vous parler.

— Je suis encore sur le parking, avoué-je.

— J'arrive !

À peine une minute plus tard, l'inspecteur sort du bâtiment au pas de course, et je baisse la vitre pour lui faire signe. Je descends de voiture et le rejoins.

— Il y avait bien une boule de papier chiffonné dans le fond de la gorge de la victime, déclare-t-il d'un ton contrit.

Je reste impassible.

— Il y avait quelque chose d'écrit dessus ? demandé-je.

Connors opine du chef et je ne le laisse pas parler.

— « *A proclamé que l'heure n'était ni mauvaise ni bonne, j'ai été familier de la nuit* », cité-je.

— Comment le savez-vous ?

— J'aurais préféré ne pas savoir.

38

Samedi 12 mars, 9 h 11

De retour dans le bureau de Connors, il me propose un café que j'accepte avant de m'asseoir. La chaise est encore chaude. L'inspecteur, légèrement mal à l'aise, prend place en face de moi. Les éléments probants s'accumulant, il n'a plus d'autre choix que de me faire confiance.

— Pour Keira, se lance-t-il, je vous promets que je vais faire tout ce qui est en mon pouvoir et, dès que j'aurais des officiers libres, je les mettrai sur l'enquête sans délai.

— Je ne suis pas ici pour parler de ça, n'est-ce pas ?

Connors élude ma question.

— J'aurais besoin que vous me disiez tout ce que vous savez sur ce Clyde Barker et son mode opératoire. Si nous avons affaire à un *copycat*, je veux avoir une longueur d'avance sur lui.

— Vous avez de la chance, je suis une encyclopédie vivante sur Clyde Barker, mais comme vous l'avez souligné maintes fois, en tant qu'agent du FBI, je n'ai pas le droit de parler sans l'accord de ma hiérarchie. Vous aurez besoin de parler à Samuel Burrows.

Je me penche en avant et tends la main pour emprunter un des stylos qui se battent dans un mug de café et griffonne les coordonnées de mon supérieur ainsi que celles du bureau de Quantico en charge de l'affaire. Une fois terminé, je repousse le bloc-notes vers Connors et m'enfonce dans ma chaise.

— Pour ce qui est des « coups d'avance », comme vous dites, estimez-vous heureux de ne pas être en présence du véritable Clyde Barker, car c'est lui qui les aurait et il vous mènerait par le bout du nez.

— Pourquoi pensez-vous que ce n'est pas lui qui agit ?

— Il s'est évadé de prison il y a plus de six mois, c'est pour ça que je suis ici, vous vous rappelez ? J'ai eu Sam Burrows hier et il m'a confié qu'ils avaient retrouvé la trace de Barker et découvert où il se planquait. Sa capture n'est plus qu'une question d'heures, j'imagine.

— Qui pourrait vouloir copier le mode opératoire de ce tueur en série, précisément à Cobham, alors même que vous y êtes ? C'est étrange, vous ne trouvez pas ?

— Je me suis posé la même question des dizaines de fois déjà, fais-je en soupirant. Une personne mal intentionnée m'aura démasquée et le mot se sera passé.

— Vous êtes une sorte de célébrité ou quoi ? demande Connors, le plus sincèrement du monde.

— J'ai eu droit à mes quinze minutes de célébrité, comme tout le monde aujourd'hui. Mais je n'ai fait que mon boulot.

Connors hoche la tête lentement et me regarde en silence.

— Vous voulez savoir quoi ? Les poèmes ?

L'inspecteur se redresse et se gratte le menton.

— Ils sont importants ? demande-t-il.

— Clyde Barker est obsédé par Robert Frost. La raison reste un mystère, encore aujourd'hui. Une chose est sûre, quand il commençait un nouveau poème, chaque paire de vers signifiait une nouvelle victime. Il les inscrivait sur des bouts de papier qu'il chiffonnait et enfonçait profondément dans la gorge de ses victimes.

Je marque une pause pour m'éclaircir la gorge et je reprends :

— Une fois, ça nous a servi. On a découvert le corps d'une jeune femme dans un hangar au Texas et les vers trouvés ne suivaient pas tout à fait l'ordre du poème de Frost que Barker utilisait à ce moment-là. Il semblait avoir sauté deux lignes. Nous avons immédiatement su qu'il existait une autre victime quelque part, sur laquelle on retrouverait le vers manquant.

Le visage de Connors se fige et il déglutit bruyamment. Je suppose qu'il s'imagine ce qu'un tel tueur provoquerait ici, dans la petite ville tranquille de Cobham dont il est censé assurer la sécurité. Il n'y a malheureusement qu'à lire la presse à scandale pour se faire une idée. Espérons pour nous tous que c'est un piètre imitateur et qu'il n'a pas l'intelligence de Barker.

Alors que l'inspecteur griffonne des notes en silence, je m'octroie le droit de poser une question.

— La victime, vous l'avez retrouvée dans une cave, un hangar ou un box de stockage ?

J'observe attentivement les tics du visage de Connors et j'obtiens ma réponse sans qu'il ait besoin d'ouvrir la bouche.

— Quel était le nom utilisé sur le bail ? demandé-je en m'adossant à la chaise.

— Pourquoi vous me demandez ça ? interroge-t-il, l'air perplexe.

— À l'époque où j'enquêtais sur l'affaire, ce taré aimait jouer avec les médias et encore plus avec moi. Il séquestrait des jeunes femmes. Son truc, c'étaient les femmes de couleur, les métisses, et il les emprisonnait dans des lieux qu'il louait sous des pseudonymes qui n'étaient autres que des anagrammes de son nom. Une manière de nous, de *me* narguer, de me dire que c'était lui, qu'il était toujours là, en liberté, et qu'il faisait ce qu'il voulait au grand jour sans que personne ne puisse l'arrêter. Alors, si votre victime a été retrouvée morte de faim dans un local au nom de Creed Barly, Clark Redbey, Caleb Dryker ou n'importe quel autre foutu nom constituant l'anagramme de Clyde Barker, c'est que votre *copycat* est très bien renseigné.

Connors baisse le regard sur son bureau et tire un dossier vers lui dont il compulse les feuilles.

Enfin, il lève les yeux vers moi et secoue la tête.

— Quel est le nom utilisé ? répété-je.

— Je ne suis pas vraiment en mesure de discuter…

— Vous préférez attendre ce soir minuit que l'heure soit assez décente pour appeler le FBI ou vous voulez que je vous aide, là, tout de suite ? interviens-je, déterminée.

Connors se renfrogne puis lève les yeux au plafond.

— Le corps a été retrouvé dans un box de stockage le long de l'A246 en direction de la ville de Byfleet. La location a été faite au nom d'un certain Oliver Fitzpatrick, mais après vérification, le seul Oliver Fitzpatrick ayant vécu dans les environs est mort il y a cinq ans. Le nom vous évoque-t-il quelque chose ?

Je fais « non » de la tête.

— Et la victime, Sarah… ?

— Sarah Khumalo, originaire de Cape Town en Afrique du Sud.

Comme rien de nouveau ne me vient, je secoue la tête une deuxième fois.

— Je vous fais confiance pour garder toutes ces informations pour vous.

— La presse semble être déjà sur le coup et je n'ai ni l'intention ni intérêt à vous mettre des bâtons dans les roues, réponds-je sur un ton plus léger. Mais sachez que le véritable Clyde Barker a tout fait pour jouer avec les médias. Il aime être au centre de l'attention et quand une autre actualité lui faisait de l'ombre, sa folie meurtrière redoublait.

— Autre chose que nous devrions savoir ? demande Connors.

— Je pensais taper dans le mille avec ces histoires d'anagrammes, mais le nom d'Oliver Fitzpatrick ne m'évoque absolument rien. Il y a de grandes chances que votre *copycat* n'ait pas été au courant de ce fait. Le FBI a, heureusement, réussi à conserver quelques secrets, la presse ne sait pas tout. Ce tueur fait certainement partie de vos citoyens, inspecteur, c'est à vous et à votre brigade de jouer maintenant. Mais je vous conseille tout de même de vous rapprocher du Bureau dès que vous en aurez l'occasion. Burrows pourra certainement vous donner accès aux dossiers complets, ce sera plus simple pour vous et vos collègues.

Il note quelque chose puis relève la tête.

— Si je peux faire quoi que ce soit..., lâche-t-il.

— Vous pouvez, rétorqué-je. Accordez-moi la faveur d'intégrer Keira dans l'enquête, c'est la seule façon de lui sauver la vie, si c'est encore possible.

Connors penche la tête sur le côté et son visage exhibe une mine perplexe.

— Keira est métisse, j'ai été témoin d'une vidéo qui la montre amaigrie et emprisonnée selon le même mode opératoire que Barker... Dois-je continuer ?

Ses lèvres se contractent et forment une grimace. Puis il acquiesce d'un lent hochement de tête.

— Vous avez raison. Je vais joindre les deux dossiers. Laissez-moi quelques minutes pour appeler un agent afin qu'il prenne votre déposition. Vous devrez raconter ce que vous avez vu dans la vidéo dans les moindres détails.

J'opine du chef à mon tour.

On prend enfin cette affaire au sérieux.

39

Samedi 12 mars, 10 h 08

Quand j'ai appelé la maison de repos où Grace séjourne et qu'on m'a autorisée à passer lui rendre visite dans la matinée, j'ai été stupéfaite.

Alors que je marche le long d'une allée en graviers blancs, je me demande si venir ici était une bonne idée. La bâtisse, toute blanche elle aussi, qui grossit à mesure que je m'approche, me rappelle de mauvais souvenirs. Les endroits de ce genre se ressemblent tous, ils ont en commun d'encapsuler la tristesse qui règne en leur sein. Et au chagrin des visiteurs s'ajoute celui des patients.

Chaque crissement de mes pas sur les cailloux me rappelle l'hôpital où se languit ma sœur. Je dois impérativement m'ôter la fausse impression que je vais la voir derrière ces murs. Je suis à des milliers de kilomètres de l'Arkansas et je viens rendre visite à mon Anglaise de voisine.

À l'accueil, une vieille femme souriante aux lunettes immenses me fait patienter jusqu'à ce qu'un infirmier vienne me chercher. Nous longeons d'interminables couloirs dont la décoration est tout sauf ce que j'aurais pu imaginer dans un endroit pareil. Les murs sont tapissés d'un papier vert pastel aux motifs discrets et ils arborent tous les deux ou trois mètres des tableaux bucoliques peints à l'huile, si bien qu'on a l'agréable impression de se trouver dans un musée de province. Le sol en marbre rend l'ensemble très chic et, çà et là, des colonnes doriques soutenant des œuvres d'art abstrait placées sous des cloches de verre confèrent aux lieux une atmosphère très bourgeoise.

— Voici la chambre de madame Bathgate, m'indique l'infirmier en s'arrêtant devant une grande pièce dont la porte est grande ouverte.

Il disparaît et je reste quelque secondes à observer Grace, qui me tourne le dos et plonge le regard au travers d'une large baie vitrée donnant sur un parc arboré et verdoyant. J'attends un peu avant de la tirer de sa contemplation.

— Grace ?

Elle se retourne et m'accueille en écartant les bras, avec un sourire si béat et des pupilles si dilatées que je ne peux douter des doses massives d'anxiolytiques sous lesquels elle se trouve.

— Eleanor !

Je me précipite dans son étreinte et nous nous serrons longuement l'une contre l'autre. De sa nuque s'échappe un parfum apaisant et vanillé.

Je recule et lui souris à mon tour.

— C'est vraiment gentil de ta part de venir me voir, dit-elle d'une voix pâteuse en m'invitant à m'asseoir à un petit guéridon près de la fenêtre. Comme tu peux le constater, tout va bien.

— Je vois ça. Je suis rassurée, mens-je.

— Tu sais, me fait-elle en se penchant vers moi sur le ton de la confidence, je sais leur dire ce qu'ils veulent entendre, j'ai l'habitude.

Elle m'adresse un clin d'œil et sourit de nouveau de toutes ses dents.

Décontenancée, je ne sais plus par où commencer. J'aimerais pouvoir lui raconter tout ce qui s'est passé pendant son absence, mais je ne veux pas raviver en elle des blessures qui pourraient la faire replonger.

Et puis me vient la réflexion que Grace a finalement toujours eu toute sa tête et qu'elle vient même de me le prouver en me livrant son secret.

— Grace, fais-je sur un ton sérieux, je voulais te dire en personne qu'on s'occupe de Keira. J'ai convaincu l'inspecteur Connors d'enquêter enfin sur sa disparition.

Une larme glisse de son œil, mais son visage reste figé dans son sourire éclatant. C'est une impression étrange.

— Mais tu sais, Keira n'a pas disparu, fait-elle en me montrant son cœur. Elle est là.

Je me rapproche d'elle et essuie la larme qui traçait son chemin sur sa joue. Elle m'agrippe la main et la serre.

— Dans ce monde, dit-elle en chuchotant près de mon oreille, il faut faire plaisir aux hommes. Ça a toujours été comme ça. Si je fais plaisir à Gerald, je fais plaisir à Simon et c'est tout ce qui compte.

Les médicaments sont plus puissants que je ne le pensais. Ça m'évoque soudainement une histoire effroyable dont j'ai eu vent il y a des années. Un journaliste voulait écrire un article sur les coulisses des hôpitaux psychiatriques et s'y était fait interner. Il passa près de deux années, assommé par les antidépresseurs et les calmants, sans pouvoir s'en échapper alors qu'il invoquait qui il était réellement et les véritables raisons pour lesquelles il était là. *Ces établissements rendent-ils les gens plus fous que lorsqu'ils y entrent ?* L'attitude de Grace commence à donner raison à cette théorie.

— Mais j'ai habitude, Eleanor, reprend Grace. Je sais ce qu'ils veulent entendre, alors je le leur sers sur un plateau, conclut-elle.

— Je suis allée voir Spielmann, éludé-je. Il m'a confirmé vous avoir vues, Keira et toi, dans la nuit de lundi à mardi. J'ai retrouvé le taxi qui avait conduit Keira et j'ai remonté le fil jusque chez elle, dans un quartier huppé de Moseley.

— Oh ! me coupe-t-elle. Moseley ? Et dire qu'on habitait à quelques minutes l'une de l'autre.

Je digère cette information puis reprends :

— J'ai vu le petit ami de Keira. Le flic. Il dit qu'ils se sont disputés et qu'elle ne veut plus lui parler, mais je sais qu'il ment.

Une lueur de lucidité semble traverser le regard de Grace qui s'immobilise et fronce les sourcils.

— Tu crois qu'il l'a enlevée ? me demande-t-elle.

Sa voix a changé d'intonation d'un coup, elle est légèrement plus rauque. J'ai affaire à un nouveau personnage de sa panoplie d'actrice.

— Aucune idée, mais il se passe des choses étranges en ville, fais-je sans trop vouloir donner de détails. Tu ne m'avais pas dit que Keira était métisse.

— Pourquoi, ça aurait changé quelque chose ? Son père était un Noir américain de Caroline du Nord. Un corps sublime, un sourire ravageur et des yeux pétillants qui m'ont fait craquer. Tyler ? Tyron? (Elle roule des yeux.) Lui aussi, il a fallu lui faire plaisir. Il a eu ce qu'il voulait, enchaîne-t-elle, son visage de nouveau emprisonné derrière le masque de la déraison.

Soudain, j'ai peur de la perdre et je ne veux pas repartir sans de précieuses informations.

— Grace, demandé-je d'une voix douce. Est-ce que le nom de Sarah Khumalo t'évoque quelque chose ?

Comme si elle sortait d'un mauvais rêve, elle se frotte frénétiquement le visage et son front se plisse.

— Sarah comment ?

— Sarah Khumalo, répété-je. Une jeune fille originaire d'Afrique du Sud, métisse comme Keira.

Elle fait « non » de la tête puis se recule dans son siège.

— Et Oliver Fitzpatrick ? tenté-je sans grande conviction. Ça te parle ?

Ses yeux s'écarquillent et sa bouche s'arrondit.

— Ah ! Ça, oui ! Après, il y a peut-être plusieurs Oliver Fitzpatrick, mais celui dont j'ai entendu parler était le mari Zelda Griffith, notre chère voisine du bout de la rue. Il était dans la marine ou quelque chose dans le genre, mais il est mort il y a plusieurs années déjà. C'est pour ça qu'elle a repris son nom de jeune fille et qu'elle a emménagé sur Cedar Avenue.

Son expression se referme et elle semble sonder mon âme de son regard perçant.

— Tu ne savais pas ? me demande-t-elle alors que je secoue la tête négativement. Elle en parle à longueur de journée et il y a des portraits de lui partout chez elle.

Je réalise que je n'ai jamais mis un pied chez madame Griffith depuis mon arrivée dans le quartier. Une question émerge depuis les tréfonds de mes pensées : *Comment un fantôme a-t-il pu se retrouver associé au meurtre de Sarah Khumalo ?*

L'idée qu'un tueur en série imitant les méthodes sauvages de Clyde Barker habite sans doute dans mon quartier me glace le sang.

40

Samedi 12 mars, 10 h 40

Un rapide calcul mental m'indique qu'il est 5 h 40 en Virginie. Burrows va me maudire sur plusieurs générations, mais je ne peux pas attendre, je dois m'entretenir avec lui à tout prix. Et puis je veux l'avoir avant que la police de Cobham ou Scotland Yard le contacte.

La route défile à toute vitesse devant mes yeux et j'enclenche le système Bluetooth de la voiture pour composer le numéro personnel de Burrows en dépit de tout protocole. L'heure est trop grave pour prendre des précautions. La première tentative est infructueuse, mais, à la seconde, Sam décroche.

— Putain, vous ne savez pas lire l'heure en Angleterre ? grogne-t-il, tel un ours mal léché.

— Désolée de te réveiller à cette heure, mais tu devines que si je fais ça, c'est que je n'ai pas d'autre choix.

Je prends une grande inspiration et reprends :

— Je sais que tu vas me dire que ce n'est pas possible, mais je crois que Barker est ici, il y a trop d'éléments qui alimentent cette thèse.

— Attends, je...

— Laisse-moi d'abord tout t'expliquer ! le coupé-je abruptement. Au début, je me suis dit que c'était impossible, que Barker ne pouvait pas être ici, mais je pensais aussi qu'il était impossible de s'échapper de la prison de Red Onion State et, pourtant, il l'a fait. Mais comment s'y serait-il pris pour me retrouver ? Ça aussi, c'était censé être impossible, et puis tu m'as dit que vous pensiez qu'il avait bénéficié d'une complicité au sein du FBI. Et là, tout est devenu limpide. C'est pourquoi je suis presque certaine que Clyde Barker m'a suivie jusqu'ici, qu'il veut jouer avec mes nerfs, qu'il veut relancer la traque, comme à l'époque. Il ne vit que pour ça, Sam, que pour l'excitation provoquée par l'affolement de la population et des médias, que pour ce jeu du chat et de la souris avec les forces de police, avec moi. Il n'a eu de cesse d'attirer mon attention en laissant des indices derrière lui, des éléments que seuls lui et moi connaissons. Tu sais qu'il est capable de tout ça, Sam. On ne peut pas faire abstraction de son incroyable intelligence et des moyens qu'il est prêt à mettre en œuvre pour être le maître d'un jeu macabre. La police de Cobham a retrouvé le cadavre d'une jeune femme métisse : le mode opératoire est le même que Barker. Ajoute à ça que la fille de ma voisine est métisse également, et qu'elle a disparu. Je te passe les vers des poèmes de Frost qu'on retrouve partout, y compris jusque dans mon propre salon. Il a réussi à rentrer chez moi, Sam, tu te rends compte ? Ce malade est ici et il veut me rendre folle ! Ou pire...

Je suis à bout de souffle et je dois marquer un temps d'arrêt. Burrows profite de l'accalmie pour se faufiler dans la brèche.

— C'est bon, t'as fini ? me demande-t-il d'une

voix étrangement calme. Tu n'as plus à t'en faire, Clyde Barker est mort.

En bon maître du suspense qu'il est, Burrows laisse planer un silence. Je reçois l'information comme un coup de massue. Je fronce les sourcils et grimace. Est-ce que je suis déçue ou soulagée ? Soulagée, évidemment, mais son assertion soulève un million de questions qui commencent à tournoyer dans ma tête. Je laisse à Sam l'occasion d'effacer tous mes doutes.

— Ça s'est passé dans la nuit, je voulais me laisser quelques bonnes heures de sommeil bien méritées avant de t'annoncer ça en bonne et due forme, mais, comme d'habitude, tu es têtue !

Il se fend d'un rire gras qu'il étouffe en réalisant sûrement l'heure qu'il est.

— Ça a été une opération compliquée, enchaîne-t-il sur un ton plus sérieux, et on a perdu deux hommes. Je t'avais dit qu'on avait identifié sa planque et qu'on était sur le point de le déloger. Eh bien, avec une équipe des SWAT, on a tapé la maison où il se cachait. Seulement, tu connais Barker, il est méfiant comme pas deux et ce fumier avait tout prévu. Il avait piégé la maison où il se terrait et quand on a donné l'assaut, tout a explosé. Il avait placé de la dynamite partout et portait sur lui un système de détonation. Après l'extinction de l'incendie, on a retrouvé son corps carbonisé en sous-sol dans une sorte de bunker qui n'a pourtant pas résisté au souffle de l'explosion. À l'étage, dans un petit coffre, on a retrouvé des documents qui ont été miraculeusement sauvegardés. Des journaux intimes qu'il avait écrits en prison. Tu aurais vu ça, ça n'avait ni queue ni tête ! Je pense qu'il a peu à peu perdu la boule et des tendances suicidaires sont apparues ces deux dernières années et n'ont fait que s'accentuer. Je crois qu'il voulait en finir. En tout cas, c'était clair pour lui, plutôt mourir que de repartir en taule.

Le paysage autour de moi semble se mouvoir au ralenti. Je sais que je suis en train de conduire, mais j'ai la sensation étrange d'être sortie de mon corps et de m'observer depuis l'extérieur. Clyde Barker, mort ! Une partie de ma carrière, de ma vie qui vient de s'évaporer. C'est étrange, voire malsain, mais la première envie qui me vient est de mettre la main sur ces journaux intimes et de les étudier. La psychologue du comportement criminel qui est en moi revient au galop et, quelques instants après, c'est l'enquêtrice qui met en marche la machine à cogiter. Mon cerveau ne s'arrête-il donc jamais ?

Si Barker est mort, qui est la personne qui s'amuse à le copier et à jouer avec mes nerfs par la même occasion ? Une menace s'éteint, mais une autre, peut-être beaucoup plus dangereuse, attend toujours au coin de la rue. Et Keira qui est toujours dans la nature, en vie, peut-être, son cadavre en décomposition dans un hangar, sûrement. Et Ray ? Est-ce qu'il est une victime collatérale du *copycat* ? Comment annoncer ça à Sam ?

J'en suis là dans mon raisonnement quand la voix de Burrows me ramène sur terre :

— Tu ne dis rien ? Je penserais que tu sauterais de joie !

— C'est-à-dire que…

— Tu rentres, ma belle ! intervient-il. Laisse-moi quand même un peu de temps pour régler toute la paperasse, mais, dans dix jours maximum, tu es de retour au bercail.

J'esquisse un sourire qu'il ne peut pas voir et décide de ne pas ternir ce moment en évoquant mon inquiétude au sujet de Ray. Il me reste quelques jours pour retrouver mon collègue et qu'on puisse enfin en finir avec tout ça et s'envoyer des gins tonics à bord du vol retour.

41

Samedi 12 mars, 11 h 02

La maison me paraît soudain froide et impersonnelle, et avec ce que vient de m'annoncer Burrows, c'est comme si elle faisait déjà partie de l'histoire ancienne. Je me rappelle à quel point je ne m'étais pas sentie à l'aise en arrivant ici la première fois. Tout était différent, les odeurs, la lumière, la langue bien sûr, mais aussi les sourires des gens, leur attitude dans les pubs ou les magasins. Et sans parler de cette foutue conduite à gauche !

Mais, très vite, j'ai réalisé que j'avais du temps pour moi et que ça ne m'était pas arrivé depuis longtemps. C'était comme une courte retraite avant la retraite. Ray et moi nous sommes soutenus moralement et nous nous sommes tout de suite très bien entendus. Je l'avais rencontré à plusieurs reprises, la première fois pendant ma formation à Quantico et puis à deux ou trois occasions supplémentaires sur des enquêtes où le FBI était appelé en soutien. Il avait suivi l'affaire Barker de loin, mais avait accepté bien volontiers de jouer le faux mari. Nous avons passé d'innombrables soirées à parler de ces huit années de traque jusqu'à la récente évasion qui nous a valu ce séjour au vert. Ray s'est très vite accommodé à son nouveau boulot et il m'a très vite parlé d'une cliente de la salle qui lui avait tapé dans l'œil. Notre relation s'est quelque peu dégradée lorsque les choses se sont concrétisées avec Anna. Il faut dire que la situation ne lui rendait pas la tâche facile ; il était obligé de faire croire à la jeune femme qu'il était déjà marié et que c'était la raison pour laquelle il ne pouvait jamais la recevoir chez lui. Je pense qu'avec le temps, il m'en a voulu personnellement pour ce frein à son bonheur.

Mais l'idée que cette situation, moi en quelque sorte, puisse mettre les jours de Ray en danger glace ma conscience. Machinalement, je jette un œil à l'écran de mon portable, mais il reste vierge de toute notification.

J'ai tardé à prendre la décision de faire changer les serrures et les vitres de la fenêtre, mais je me résigne enfin à appeler des entreprises pour le faire, même si ça implique le fait que Ray ne pourra pas rentrer sans que je lui ouvre.

Une liste des artisans du coin est aimantée sur la porte du frigo et je consacre l'heure qui me sépare de midi à les appeler.

Deux entrepreneurs indépendants viendront cet après-midi régler les problèmes des serrures et du carreau cassé.

Je me fais réchauffer un plat au micro-ondes et m'affale sur le canapé pour le manger à même la boîte. Je fais un tour d'horizon de la grande pièce et me dis que c'est probablement une des dernières fois que je la vois.

Mais mon esprit ne reste jamais tranquille bien longtemps. Il y a tant de questions encore en suspens et de réponses à trouver, tant de portes ouvertes à refermer, tant de pistes à explorer ! Cette pensée me donne le vertige, mais je décide tout de même d'aller au bout de mon raisonnement en allant chercher un stylo et un carnet dans mon bureau. Je note tout ce qui me passe par la tête concernant les évènements qui se sont déroulés autour de moi ces derniers jours. L'intrus dans notre jardin en pleine nuit, la disparition de Keira, le recueil de poèmes de Robert Frost, les allées et venues de Ray, les meubles qui changent de place, la vitre cassée et la brique qui disparaît, la voiture garée à l'autre bout de la ville, le mystérieux correspondant de Craig Chaney et son article de journal à propos de ma sœur, la mort de Sarah Khumalo, les vidéos successives de l'intérieur de chez moi et de Keira qui agonise…

Perdue dans mes pensées, le calme de la maison m'enveloppe et, soudain, c'est comme une explosion ! La porte s'ouvre dans un fracas de fin du monde. C'est Ray qui vient d'entrer en trombe. La barbe de trois jours, les cheveux hirsutes et des poches noires sous les yeux, il a une tête de déterré.

Il ne m'adresse même pas un regard et fonce droit devant lui.

— Ray ! hurlé-je, trop stupéfaite pour me mettre en colère.

Il ne répond pas et disparaît derrière le mur du petit couloir qui mène à sa chambre.

Je me propulse hors du canapé pour le rattraper. Lorsque j'arrive à son niveau, Ray est là, devant moi, les yeux vides tel un zombie et il remplit un sac de voyage à la va-vite comme s'il était en cavale.

Et c'est là que je remarque ses mains.

Elles sont recouvertes presque en totalité d'une teinte pourpre qui, de prime abord, pourrait faire penser à de la peinture, mais qui, à mieux y regarder, se révèle être du sang.

Je tends le bras et touche l'épaule de Ray dans

l'espoir qu'il arrête ce qu'il est en train de faire et qu'il se décide à me parler.

— Ray, bordel ! Qu'est-ce que c'est que ça ?

Il écarte ma main violemment et ne quitte pas son sac du regard.

— Ne me touche pas ! hurle-t-il avec hystérie.

Je reste plantée là, les yeux écarquillés et les mains ballantes, saisie par l'incompréhension. Ray continue son déménagement précipité puis se redresse et se retourne pour me faire face. Son visage est rouge et gonflé et les muscles de sa mâchoire se contractent avec violence.

— Je suis désolé, dit-il dans un souffle.

Son visage se déforme et des larmes viennent ruisseler sur ses joues. Ses tentatives d'essuyer son visage du revers de ses mains laissent de grandes traînées de sang. Son air est effrayant. Ce n'est plus le Ray que j'ai connu à l'école du FBI il y a des années, mais un sauvage qui sort tout droit d'un rite cannibale.

— Laisse-moi passer ! lâche-t-il soudain en me bousculant pour franchir le pas de la porte.

Je reste sur ses talons et, alors que nous nous ruons à travers la cuisine, je le hèle :

— Hé ! Ray ! Où crois-tu aller comme ça, hein ? T'as oublié qui je suis ? Qui on est ?

Il ne se retourne même pas et fonce en direction de la porte d'entrée. J'accélère le pas pour tenter une dernière fois de lui faire entendre raison, mais c'est peine perdue.

Dans un nouveau fracas, le battant de la porte s'ouvre en grand comme soufflé par une explosion. Deux lumières aveuglantes déchirent ma rétine et découpent les contours de Ray juste devant moi. Il lâche son sac et lève les deux mains en l'air.

Lorsque les deux faisceaux des lampes torches s'abaissent, je comprends la scène qui se joue devant mes yeux.

Je reconnais les deux flics qui étaient venus faire des vérifications ici quand j'ai appelé le numéro d'urgence. Cette fois-ci, leurs mines sont beaucoup moins avenantes. Pas étonnant, puisqu'ils braquent leurs armes de service sur Ray qui tombe à genoux et pose ses mains sur sa tête comme le lui a ordonné la policière d'une voix forte et impérative.

Au loin, le gyrophare de leur véhicule crée un jeu d'ombre et de lumière colorée qui tournoie dans notre salon et me donne la nausée. Mon cerveau se fige et je reste debout, pétrifiée. Mais je suis rapidement ramenée à la réalité quand la policière crie de nouveau :

— Madame ! À genoux ! Mains sur la tête !

Dans quelle merde tu nous as foutus, Ray ?

42

Samedi 12 mars, 15 h 30

Totalement épuisée, je m'avachis sur mon siège et lâche un long soupir. Ça fait un bon quart d'heure que je suis seule dans la pièce et j'ai l'impression qu'une éternité vient de s'écouler. Je fouille machinalement ma poche, mais me rappelle soudain que mon téléphone portable a été confisqué. Je croise les bras et balance ma tête en arrière. Je scrute le plafond et commence à compter les taches sombres sur les dalles qui le composent.

Le mécanisme d'une serrure cliquette et je me redresse d'un geste brusque. Une main noire tenant une tasse de café fumant apparaît d'abord, suivie du corps tout entier de l'inspecteur Connors. J'aperçois ses dents blanches, c'est plutôt bon signe.

— Désolé pour tout ça, madame. Tenez, je me suis permis de vous apporter du café.

Je le remercie, saisis le mug et lui adresse un sourire reconnaissant. J'ai la bouche sèche à force d'avoir parlé et je sens que j'ai besoin de réactiver mon corps fatigué.

— Votre portable est toujours en cours d'analyse, mais ce n'est qu'une formalité. Vous serez libérée dans quelques minutes.

J'approche le café de mes lèvres et en bois une grosse gorgée.

— Vous allez enfin me dire ce qu'il se passe avec Ray ? fais-je en reposant ma tasse bruyamment.

— Vous avez été mise hors de cause et je suppose que je vous dois bien ça…

Connors s'arrête en plein élan, prend place devant moi, là où l'enquêteur qui m'a interrogé pendant des heures se tenait, et joint les mains devant lui avant de reprendre :

— Ray a tout avoué. Je suis désolé…

— Avoué quoi ? demandé-je.

— Nous avons retrouvé Anna Dimitrov morte à son domicile. Elle a été égorgée, c'était un vrai bain de sang. Raymond McGill a tout avoué.

Je fais un mouvement de recul brusque et j'écarquille les yeux. Ma bouche est grande ouverte et je perçois la pitié dans le regard de Connors.

— Je suis sincèrement navré, enchaîne-t-il. Vous serez certainement obligée de revenir ici pour éclaircir de nouveaux points, mais, pour l'heure, nous allons vous laisser tranquille. L'analyse du téléphone portable du suspect est encore en cours, nous pensons l'interroger de nouveau demain.

Suspect. Le mot rebondit sur les parois de mon esprit sans que je puisse trouver un sens à tout ça.

— Comment ça ? fais-je en fronçant les sourcils. S'il a tout avoué, qu'est-ce que…

— Il a avoué le meurtre de sa petite amie, mais il s'est ensuite terré dans le silence et nous avons toutes les raisons de croire qu'il est le *copycat* de Clyde Barker que nous recherchons.

J'ai l'impression d'être percutée par une locomotive lancée à pleine vitesse. Le temps s'est figé dans mon esprit et plus rien n'a de cohérence. Je fais un cauchemar, c'est sûr, et je vais me réveiller. Une voix tente de m'extirper de ma torpeur.

— Madame Perkins ? Ça va ? me demande Connors.

Mais je suis loin, comme au fond d'un puits infini. Les sons me parviennent distordus et terminent leur course en échos rebondissant dans mes tympans. Je crois qu'il répète sa question et là, c'est le trou noir.

* * *

Une petite gifle fait trembler ma joue.

J'ouvre les yeux et entrevois une paire de chaussures noires impeccablement cirées.

Mon front est trempé, mes oreilles bourdonnent.

La main qui vient de claquer mon visage apparaît à nouveau dans mon champ de vision pour me saisir par la nuque et me redresser en position assise. C'est Connors qui est au sol, assis à côté de moi, et qui maintient mon corps inerte. Deux autres personnes, des flics, ont pénétré dans la pièce et l'un d'eux, une femme au visage fin que j'ai déjà vu quelque part sans me souvenir précisément où, se penche au-dessus de moi et me tend une bouteille d'eau.

Je bois une gorgée, ferme les yeux une fraction de seconde et, enfin, la marche du temps reprend son cours. Les sons éclatent à mes oreilles comme des coups de cymbales.

— Ça va aller ? répète Connors.

— Oui, oui, réponds-je avec une voix éraillée comme si j'avais crié pendant des heures.

Je m'éclaircis la gorge et reprends :

— Je vais me relever et m'asseoir sur la chaise quelques minutes si ça ne vous dérange pas. Tout va bien, c'est juste le choc qui a été plus dur à encaisser que je ne le pensais.

L'inspecteur m'aide à m'asseoir et reprend sa place en face de moi tandis que les deux officiers quittent la pièce discrètement.

— L'enquête en est encore à ses balbutiements, tente Connors pour me rassurer. Rien n'est gravé dans le marbre pour l'instant.

— Vous avez des éléments concrets hormis son aveu ? fais-je, reprenant peu à peu mes esprits.

— Son téléphone portable nous a révélé beaucoup de choses et nous pensons qu'il va continuer de le faire durant les heures qui viennent.

Je ne l'avais pas remarqué avant, mais Connors a, devant lui, sur la table, un dossier cartonné de couleur violette. J'imagine que c'est un des deux agents qui le lui a apporté. Combien de temps suis-je restée dans les vapes ? Je voudrais poser la question à l'inspecteur, mais je me rends vite compte que ça n'a finalement aucune importance au vu de la gravité de la situation.

— Nous avons déjà retrouvé dans la mémoire de l'appareil, une vidéo où Sarah Khumalo apparaît clairement ainsi que deux autres qui pourraient correspondre à celle que vous m'avez décrite hier. J'ai fait imprimer les copies d'écran.

Il ouvre la chemise, en extirpe une feuille et la fait glisser vers moi. Je reconnais immédiatement Keira, le visage affolé, dans ce qui semble être un extrait de la vidéo que j'ai reçue. Dans tous les cas, l'éclairage est le même. La terreur dans les yeux de la jeune femme également.

— C'est bien Keira, fais-je sur un ton catégorique. Du moins, c'est la jeune femme que j'ai vue dans les cadres photo chez ce flic de Moseley. Je n'ai pas de raison de douter du fait que ce soit bien elle, mais je tiens à vous préciser ce détail.

— Ça me va, répond Connors. Il s'agit de Keira Pierce. Son petit ami est Benjamin Clark. Il est entendu en tant que témoin libre à la brigade de Moseley au moment où nous parlons. On verra comment évolue la déposition de McGill.

J'ai envie de lui dire que je n'arrive toujours pas à y croire, mais, au fond de moi, toutes les pièces du puzzle se mettent en place. Personne ne pouvait connaître ma véritable identité à part Ray, personne n'aurait pu connaître autant de détails sur le *modus operandi* de Barker à part lui. Les meubles dérangés, la voiture déplacée... Seul Ray avait la possibilité d'aller et venir chez nous sans obstacle. Tout me revient désormais ; la brique disparue, l'intrus dans le jardin, c'était lui. Je le revois, en pleine nuit, habillé comme s'il avait un rendez-vous. Et son insistance à jeter le doute sur Craig Chaney ; c'est très certainement lui qui lui a envoyé les copies des articles de journaux. *Pourquoi, Ray, putain, pourquoi ?*

Je secoue la tête pour dissiper ces pensées qui bourdonnent dans mon esprit et je fixe Connors, comme si j'attendais qu'il me donne un ordre.

— Rentrez chez vous, me dit-il d'une voix calme. Je vous convoquerai très certainement demain, mais, pour l'heure, ne pensez plus à ça et essayez de vous reposer.

— Je vais vous obliger à travailler un dimanche, dis-je en puisant la force de faire un brin d'humour.

— Ah, ces Américains ! s'esclaffe Connors sur le même ton.

J'esquisse un sourire qui me procure un bref sentiment de légèreté, mais c'est le cœur lourd que je me lève et prends la direction de la sortie.

Dehors, l'air frais ravive mes pensées et je prends une seconde pour fermer les yeux et m'en remplir les poumons. L'odeur des pins Douglas de l'Arkansas me manque. Un court instant, je vois le visage de ma petite sœur, la vraie Eleanor Perkins. *Dans quoi me suis-*

je embarquée ? me dis-je. *Dans quoi t'ai-je embarquée sœurette ?*

C'est dans la solitude de ma voiture, lorsque la portière claque et fait virevolter une fine mèche de mes cheveux, que l'évidence me saute au visage. Burrows m'a dit que Clyde Barker avait bénéficié de l'aide de quelqu'un au sein du FBI. *Ray*. Une question résonne dans mon esprit et ses implications vrillent mes entrailles : *est-ce que Ray a toujours été le complice de Barker depuis le début ?*

43

Samedi 12 mars, 16 h 18

À l'approche de chez moi, j'aperçois au travers du pare-brise une camionnette comme on n'en fait qu'en Europe, stationnée le long du trottoir, devant la maison. Un gros logo composé d'une clef dorée grand format m'indique qu'il s'agit de la société de serrurerie que j'ai appelée un peu plus tôt dans la journée.

Un petit homme brun à la peau mate et l'air renfrogné est assis derrière le volant. Il me fusille du regard lorsqu'il m'aperçoit sortir de ma voiture et m'approcher. Il baisse sa vitre et me hèle :

— C'est vous madame Perkins ? me demande-t-il avec un léger accent que je n'arrive pas à identifier.

J'opine timidement du chef et la colère latente qui colorait son regard se fait plus vive.

— Ça fait vingt minutes que je vous attends, je vous ai laissé deux messages ! J'ai d'autres clients, moi, madame.

J'extirpe mon portable de ma poche qui confirme ce qu'il vient de me dire. Totalement bouleversée en quittant la brigade de police, un officier a dû me rattraper sur le parking pour me rapporter mon téléphone. Je n'ai pas eu le courage de consulter les notifications. La seule personne dont j'attendais des nouvelles était Ray, mais, désormais qu'il est derrière les barreaux, je n'ai plus aucune raison de vérifier incessamment mon écran dans l'attente d'un signe de sa part.

— Je suis désolée ! dis-je d'une voix étranglée.

L'expression sur le visage de l'homme change complètement. Il descend de sa camionnette et me parle d'une voix douce :

— OK, OK, ne vous en faites pas. Vous êtes là, maintenant, conclut-il en tendant la main vers moi, mais sans aller jusqu'à me toucher. Donnez-moi vos clefs et je m'occupe de tout. Dans une demi-heure, c'est fini, OK ?

Je hoche de nouveau la tête et m'exécute.

Une fois à l'intérieur, je m'effondre sur le canapé du salon et tente de prendre de profondes inspirations pour ne pas sombrer une deuxième fois. Le serrurier s'affaire déjà sur la porte d'entrée et semble éviter mon regard.

Je tourne la tête et avise la fenêtre cassée, toujours rafistolée avec un bout de carton. Je me demande si un artisan va venir la réparer ou si, contrairement à son confrère, il n'a pas eu la patience de m'attendre et est déjà reparti.

Quelques minutes plus tard, comme si l'univers m'avait écoutée, mon téléphone sonne et je décroche. C'est la personne qui vient réparer le carreau qui m'annonce son arrivée imminente.

Bien que le danger soit apparemment écarté, la présence des deux hommes me rassure et quand ils en auront terminé, je sais que je me sentirai un peu mieux.

Je calcule l'heure qu'il est en Virginie, mais je n'ai pas la force d'appeler Burrows. Laissons d'abord

Connors et ses équipes faire leur travail et mener leur enquête. L'image des mains ensanglantées de Ray me revient et me provoque un haut-le-cœur.

Tu détestes les femmes tant que ça, Ray ? me demandé-je soudain. *Tu me haïssais au point de vouloir me rendre folle ? Tu as eu tant d'occasions de me tuer, Ray, pourquoi tu ne l'as pas fait ?*

* * *

La maison est plongée dans le noir et le silence. Seul le frigo, en bas, rompt de temps en temps la quiétude avec des ronronnements feutrés espacés par de longues minutes. Je n'arrive pas à fermer l'œil et je scrute le plafond de ma chambre à la recherche du sommeil. Au moins, la légère brise du soir ne fait plus claquer le carton qui me servait de carreau de fortune.

J'empoigne mon téléphone et dirige sa lumière sur la table de nuit à ma gauche, là où se trouve la boîte d'Ativan. Je considère les petites pilules orange quelques instants et me dis que j'ai bien mérité une bonne nuit de sommeil. D'autant plus que je suis en sécurité ici maintenant que toutes les serrures ont été changées et que la fenêtre du salon est réparée. Ça n'empêcherait pas une personne mal intentionnée de briser un carreau, mais j'ai baissé tous les volets et tiré une grande armoire devant la seule fenêtre qui n'en a pas. Je n'arrive presque pas à y croire quand j'y pense, mais puisque Ray est sous les verrous, je me sens étrangement apaisée.

Je gobe un comprimé sans même une gorgée d'eau et m'allonge confortablement dans le lit. Je sais que l'effet du somnifère prend à peine quelques minutes aussi je me mets à compter les moutons. Au bout du quatre-vingt-deuxième, mon esprit plonge dans un abîme de silence et de noirceur.

* * *

Un poids comprime ma gorge et je sens une chaleur autour de mon cou, comme si un serpent de feu m'étranglait. J'ouvre les paupières et ma vision s'adapte difficilement à la lumière aveuglante qui éclaire la chambre. Je veux me relever pour aller éteindre, mais il m'est impossible de bouger, comme si j'étais littéralement clouée au lit. Je me rends très vite compte que je ne peux pas tourner la tête ni d'un côté ni de l'autre. Je ne sens pas mes doigts de pieds, pas plus que mes doigts. Les murs de la pièce se contractent et le plafond ondule en suivant une fréquence lancinante. C'est un cauchemar. Je me persuade que je n'ai qu'à le laisser passer et que tout ira bien.

Des bruits de pas qui se rapprochent... Le bruit d'un tissu qui se froisse. Puis je le vois. Ce visage diabolique. Celui qui a été placardé dans tous les bureaux du FBI de chaque État du pays. Des yeux d'un bleu presque gris, des cheveux blancs et épais, une barbe tout aussi argentée et cette bouche légèrement relevée sur le côté droit comme dans un sourire sarcastique perpétuel. Un nez proéminent, un menton volontaire et des joues grêlées à cause d'une acné juvénile mal soignée.

C'est Clyde Barker.

Il est penché au-dessus de moi. Sa tête flotte dans les airs. J'essaie d'ouvrir la bouche pour pousser un cri, mais rien ne vient. J'entends juste ma respiration qui s'accélère et la sensation de l'air froid dans ma trachée. De la bile me remonte jusqu'au fond de ma gorge.

Ce fils de chien sourit. Ces deux dents de devant sont légèrement écartées, les dents du bonheur, soi-disant ; les dents du diable, plutôt. Je voudrais pouvoir secouer la tête pour me sortir de ce cauchemar, mais je ne peux pas bouger. Est-ce donc ça qu'on appelle la paralysie du sommeil ?

La luminosité fluctue et toutes les verticales se mettent à se tordre et à danser devant moi comme dans une hallucination aux acides. Oui, c'est ça, je suis en train de faire une paralysie du sommeil et je suis victime d'une hallucination. Ça fait longtemps que je n'ai pas pris d'Ativan et, avec le stress des derniers jours, le mélange des deux a provoqué l'état dans lequel je me trouve. Je ferme les yeux pour me prouver que je peux reprendre le contrôle de mon corps, mais une voix grave, sortie tout droit des enfers, m'ordonne de ne pas le faire :

« Ne ferme pas les yeux ! »

Je reste quelques instants ainsi, l'obscurité m'enveloppant comme un linceul.

« Ouvre les yeux ! » crache la voix de Barker.

Je m'exécute, je ne peux pas m'en empêcher, je veux savoir.

Le visage tout proche du mien est toujours celui de Clyde Barker, mais sa peau est noire et arbore les mêmes reflets que celle de l'inspecteur Connors. Je suis clairement en train de faire un *bad trip* aux somnifères et le fait de ne pas avoir la maîtrise de mon corps commence à faire monter une angoisse sourde qui, si elle ne peut plus paralyser mes membres, pourra me déposséder de l'usage de mes paupières. Et je ne veux pas perdre ça. C'est le seul moyen que j'ai de faire disparaître toutes ces visions d'horreur. Le noir est mon seul salut à présent. Mais je conserve mes yeux ouverts, pour l'instant, comme pour voir où ce voyage va m'emmener.

Clyde Barker se fend d'un rire sonore qui fait grésiller mes tympans. Alors qu'il balance sa tête en arrière dans l'hilarité la plus totale, son cou s'étire et paraît devenir mou telle de la guimauve. Sa tête s'éloigne à la manière d'un cerf-volant maintenu par un câble épais, puis revient se poser sur ses épaules. Son visage approche de nouveau et je peux voir des bulles qui éclatent dans ses yeux semblables à celles à la surface d'une eau qui bout. Ce sont des bulles noires comme autant de pupilles qui se démultiplient et pullulent sur sa cornée. Sa grande bouche se déforme et s'ouvre, exhibant des milliers de dents acérées qui s'inspirent de celles du vers des sables dans le vieux film *Dune* des années 70.

Puis un objet apparaît dans le flou à gauche de ma vision. Un objet métallique et noir. Mon Glock. Clyde Barker le tient dans la main droite. Son regard se fait de plus en plus noir et tout son corps me surplombe comme une épaisse couche de nuages obscurcissant le ciel.

Le canon froid de l'arme se colle sur ma tempe et je suis presque heureuse de ressentir quelque chose. Le temps d'un instant seulement. Car les hallucinations reprennent de plus belle, elles me frappent par salves comme les vagues d'une mer déchaînée.

Clyde approche ses lèvres de mon oreille et murmure :

« Tu peux me retrouver. Réfléchis. Cherche au bon endroit. Tu peux le faire une deuxième fois. »

De nouveau, il éclate de rire et les traits de son visage se muent en ceux de Ray. J'essaie de hurler encore une fois, mais rien ne se produit. Le seul mouvement qui me soit autorisé est celui de fermer les paupières, ce que je m'empresse de faire. L'obscurité vient à mon secours et les rires s'éloignent enfin. Je décide de ne plus jamais ouvrir les yeux quoi qu'il se passe et je ne sais pas combien de temps je reste ainsi, des heures peut-être. Enfin, je finis par m'endormir.

À mon réveil, mon esprit est encore légèrement embrumé et ma bouche est totalement desséchée. J'ai l'impression d'avoir bu de l'eau de mer toute la nuit. Je me lève et constate que mes draps sont trempés. Ces cauchemars à répétition ont eu sur mon corps l'effet d'un marathon. Je me précipite dans la salle de bains pour boire au robinet et me passer de l'eau fraîche sur le visage quand, soudain, une idée me traverse l'esprit. J'ai l'irrésistible envie de me rendre dans mon bureau et d'aller vérifier quelque chose.

Je descends les marches en me cramponnant à la rambarde et je gagne la petite pièce baignée dans la lumière du matin qui perce entre les lames des volets roulants. Je m'approche du coffre-fort et entre le code.

Après le bip caractéristique, la porte se déverrouille. Je l'ouvre et examine le contenu.

La masse métallique du Glock repose à l'intérieur.

44

Dimanche 13 mars, 12 heures

Cette journée dominicale devrait être paisible et relaxante. Dehors, la nature environnante donne des signes de la percée du printemps. Les matinées et les soirées sont toujours fraîches, mais quand les nuages veulent bien laisser un peu de répit au soleil, la majeure partie de la journée se déroule sous les auspices de températures agréables.

Mais ce dimanche est tout sauf paisible et relaxant. Ray est en garde à vue et je n'arrive pas à m'arrêter de penser à Keira. J'espère qu'il va parler rapidement pour qu'on puisse la localiser et la sauver. Peut-être y a-t-il même d'autres victimes ? Je ne doute pas que Connors l'a travaillé au corps toute la nuit et qu'à l'heure qu'il est, ses équipes sont déjà à pied d'œuvre pour ramener la fille de Grace saine et sauve. Depuis que j'ai ouvert les yeux ce matin, des milliers de questions tournent en boucle dans ma tête et je sais que ça ne s'arrêtera pas tant que je n'aurai pas obtenu toutes les réponses.

Prise d'une soudaine envie de comprendre ce qui

m'est arrivé dans la nuit, je grimpe les marches deux à deux et gagne ma chambre. Je me précipite sur la boîte d'Ativan et en sors la notice qui accompagne les pilules. Je parcours le document à la recherche d'une possible explication. Se pourrait-il que ce somnifère provoque des hallucinations ? Peut-être en association avec une extrême fatigue... La liste des effets secondaires est longue comme le bras, mais, même après une deuxième lecture, elle n'évoque pas ce genre de complications fâcheuses. Je m'assieds sur le lit et essaie de me remémorer ma journée d'hier pour savoir si le mélange avec l'alcool aurait pu constituer une explication, mais ça fait plusieurs heures maintenant que je carbure au café et que je n'ai pas bu une goutte de vin.

Perdue dans mes pensées, je sursaute lorsque mon téléphone vibre dans la poche de mon jean. Le numéro est masqué, mais je décroche.

— Allô ?

— C'est Connors, fait la voix au bout du fil de sa tessiture désormais familière. Je voulais vous tenir au courant de l'avancée de notre enquête.

— C'est gentil de votre part.

— J'essaie de me mettre à votre place et je me dis que, dans votre situation, je voudrais avoir des réponses à mes questions.

Dans le mille, inspecteur.

— Je vous écoute, dis-je.

— On n'a pas grand-chose... Rien, à vrai dire. Ray est resté totalement muet. Après avoir avoué le meurtre d'Anna Dimitrov, il s'est muré dans son silence.

Étrange.

— A-t-il demandé un avocat ? demandé-je.

— Il n'a pas dit un mot.

J'entends que Connors soupire et reprend.

— Notre priorité est de retrouver Keira Pierce et de savoir si d'autres filles sont en danger. L'analyse de son téléphone ne nous a pas révélé grand-chose de plus non plus, mais nous pensons qu'en tant qu'agent du FBI, il est au fait de ce genre de vérifications et qu'il aura pris soin de ne pas emporter son téléphone ou d'ôter la batterie lors de ses déplacements.

— Oui, c'est pour ça que je suis étonnée qu'on ait retrouvé des vidéos de Sarah et de Keira dans ses fichiers.

— Si vous dites que vous avez reçu une vidéo montrant Keira captive, il a bien fallu qu'il la filme et qu'il vous l'envoie. Les criminels ont beau être très méticuleux, ils n'en commettent pas moins des erreurs. Quoi qu'il arrive, nous avons des aveux pour le meurtre d'Anna et le sang de la victime était partout sur ses mains et sur ses habits, sa culpabilité dans ce dossier ne fait aucun doute. C'est le reste qui nous donne du fil à retordre.

— Si je peux faire quoi que ce soit, sachez que…

— Nous allons vous laisser tranquille pour aujourd'hui, mais nous devrons rapidement établir un portrait psychologique de Raymond McGill ainsi qu'une liste précise de tous ses déplacements ; votre aide nous sera précieuse.

— Je reste à votre disposition.

— Passez un bon dimanche. Il n'y a vraiment que les flics qui travaillent un jour pareil, conclut-il avant de raccrocher.

Je lâche mon téléphone sur la couverture et mon regard se perd au-delà de la fenêtre. Je peux apercevoir la cime des cyprès qui clôturent le jardin. Les rayons du soleil font de rares percées, illuminant la pièce et transformant les ombres. Une nuée de corbeaux traverse le cadre de droite à gauche en croassant, puis le calme revient, me ramenant à ma solitude.

Un peu plus bas sur ma droite, au fond de la chambre, un objet rectangulaire accroche mon regard. Je plisse les yeux pour mieux voir ; on dirait une sorte de diffuseur de parfum ou un dispositif antimoustique, branché à la prise au-dessus de la plinthe. C'est étrange, je ne me souviens pas avoir utilisé un quelconque appareil ressemblant à ça. *Est-ce que c'était déjà là quand on a emménagé ou est-ce Ray qui l'a installé ?* Je me rappelle très bien avoir branché l'aspirateur plusieurs fois afin de faire le ménage dans la chambre et, s'il y avait eu quelque chose sur cette prise, je m'en serai rendu compte.

Je me lève et marche jusqu'au fond de la pièce. Je m'accroupis dans le coin pour scruter l'objet. On dirait vraiment un diffuseur de parfum, il y a même une sorte de petit orifice noir d'où s'échappent les odeurs. Mais lorsque j'y regarde de plus près, je peux apercevoir un œilleton au fond du trou. C'est une caméra. Un genre de modèle qu'on utilise au FBI pour les missions d'espionnage ou d'infiltration. Je suis horrifiée à l'idée que Ray ait pu m'observer en train de dormir ou de me déshabiller. L'inquiétude laisse place à la colère et l'envie de fracasser l'appareil me traverse l'esprit.

Mais je retiens mon geste car une autre idée beaucoup plus pertinente jaillit en moi.

D'un doigt fébrile, je sonne à la porte des Chaney. Quelques secondes plus tard, la mère de Craig m'ouvre et son expression s'assombrit lorsqu'elle réalise que c'est moi.

— Bonjour, excusez-moi de vous déranger un dimanche, mais j'aurais besoin des connaissances informatiques de Craig s'il est là.

— Qu'est-ce que vous…

— C'est bon, maman ! tonne le jeune homme depuis le pied des escaliers au fond du grand hall.

Il s'approche lentement et je constate que ses bandes ont été remplacées par de simples pansements. Je sens bien que sa mère ne sait pas sur quel pied danser. Elle aurait certainement préféré m'évincer en me disant que Craig n'était pas là, mais puisque l'ado s'est manifesté sans qu'elle puisse utiliser cette excuse comme la dernière fois, elle consent tout de même à me laisser entrer, si bien qu'elle s'éloigne discrètement et disparaît de mon champ de vision.

— Comment vont tes mains ? demandé-je.

— Ça va, ça va. Vous vouliez me voir ? enchaîne-t-il sans délai.

Je lui montre l'appareil caméra miniature.

— J'ai retrouvé ça chez moi... dans ma chambre. T'as une idée de...

— Vous pensez que j'ai mis ça chez vous ? me coupe-t-il, le regard noir.

— Non, Craig. Tu m'as l'air de plutôt bien te débrouiller en informatique et j'aimerais savoir si tu penses qu'on peut tirer des informations de ce dispositif.

Il se retourne et effectue un tout d'horizon du regard puis m'invite à l'accompagner.

— Suivez-moi.

Nous montons dans sa chambre qui me surprend. Je m'attendais à me retrouver dans une pièce à l'image d'un adolescent un peu rebelle qui passe son temps à fumer du cannabis, avec un tas d'habits s'accumulant sur le dossier de sa chaise, des magazines jonchant le sol et des canettes de je ne sais quelle marque de boisson énergisante s'entassant sur son bureau. Au lieu de ça, je pénètre dans une chambre impeccablement rangée, dotée d'un lit deux places fait au carré, d'une décoration sobre et léchée et d'un grand bureau d'angle propre et organisé, sur lequel deux écrans plats diffusent une animation aux couleurs vives.

Craig prend place sur une imposante chaise de bureau à roulettes qui ressemble plus à un siège de coureur de formule 1 qu'à un banc d'étudiant. Il tire un tabouret de derrière une petite commode et me propose de m'asseoir à mon tour.

— Faites voir ce truc, lâche-t-il.

Je lui tends l'appareil et il le scrute sous tous les angles pour enfin utiliser une paire de ciseaux et l'ouvrir en deux, le tout dans un silence presque solennel.

— Ça m'a l'air d'être une simple caméra. Le tout est de savoir comment sont exploitées les images.

Il relève la tête et se tourne vers moi.

— Vous savez, ajoute-t-il, je ne suis pas un de ces *geeks* qui peuvent hacker n'importe quel appareil informatique.

— Tu as réussi à retrouver ma véritable identité alors que je suis censée être dans un programme de protection du FBI, je trouve ça plutôt impressionnant. Tu sais naviguer sur le *darknet*.

— Le *deep web*, me corrige-t-il. C'est à la portée de n'importe qui, honnêtement.

— Peut-être, fais-je en haussant les épaules. On verra bien si tu peux m'aider ou pas. Pas de pression.

Craig soupire et se concentre de nouveau sur sa tâche.

— Il y a un slot pour mettre une carte, me dit-il en manipulant l'appareil. Ah ! OK, je pensais que les images seraient stockées sur une carte SD, mais c'est en fait une carte SIM.

— Et donc ? fais-je en l'interrogeant des sourcils.

— Ça veut dire que les images ont été envoyées par données mobiles. Un genre de dispositif autonome, quoi. Y a qu'à le brancher sur une prise et on peut visionner le flux de la vidéo en direct ou la stocker sur un *cloud* ou un serveur.

— On peut savoir où les images sont envoyées ?

— Mmmm. Pas si simple, fait-il en grattant son menton imberbe. Prenez ce bout de papier et ce stylo, et inscrivez votre numéro de téléphone.

Alors que je m'exécute, il ouvre son smartphone,

en extirpe la carte SIM et la remplace par celle qu'il a extraite de la caméra espion. Il me demande ensuite le bristol et compose mon numéro. Je reçois aussitôt son appel.

— Maintenant que le numéro de la carte SIM s'affiche sur votre téléphone, je peux peut-être faire quelque chose.

— Ah oui ? fais-je en griffonnant les chiffres sur le même bout de papier.

— Quand on sait où chercher, il existe des services qui peuvent vous trouver à peu près toutes les informations possibles à partir d'un numéro de téléphone. Mais ça n'est pas gratuit.

— Combien ?

— Ça dépend. De cent livres à mille cinq, je dirais.

— Ça me va.

— Vous avez PayPal ? me demande-t-il.

— Je te ferai un virement, pas de souci, le rassuré-je.

Il reste impassible et conclut :

— Aucune idée de combien de temps ça prendra. Gardez votre téléphone près de vous.

Sur ce, je retourne chez moi avec l'espoir que Craig trouve quelque chose de concret, mais mon cœur est lourd à l'idée qu'on ait pu m'observer à mon insu.

Ma porte d'entrée déverrouillée, je rentre dans la maison avec la ferme intention de débusquer tous les appareils numériques susceptibles de m'espionner.

45

Dimanche 13 mars, 16 h 22

Mon butin trône sur l'îlot central de la cuisine. J'ai réussi à mettre la main sur trois autres boîtiers munis de caméras, disposés dans les pièces principales de la maison. L'un d'eux était dans le salon, branché à une prise murale dissimulée derrière la haute bibliothèque, un autre dans mon bureau et le dernier dans la cuisine, au niveau du plan de travail, tellement en évidence qu'il était insoupçonnable. Je me demande si toutes ces caméras ont été implantées pour véritablement m'espionner ou pour être trouvées. Au départ, j'ai pensé que ça pouvait faire partie du protocole du FBI dans une maison censée servir au programme de protection de témoins, mais je me suis vite ravisée. Burrows nous aurait prévenus Ray et moi d'un tel dispositif ; il s'agit là d'une violation de notre vie privée et ce n'est pas une pratique à laquelle s'adonne le Bureau avec ses propres membres.

Dans mon état de nervosité, je réussis tout de

même à me rassurer un peu : aucune caméra n'a été placée dans la salle de bains.

Je réitère l'opération faite par Craig et extrais toutes les cartes SIM des appareils. J'imagine qu'il pourrait potentiellement y avoir trois nouveaux numéros de téléphone à examiner et je me tranquillise en me disant que si Craig n'arrive à rien avec le premier, il y aura toujours ces trois autres avec lesquels tenter une recherche.

Une demi-heure plus tard, je suis de nouveau en train de passer la maison au peigne fin à la recherche de caméras — ou de micros — qui auraient échappé à ma vigilance la première fois. Le besoin de tout retrouver m'a démangé à un tel point que je n'ai pas pu tenir en place bien longtemps. Si je ne quitte pas cet endroit rapidement, je vais finir paranoïaque au plus haut degré, c'est certain.

Alors que je fouille la salle de bains et les toilettes pour la troisième fois sans rien découvrir, Craig m'appelle.

— Allô ?

— J'ai reçu les infos.

— Alors ? demandé-je en serrant le poing.

— J'ai l'adresse IP vers laquelle toutes les données des caméras ont été envoyées. Mais je vous avoue que je me demande si on ne s'est pas fait arnaquer.

— Comment ça ?

— D'après ce que me dit le rapport, l'adresse IP correspond au routeur situé au 7 Cedar Avenue.

Je marque un temps d'arrêt et fronce les sourcils.

— Cedar Avenue… à Cobham ?

— Euh… oui.

Un frisson me contracte. Cedar Avenue. C'est notre rue, notre quartier.

— Le 7, c'est…

— Au bout de la rue, intervient Craig. Chez madame Griffith.

Clic.

Mes mains tremblent, mon front s'humidifie et je sens le froid de la pièce m'envelopper. Alors que mon cœur bat la chamade, je gagne mon bureau au pas de course. Dans le petit coffre-fort, je récupère le pistolet, vérifie que le chargeur est plein, j'arme la chambre d'une balle et je glisse le Glock dans mon jean au niveau de la taille.

Dehors, le crépuscule a apporté avec lui de gros nuages gris et menaçants. Il va se mettre à pleuvoir d'une minute à l'autre et je peux apercevoir au loin des éclairs qui créent de petites explosions de lumière dans la noirceur au-dessus des collines.

J'arpente Cedar Avenue d'un pas déterminé. Tous mes réflexes d'agent du FBI me reviennent et je suis prête à dégainer mon arme si je sens poindre un danger imminent. Au fur et à mesure que je m'approche du bout de la rue, les picotements dans ma nuque se font de plus en plus intenses. Lorsque j'atteins enfin la maison de madame Griffith, je scanne du regard toutes les fenêtres de la façade à la recherche d'informations. Y a-t-il des pièces éclairées ? Les rideaux sont-ils tirés ? Rien de tout ça. La bâtisse semble endormie. Ma progression se fait désormais plus prudente alors que je franchis le portillon métallique qui, contrairement, à ce que j'aurais pensé, s'ouvre sans un bruit.

Sur le côté gauche de la maison, un espace gravillonné qu'un arbre touffu surplombe est assez large pour y garer deux voitures. Un gros véhicule couvert d'une bâche en plastique occupe l'une des places. Je me figure que c'est peut-être celui de feu le mari de madame Griffith, mais je me ravise, car Grace m'a dit qu'elle avait emménagé ici il y a près de cinq ans, à la mort de son époux. Peut-être qu'elle a ramené sa voiture avec elle ?

La curiosité me pique et je ne peux m'empêcher d'aller examiner ce qui se cache sous la bâche. Pendant mon approche, mes pas crissent sur le sol caillouteux et je ralentis ma progression pour faire le moins de bruit possible. Je longe le véhicule et me fais une idée de sa taille. Il s'agit certainement d'un van ou d'une camionnette. Je soulève un pan de la bâche et découvre une partie d'un pictogramme sur le flanc du véhicule.

Mon cœur semble tomber dans le vide lorsque je réalise que c'est une énorme clef.

C'est la camionnette du serrurier qui est intervenu tout à l'heure.

Je dégaine le Glock et empoigne la crosse des deux mains, les bras tendus devant moi.

Je marche vers la porte d'entrée et je sursaute à la première vibration dans la poche arrière de mon jean. Mon téléphone. *C'est pas le moment, putain !* Je laisse l'interlocuteur tomber sur ma messagerie vocale, puis je pose la main sur la grosse poignée torsadée. Je suis sur le point de l'actionner quand mon téléphone vibre de nouveau.

Par acquit de conscience, j'extirpe l'appareil de mon jean et jette un œil au numéro de l'appelant.

C'est Burrows. Je soupire. J'imagine que Connors ou quiconque de la police de Cobham a désormais prévenu le FBI de la garde à vue de Ray. Je n'ai pas le temps de discuter de ça, il y a beaucoup plus urgent ici.

Les vibrations marquent un temps d'arrêt puis un nouvel appel entrant de Burrows. Puisque je ne peux pas décrocher sans révéler ma présence, je décide de mettre mon téléphone en mode silencieux. Je le lâche au fond de ma poche et profite de ce temps d'arrêt pour remettre une mèche derrière mon oreille afin d'avoir la vue parfaitement dégagée.

Au-dessus de ma tête, un éclair découpe le ciel en deux et je profite du grondement de l'orage pour actionner la poignée.

La porte s'ouvre sans effort.

Je prends une longue inspiration et pénètre dans l'obscurité absolue.

46

Dimanche 13 mars, 8 h 50 (heure de Quantico)

Samuel Burrows est assis à son bureau et attend que son comprimé d'aspirine se dissolve complètement dans son verre tout en se massant la tempe gauche. À peine le petit disque blanc d'acide acétylsalicylique a-t-il disparu qu'on entre dans la pièce sans frapper. C'est Jennings. La vue du jeune homme coïncide avec une nouvelle salve de douleur dans son crâne et il grimace.

— Vous en faites, une tête, Jennings, grogne Burrows. Ne me dites pas qu'on en a encore pour des heures, parce que je viens de m'engueuler avec ma femme et si je ne me pointe pas au déjeuner de famille avant le dessert, je suis bon pour un troisième divorce ! C'est le quatrième dimanche d'affilée qu'on se tape ici, ça commence à faire beaucoup.

— J'ai eu les conclusions du légiste, fait Jennings avec une mine contrite.

— Eh bien, accouchez, bordel !

Le jeune homme s'éclaircit la gorge et s'approche du bureau.

— Il s'agirait de l'agent spécial Douglas Hunter.

Burrows écluse son verre et tente de contenir sa stupeur.

— Il s'agirait ou il s'agit ? demande-t-il.

— Non, non, c'est bien lui.

Sam Burrows lâche un juron et balance sa tête en arrière dans un râle presque animal.

— Son domicile est en train d'être perquisitionné et les premières conclusions sont édifiantes, reprend Jennings. Il y a deux ans, il travaillait sur une affaire qui l'a conduit au quartier de haute sécurité du North State Texas Hospital et, d'après les premiers éléments, il a, depuis, fait régulièrement des demandes pour y interroger William McDowell. Je vais m'y rendre demain matin pour rencontrer le directeur de l'établissement, mais je sais déjà ce qu'il va me dire.

Burrows se redresse et soupire.

— Oui, moi aussi, je crois que j'ai compris. (Il se masse de nouveau la tempe en plissant les yeux.) Putain, Jennings, vous savez ce que ça veut dire ?

Le jeune homme affiche une mine perplexe et il secoue la tête.

— Laissez tomber, reprend Burrows. Quoi d'autre ?

— Dans l'ordinateur personnel de Hunter, on a retrouvé tous les dossiers contenant les détails au sujet de la protection de Melody Winslow. Ainsi que des demandes de fabrication de plusieurs passeports pour des missions d'infiltration qui n'ont finalement jamais existé.

Burrows écarquille les yeux et semble soudain recevoir une décharge électrique.

— La perquisition est encore en cours ? demande-t-il, une pointe d'anxiété dans la voix.

— Oui, c'est Litell qui dirige les opérations, et son équipe m'envoie les scans et les photos au fur et à mesure.

— On met combien de temps pour s'y rendre ? demande Burrows en se levant.

— Un dimanche, à cette heure-ci, fait Jennings en jetant un coup d'œil à sa montre, une demi-heure à tout casser.

— On y va ! On prend votre voiture, moi je vais devoir négocier avec ma femme pour ne pas retrouver mes valises sur le trottoir à mon retour à la maison.

* * *

Dimanche 13 mars, 13 h 15 (Quantico)

Samuel Burrows s'énerve sur son téléphone portable et tente une troisième fois de joindre son agent. Cette fois-ci, il se résigne à lui laisser un message. Il essaie de ne pas laisser transparaître son extrême inquiétude et tâche de conserver un ton posé et professionnel.

— C'est Burrows, attaque-t-il. Les nouvelles ne sont pas bonnes. On vient d'obtenir la confirmation que le corps retrouvé à la planque de Barker n'est autre que son complice au sein du FBI. Un certain Douglas Hunter, je ne sais pas si tu le connais, mais… Bref, on a toutes les raisons de croire que Clyde Barker a, en fait, quitté le pays pour l'Angleterre, il y a trois mois. Il connaît l'endroit où Ray et toi vivez, vos noms de couverture et, sûrement, tout un tas d'autres détails.

Il marque une pause pour se racler la gorge et reprend d'un ton grave :

— Tu avais raison… Clyde Barker t'a suivie. Tu es en danger, alors reste sur tes gardes et terre-toi chez toi en attendant l'arrivée des secours. Je préviens la police de Cobham directement après avoir raccroché et je te rappellerai plus tard pour t'expliquer le protocole.

Il laisse planer une longue seconde, ne sachant pas trop comment terminer un tel monologue puis conclut :

— Fais attention à toi…

47

Dimanche 13 mars, 18 h 16

J'écarte le battant de la porte du pied gauche et balaie l'espace devant moi avec le canon de mon arme. À l'intérieur, la luminosité est faible à cause des volets fermés et je laisse mes yeux s'accoutumer à l'obscurité avant d'effectuer un premier pas. Devant moi, un large couloir tire un trait et s'achève en une ouverture ornée d'une arche décorée par des moulures qui donne sur une autre pièce. La voie est dégagée et je progresse lentement pour déboucher dans un grand salon.

— Madame Griffith ? demandé-je d'une voix puissante pour qu'on puisse m'entendre dans toute la maison. Madame Griffith, vous êtes là ? C'est votre voisine, Eleanor Perkins !

Aucune réponse. Aucun son. Juste celui de ma respiration qui siffle dans l'atmosphère pesante. Je scrute le moindre recoin et aperçois un détail sur lequel je m'arrête. Une flaque noirâtre dépasse de derrière l'imposante table ovale trônant au milieu de la pièce. Je me décale sur le côté, le Glock bien tendu dans la direction où mon regard se porte, et j'arrive à peine à distinguer, à travers l'enchevêtrement des barreaux des chaises, deux chaussures dont les bouts pointent vers le ciel. La tache sombre et luisante semble désormais immense sous le corps qui gît à quelques mètres de moi. Je reconnais l'uniforme du serrurier et mon estomac se contracte. Ses jambes dépassent de sous un fauteuil crapaud disposé dans un coin derrière la grosse table à manger. On dirait que le corps est littéralement encastré sous l'assise et que c'est le meuble qui saigne. La flaque est trop grande pour espérer quoi que ce soit et je ne prends même pas le risque d'aller vérifier le pouls de ce pauvre homme.

Je reviens sur mes pas et avise l'escalier qui grimpe au deuxième étage. Puis, une image apparaît dans mon esprit comme un flash. C'est celle de Keira, entravée à des chaînes qui courent sur des rails fixés au plafond.

Le mode opératoire de Barker.

Je dois trouver la cave !

Je tourne la tête sur la gauche à la recherche de son entrée et j'entrevois une porte cachée derrière deux grands manteaux qui pendent à une patère fixée à même la porte. Comme dans beaucoup de vieilles maisons anglaises, l'accès à la cave se fait par l'extérieur, depuis le jardin, derrière la bâtisse. Je me fais la plus légère possible et me dirige vers ce nouveau cap.

Une fois dehors, les odeurs des jasmins plantés en bord de clôture me sautent au nez et m'offrent une certaine forme de répit et d'apaisement. Je longe ensuite le mur par la droite et débouche sur une volée de marches qui m'indique l'entrée du sous-sol. Un escalier en pierre plonge dans les entrailles de la Terre et impose un silence de mort autour de lui. Je prends une grande inspiration et entame ma descente vers la cave, ma main droite serrée autour de la crosse du Glock.

Une grosse porte métallique rouillée percée d'un

judas rectangulaire sur lequel est soudée une grille me barre la route. Un lourd cadenas flambant neuf pend à une chaîne, rutilante elle aussi ; le passage n'est cependant pas verrouillé, le cadenas est ouvert. Une salve d'adrénaline se diffuse dans tout mon organisme et atteint tous mes membres en une seconde. Mes sens sont en alerte, ça sent le piège à plein nez. Je tire néanmoins la porte vers moi, rassurée par la puissance de feu de mon arme.

Tout droit sortie d'un cliché d'un film de série Z, la porte grince durant toute son ouverture. Comme aspirée par une bouche noire, je m'enfonce dans l'obscurité totale.

L'instant d'après, un mince rai de lumière orangée se dessine un mètre devant moi. Je comprends que j'ai débouché sur un petit sas de forme carrée et qu'une nouvelle porte interrompt ma progression. Je teste la poignée à l'aide de la main gauche et m'aperçois qu'elle n'est pas non plus fermée à clef. Pointant mon pistolet dans l'embrasure, je pousse doucement le battant et un flot de couleurs chaudes embrase ma vision. C'est le même décor que sur la vidéo que j'ai reçue et, tout au fond, je distingue Keira, vêtue seulement d'un ensemble soutien-gorge-culotte dépareillé et se laissant mollement pendre par ses chaînes. Son corps semble sans vie, ses cheveux hirsutes et ternes couvrent son visage, on dirait qu'elle dort. Sa position insupportable de douleur prouve à quel point elle est à bout de forces.

Les battements de mon cœur accélèrent et ma nervosité va *crescendo*. Au FBI, on a pour habitude d'évoluer au minimum en binôme et ce n'est pas pour rien ; ici, personne ne peut surveiller mes arrières et, alors que j'ai la sensation de pénétrer dans l'antre du diable, mon Glock est mon seul partenaire.

Je fais quelques pas et referme derrière moi afin de ne pas laisser le champ libre à une potentielle attaque à revers. Le cliquetis du pêne dans la serrure sort Keira de sa torpeur. Ses yeux s'ouvrent et s'écarquillent derrière son rideau de cheveux. Elle se redresse d'un bond dans le bruit métallique des chaînes qui s'entrechoquent et laisse échapper un long cri rauque.

— Chhhut ! fais-je, mon index pressé contre mes lèvres. Keira, je suis une amie de ta mère, Grace, je suis ici pour te libérer.

Mais la jeune femme recule jusqu'à se coller contre le mur en briques derrière elle en secouant la tête et en hurlant de plus belle.

Le vacarme est tel que je me sens obligée de faire un tour d'horizon du regard en balayant le canon de mon arme tous azimuts ; si le ravisseur n'était pas au courant de ma présence jusqu'à maintenant, c'est désormais chose faite, c'est certain. Je cherche une ouverture, une autre porte, une sortie ou une quelconque cachette depuis laquelle ce fou pourrait surgir. Je dois sécuriser les lieux avant de détacher Keira.

Je la supplie une nouvelle fois de se taire, avec plus de fermeté, et, après avoir examiné l'espace voûté, je m'approche d'elle le plus doucement possible. Elle s'arrête enfin de crier et secoue de nouveau la tête frénétiquement comme si une nuée de guêpes virevoltait autour d'elle. Par intermittence, son regard se pose sur mon Glock et j'abaisse le pistolet pour le mettre hors de sa vue.

— Keira, Keira, Keira, fais-je d'une voix douce et chuchotée. C'est fini, je suis là, maintenant, tu n'as plus rien à craindre.

J'hésite à ces derniers mots. N'avons-nous réellement plus rien à craindre ?

À mesure que je m'approche, le corps de Keira se recroqueville et son visage s'inonde de larmes.

Je relève les yeux vers le plafond pour inspecter la façon dont elle est attachée. Par chance, le ravisseur a utilisé des colliers de serrage en plastique qu'un simple objet tranchant pourra faire sauter. À force de se laisser pendre, les poignets de Keira sont lacérés sous ses entraves.

Je fouille la poche arrière de mon jean pour y trouver la nouvelle clef que m'a fournie le serrurier. Elle me servira de couteau de fortune pour scier les liens en plastique.

— Serre les dents, conseillé-je à la jeune femme.

J'effectue des va-et-vient vigoureux à l'aide de la clef et les frottements contre les plaies autour de ses poignets font hurler Keira de douleur. Je profite des cris pour redoubler d'efforts et, lorsque les colliers craquent, Keira s'effondre comme un poids mort. Je fais alors tous les efforts pour la relever du mieux que je peux.

J'enroule mes bras autour d'elle et l'enlace chaleureusement. Son corps paraît si fragile, si cassant, que j'ai peur de le briser si je le serre trop fort.

Pendant un instant fugace, dans la faible luminosité de cette cave, j'ai l'impression de tenir ma petite sœur dans mes bras. Et puis je reprends pied dans la réalité. Nous devons sortir de cette maison de l'horreur et nous mettre en sécurité.

— Tu vas pouvoir marcher ? m'enquis-je.

Gravir la volée de marches s'avère beaucoup plus compliqué que je ne le pensais, d'autant plus que la pluie s'est mise à tomber à verse, rendant les vieilles pierres glissantes. Arrivée au sommet de l'escalier, je marque un temps d'arrêt pour écarter des mèches de cheveux trempées collées devant mes yeux. Keira, elle, lève son visage vers le ciel et laisse la pluie inonder sa bouche. Je laisse les éléments l'envelopper quelques secondes pour reprendre mon souffle avant de lui signifier d'un geste de la main que nous devons avancer.

Je prévois de faire le tour de la maison par l'extérieur et de mettre Keira à l'abri avant d'appeler les secours, mais lorsque nous arrivons au niveau de la camionnette stationnée, je constate avec effroi qu'un grillage solide nous barre la route. Je me traite de tous les noms de ne pas y avoir prêté attention à mon arrivée.

— On va devoir passer par l'intérieur, lui annoncé-je de la façon la moins inquiétante possible. Il nous faudra être les plus discrètes possibles et tu vas devoir puiser dans tes dernières forces. Dans deux minutes à peine, tout ça sera terminé.

J'espère que je ne lui mens pas.

Elle hoche lentement la tête et je peux sentir de la détermination dans son regard mouillé.

Nous nous approchons de la porte arrière et je demande à Keira de l'ouvrir pendant que je pointe mon arme dans l'embrasure.

Nous franchissons le seuil et pénétrons dans l'arrière du grand salon. L'endroit semble toujours aussi désert et le silence qui y règne est de plus en plus pesant.

À mi-chemin avant d'atteindre le couloir menant à la sortie, un son étrange attire mon attention. Keira l'a entendu aussi. On dirait le râle d'une bête malade.

Ça vient de notre droite.

Ça vient du cadavre.

Un nouveau feulement étouffé nous stoppe. Des mots, cette fois, ont été articulés. Je tourne le canon de mon Glock vers le corps allongé sur le sol et plisse les yeux pour mieux l'observer. Dans la pénombre, je distingue les franges du fauteuil crapaud qui ondulent lentement.

Ce type n'est pas mort, me dis-je, *il respire encore*.

— … l'aide…, gémit le serrurier à l'agonie.

Keira tourne la tête pour me dévisager et écarquille les yeux. Je secoue la tête vigoureusement de gauche à droite et la tire en direction de la sortie, mais elle freine le mouvement.

— Non, Keira, chuchoté-je. On doit sortir d'ici le plus vite possible.

Elle ferme les yeux longuement et prend une grande inspiration avant de trouver la force de parler. C'est la première fois que je l'entends faire une phrase, sa voix est hachée et haletante.

— On ne peut pas… l'abandonner…

Je lâche un soupir et lui murmure à l'oreille :

— On sort de cette maison et je reviens le chercher, promis.

Elle semble considérer ce que je viens de lui dire puis elle grimace et des larmes se forment aux coins de ses yeux. Les émotions commencent à refaire surface. Je la serre un peu plus fort et nous continuons de marcher vers notre salut.

Tout à coup, un fracas de tous les diables derrière nous me fait tourner la tête. J'ai juste le temps d'apercevoir le fauteuil qui se soulève comme s'il ne pesait pas plus lourd qu'une plume. Le buste du serrurier se relève et j'aperçois son visage et son regard gris et vide de toute compassion. Je reconnaîtrais chaque millimètre de cette figure diabolique parmi des milliers. Clyde Barker, assis dans une flaque de sang, porte l'uniforme maculé de l'artisan.

Dans une pulsion de survie, je pousse Keira vers l'avant et hurle à m'en déchirer les cordes vocales :

— Cours !

48

Dimanche 13 mars, 18 h 37

Barker se relève en un éclair et, profitant de la distance qui nous sépare, j'ose un coup d'œil en direction de la porte d'entrée : Keira est bientôt sortie. L'adrénaline, en décuplant son instinct de survie, rend à ses jambes la vélocité dont elle a besoin, mais cela ne durera guère.

À nous deux désormais, Clyde.

Il lève les bras en l'air et esquisse un sourire. Je saisis mon Glock des deux mains et le tiens à bout de bras.

— C'est fini Barker ! tonné-je.

— Comment ça ? Tu vas m'arrêter ?

Je marque une pause pour savourer ce moment. C'est la deuxième fois de ma vie que je tiens ce salaud en joue et ce sentiment de contrôle et de supériorité est grisant. Mais cette fois-ci, je décide de ne pas donner la même fin à cette histoire. Barker a déjà réussi à s'évader d'un établissement de haute sécurité, il pourra le refaire. Il a beau ne plus être dans sa prime jeunesse, sa perversité, elle, n'a pas changé et malgré ses soixante-cinq ans, il a tout de même réussi à perpétrer de nouveaux meurtres. Il faut que je l'arrête une bonne fois pour toutes, il faut en finir avec lui.

— Alors ? Tu m'arrêtes ou on continue à jouer ? demande-t-il en dodelinant de la tête comme si le monde lui appartenait.

— Je vais faire mieux que ça, Barker.

Il n'a pas le temps de me poser une nouvelle question que mon index presse la détente.

Je vide mon chargeur sur lui dans un vacarme qui fait trembler toutes les vitres de la maison.

La lumière aveuglante disparaît en même temps que le nuage de poudre s'estompe, et le rire tonitruant de Barker rompt le silence. Lorsque les taches jaunes et blanches qui brouillent ma vision se dissipent, je peux le voir, debout devant moi. Il n'a pas bougé d'un pouce. Ma bouche s'arrondit de stupeur et je nage dans l'incompréhension. Est-ce que j'ai perdu toutes mes capacités au tir ? Je n'ai jamais été un très grand agent de terrain et, cette dernière année, j'ai fait l'impasse sur plusieurs remises à niveau sur les armes à feu, mais à cette distance, même un enfant de six ans aurait fait mouche.

Mon front se trempe de sueur froide. *C'est le diable en personne*, pensé-je soudain. Pas un impact de balle là où j'ai visé ; la tête en priorité, puis le cœur en fin de chargeur.

Barker se tait, me fixe longuement puis détale sur le côté. Je laisse tomber le Glock par terre et me précipite vers la table au centre de la pièce dans la volonté de saisir une chaise et la lancer sur le fuyard, mais je suis surprise par son poids et abandonne cette idée, préférant conserver mes forces.

Il fonce dans le couloir et lorsqu'il atteint la porte d'entrée, je devine qu'il se lancera aux trousses de Keira. J'espère donc qu'elle a su s'éloigner suffisamment et se mettre en sécurité quelque part dans une des maisons de Cedar Avenue. Elle connaît déjà la maison des Bathgate, aura-t-elle eu l'idée de s'y réfugier ?

Mais Barker trompe cette crainte. Au lieu de ça, il bifurque sur sa gauche et disparaît de mon champ de vision. J'entends les marches craquer et le plancher au-dessus de moi gémir. Que fait-il à l'étage ?

Je marque un temps d'arrêt. La cuisine est derrière moi, où je pourrai trouver des couteaux et gagner l'étage. Mais que se passera-t-il si Barker a un pistolet ou un fusil ? Une partie de moi me conjure de courir pour aller ouvrir cette foutue porte et de me mettre en sécurité avant d'appeler la police, mais une autre, qui va chercher plus profondément dans mon âme, me demande de mettre Barker hors d'état de nuire.

De toutes les fibres de mon corps, je veux le voir crever sous mes yeux ! Ma respiration s'accélère, mais le temps, lui, ne s'est pas arrêté pour autant ; je dois prendre une décision.

C'est Barker qui décide pour moi.

Sa voix grave me parvient depuis une pièce au-dessus de ma tête :

— Tu revivras sans cesse cette nuit, tu sais ?

Il marque une pause et ajoute :

— Même si tu me tues.

L'escalier grince de nouveau, j'entends les pas lents de Barker se rapprocher puis emprunter l'escalier marche après marche. Je fouille du regard l'espace autour de moi à la recherche de n'importe quel objet qui pourrait me servir d'arme, mais l'imposante carrure du tueur apparaît au pied de l'escalier. Ses contours se dessinent dans la pénombre du couloir faiblement éclairé par lumière de la rue qui filtre à travers un petit carreau fumé au centre de la porte.

Il se déplace, les mains en l'air en signe de reddition.

— Je ne suis pas armé, fait-il en stoppant sa progression à quelques mètres de moi.

— De quelle nuit parlais-tu, tout à l'heure ? éludé-je pour gagner du temps alors que je continue à scruter le couloir dans l'espoir de trouver de quoi me défendre.

— Tu sais très bien de quoi je veux parler, répond-il.

Une pensée horrible me transperce le cœur à laquelle je me refuse à croire. Ma petite sœur Eleanor ? Ce n'est pas possible ! Le rôdeur, la chute dans les escaliers, le dernier jour de sa vie de petite fille innocente, ça ne peut pas être lui !

— Me tuer ne te ramènera pas Eleanor, insiste-t-il dans un sourire entendu.

— Non ! Ça ne peut pas être toi !

Son insupportable ricanement lui sert de réponse.

— Ça ne te la ramènera pas, répète-t-il.

— Elle n'est pas morte ! craché-je.

— Allons, allons. Tu sais bien que c'est tout comme…

Je distingue à peine son visage, mais un faible éclat au niveau de sa bouche me fait supposer qu'il sourit.

Pourquoi ce salaud évoque-t-il la nuit de ton accident ? Est-ce encore un de ses jeux favoris de manipulation mentale ? J'y ai songé des milliers de fois, bien sûr, j'ai même fait toutes les vérifications possibles et après coup je me suis sentie totalement ridicule, mais Clyde Barker n'est pas le rôdeur qui a anéanti l'avenir de ma petite sœur. Je ne parviens pas à y croire. Est-ce encore un mensonge de Barker pour se jouer de moi ? Pourtant, dans combien de mes cauchemars la scène se déroule-t-elle dans mon esprit ? C'est le visage de Barker qui, à chaque fois, se superpose à celui de l'intrus qui a pénétré chez nous ce soir-là. Chaque fois, je le tue de milliers de façons différentes, et Eleanor me saute au cou avec des larmes de joie. Je le tue avec la même ferveur et la même envie que j'ai d'ôter la vie à

Barker, là, tout de suite. Pourquoi me dit-il que je serais condamné à revivre cette nuit d'horreur même si je le tue ? Qu'est-ce qu'il en sait ? Il n'y a qu'un seul moyen de le découvrir.

Barker fait un pas en avant et je tends un bras devant moi.

— Ne bouge plus ! ordonné-je.

— Sinon quoi ? demande-t-il en s'arrêtant néanmoins, les mains toujours en l'air.

Je ne réponds pas.

La silhouette de sa main droite est totalement différente de la gauche. Alors que l'une est dépliée, les cinq doigts bien écartés, l'autre forme un poing et semble tenir un petit objet.

— J'imagine que tu as déjà appelé tous les flics du pays, reprend-il. Mais ce n'est pas grave, je n'irai jamais en prison, conclut-il.

— Ils seront derrière cette porte d'une minute à l'autre, mens-je.

— Ça ne fera plus aucune différence dans quelques secondes.

Il termine sa phrase et j'entends un son très bref.

Clic.

L'escalier vole en éclats dans une explosion de lumière. Dans un réflexe reptilien, je plonge vers l'arrière en enfonçant mon visage dans mon coude pour le protéger. Dans le vacarme, j'ai distingué deux autres explosions, peut-être trois. Puis, des hurlements.

Alors que, provenant du salon, je peux déjà sentir la chaleur des flammes qui lèchent les murs, je relève la tête pour jeter un coup d'œil en direction de Barker, au sol, coincé sous un lourd pan de mur qui s'est écroulé sur lui.

La température augmente à une vitesse folle et je me rue vers la sortie qui n'est plus qu'une ouverture béante dont la porte a été soufflée par la force de l'explosion. Le tas de gravats forme un obstacle que je grimpe à grandes enjambées, consciente d'accentuer le poids sur le corps compressé de Barker. À mon passage, il pousse un grognement bestial de douleur et ses mots se perdent dans sa gorge.

Dehors, au loin, la lumière de gyrophares multicolores balaie les murs des maisons en tournoyant dans mon champ de vision comme un phare derrière une mer déchaînée. La pluie glaciale agit comme des couteaux dans mes yeux grands ouverts, mais je ne m'arrête pas de courir.

À mi-parcours, je m'arrête et me retourne pour contempler la maison dévorée par les flammes qui s'élèvent en motifs infernaux dans le ciel noir. Le spectacle est magnifique, hypnotique.

Soudain, comme mue par une force inconnue et incontrôlable, je m'élance en direction du feu, au péril de ma vie et en dépit de toute raison.

49

Dimanche 13 mars, 14 h 10

L'inspecteur Connors, l'air renfrogné, gagne l'espace détente du commissariat de Cobham. La frustration lui fait serrer les mâchoires depuis de longues minutes. Il a besoin d'un café et se dirige machinalement vers la table au fond de la pièce où sont disposées deux grosses cafetières, une Thermos pour le thé et un assortiment de viennoiseries.

Le sergent Davis le connaît suffisamment pour savoir qu'il doit laisser à son supérieur quelques minutes de répit avant de lui adresser la parole.

Connors se verse un mug de café et tire une chaise pour s'y asseoir. Davis l'observe. L'inspecteur pousse un soupir et c'est le moment que choisit le sergent pour l'approcher.

— Étrange, cet Américain, pas vrai ?

Connors secoue la tête pour s'extirper de sa courte torpeur et dévisage son collègue.

— C'est le moins qu'on puisse dire, répond-il. Je ne comprends pas pourquoi il est passé aux aveux pour se refermer comme une huître quelques minutes après. Il sait plus que quiconque qu'il est fait comme un rat. Pourquoi ne nous dit-il pas où est Keira ? Où sont les autres filles ?

Davis baisse le regard sur les mains de Connors et voit que l'inspecteur serre le poing gauche et qu'il agrippe la tasse de l'autre main avec une telle force qu'elle est à la limite d'exploser.

— Le meurtre d'Anna Dimitrov n'a peut-être rien à voir avec les autres crimes, tente Davis.

— Alors pourquoi ne dit-il rien ? demande Connors après avoir bu une gorgée de son café. Il a avoué avoir assassiné sa petite amie, pourquoi reste-t-il muet quand on lui parle de Sarah Khumalo et de Keira Pierce ? Ces deux noms paraissent quand même le toucher, je ne comprends pas pourquoi il se terre dans son mutisme.

— J'ai remarqué aussi qu'il ne reste pas indifférent quand on lui parle des deux femmes. Peut-être qu'il cherche à protéger quelqu'un ? On a fait toutes les vérif…

— Ce n'est pas Eleanor Perkins ! tonne Connors. Elle a des alibis en béton armé, elle n'a rien à voir avec tout ça, au contraire, elle cherche elle aussi la vérité et on lui doit une avancée majeure sur cette enquête.

— Je ne voulais pas vous…

— Désolé, sergent, je suis un peu à cran. On devrait tous passer du temps avec nos familles et, au lieu de ça, on s'enfile des litres de café pour s'échiner sur une enquête qui piétine.

Davis, ne sachant pas quoi ajouter, se tait. Au-dessus des deux policiers désormais seuls dans la pièce, les tubes au néon grésillent, brisant par intermittence le silence pesant qui emplit désormais tout l'espace.

Une minute plus tard, une jeune officière pénètre dans la salle et adresse un geste de la main à Connors.

— Ah, inspecteur, je vous cherchais partout !

— Approchez, fait-il en reposant sa tasse devant lui.

La jeune femme s'exécute et se positionne en face de l'inspecteur avant de parler.

— J'ai déjà analysé la majeure partie du portable de Raymond McGill. Les vidéos qui étaient en mémoire n'ont pas été tournées avec ce mobile.

— Comment ça ? demande Connors en fronçant les sourcils.

— Ce n'est pas lui qui les a filmées. En tout cas, pas avec ce téléphone. Ce sont des vidéos qui ont été téléchargées.

L'inspecteur se tourne vers son coéquipier et affiche une mine perplexe que Davis lui rend.

— Je ne saisis pas très bien ce que ça change, dit Connors et reportant son attention sur la jeune technicienne.

— Les métadonnées des fichiers suggèrent que les vidéos ont été téléchargées depuis un serveur qui n'existe plus. Exactement comme avec le portable de madame Perkins. Je pense qu'on a envoyé ces vidéos à McGill.

Connors soupire et se masse la tempe. Il ferme les yeux un instant avant de reprendre la parole.

— Je vous avoue que je suis un peu perdu, mais j'imagine que si on retrouve celui qui a envoyé les vidéos à McGill, on aura fait un grand pas dans cette affaire.

— C'est aussi mon avis, conclut-elle.

— Autre chose ?

La jeune femme secoue la tête et Connors la remercie avant qu'elle ne prenne congé et disparaisse derrière la porte.

— Ce n'est plus de notre ressort, lâche Davis sans que Connors comprenne vraiment ce qu'il veut dire.

— C'est-à-dire ?

— C'est désormais une enquête pour les techniciens, pas pour les enquêteurs de terrain comme nous. On ne peut rien contre la puissance de calcul d'un ordinateur.

— Il faudra toujours des hommes et des femmes pour entrer les données à l'intérieur, fait Connors en haussant les épaules.

Soudain, la porte de la salle s'ouvre de nouveau sur une femme, blonde et en uniforme cette fois.

— Inspecteur Connors ? Un appel pour vous sur la ligne sécurisée, je l'ai transféré dans votre bureau.

— Qui est-ce ? demande-t-il.

— Un certain Samuel Burrows, du FBI.

50

Dimanche 13 mars, 18 h 50

Alors que je m'élance vers la maison, j'entends des pas qui martèlent le goudron et des voix qui s'élèvent derrière moi. Je sais pertinemment qu'on me crie de revenir, de ne pas risquer ma vie à plonger dans le brasier, mais je ne les écoute pas.

Arrivée au niveau de l'entrée, la température est déjà insupportable. J'ôte ma veste et la frotte sur le feuillage mouillé d'un arbuste touffu à quelques mètres de là. Je place le tissu trempé sur ma tête et laisse une ouverture minuscule, mais assez grande pour y voir devant moi.

Sous le tas de décombres qui ne cessent de s'amonceler, un trou laisse entrevoir le visage rouge de Barker et un de ses bras pointe, telle une étrange plante faite de chair et d'os qui aurait poussé en quelques minutes. Je commence à déblayer quelques bouts de bois qui devaient appartenir à l'escalier et également deux gros morceaux de mur en plâtre. Les lèvres de Barker remuent et je me baisse vers lui. Plus près du sol, la température descend légèrement et me laisse un peu de répit dans ce four prêt à me rôtir sur place.

— Qu'est-ce que tu fais ? demande-t-il d'une voix sifflante.

— Je ne peux pas te laisser mourir comme ça, c'est trop facile, rétorqué-je en écartant quelques gravats autour de son visage.

— Tu n'as pas pu t'en empêcher, hein ? me dit-il en souriant, les yeux fermés.

J'aimerais effacer ce rictus de ce visage.

— On est pareil, toi et moi, reprend-il. Je ne me suis senti vraiment vivant que pendant ces huit années où tu m'as traqué. Je sais très bien que c'est la même chose pour toi.

— Tais-toi ! crié-je. Tu ne sais pas de quoi tu parles !

Je me relève et scrute le tas de débris. J'aperçois une lambourde assez solide pour me servir de levier et supporter le poids du mur.

— Alors pourquoi tu me sauves la vie ?

Je marque une pause. Les flammes se rapprochent et de la fumée blanche s'élève de ma veste dont l'eau s'évapore à une vitesse affolante. Le brasier va se refermer sur nous d'une seconde à l'autre et, pourtant, je reste coincée dans mes pensées. Pourquoi je risque ma vie pour ce salaud ?

Puis, je me remémore ma petite sœur. Le courrier qu'elle m'a écrit un jour, des mots qu'elle avait dû mettre une éternité à épeler à l'infirmière à l'aide d'un protocole fastidieux grâce auquel elle pouvait dicter lettre par lettre en bougeant une paupière. Les larmes me montent aux yeux et ma gorge se serre. Elle m'a écrit qu'elle aurait préféré que le rôdeur la tue ce soir-là, qu'elle ne se réveille jamais, qu'elle est désormais forcée de vivre sans même avoir la possibilité de se donner la mort, de décider de son propre destin. Sa vie, m'a-t-elle dit, n'est qu'une longue succession de souffrances qu'elle a hâte de faire cesser une bonne fois pour toutes. Des mots horriblement difficiles à digérer et, à ce moment, j'ai égoïstement pensé à moi, à la tristesse que me provoquerait sa mort, plutôt qu'à l'immense soulagement que ça représenterait pour elle.

Je ne veux pas accorder ça à Barker, je refuse de soulager sa douleur. Et puis il y a peut-être d'autres filles séquestrées quelque part en train de crever de faim, de hurler qu'on vienne les sauver, et nous n'en saurons rien s'il n'est plus là pour parler.

J'empoigne la barre de bois et la glisse sous le mur en prenant appui sur un des blocs de plâtre que j'avais écartés auparavant. Je m'accroupis et tourne le visage vers Barker.

— Pourquoi tu es venu jusqu'ici, en Angleterre ? lui demandé-je. Pourquoi tu m'as suivie ?

— Ça ne se voit pas ? Regarde comme on s'amuse ! dit-il en ponctuant sa phrase par un rire qui se transforme en un râle de douleur. C'est une belle surprise que je t'ai faite, non ? reprend-il. Tu n'imagines même pas tous les stratagèmes que j'ai dû utiliser pour que cette chasse vaille le déplacement. Je me suis installé ici dans ce quartier huppé, qui n'a rien à voir avec toi, soit dit en passant, et je t'ai observée. J'ai dû ronger mon frein et calmer mon envie de te révéler que j'étais là, à quelques mètres de toi.

— Qu'as-tu fait de madame Griffith ? tonné-je.

— Elle est retournée à la terre, elle perpétue le cycle de la vie, son corps sert d'engrais aux jolis jasmins du jardin. Elle avait fait son temps, crois-moi.

Je tousse et ferme les yeux. Les images de madame Griffith à l'agonie, subissant les sévices de ce malade, m'assaillent et je contracte la mâchoire.

— Où sont les autres filles ?

— Les autres filles ?

— Sarah, Keira, qui d'autre ?

— Tu oublies Anna, ajoute-t-il en souriant.

Je frissonne. S'il est responsable de la mort d'Anna, pourquoi Ray a-t-il avoué le meurtre ?

— Qui d'autre ? demandé-je en me relevant pour appuyer un pied sur le mur et exercer une pression.

Une grimace de douleur vrille son visage et je peux apercevoir du sang qui coule de sa bouche. Le long cri qu'il pousse est éraillé et grave, mais il semble bien traduire toute la souffrance qu'il endure. Je relâche la pression et il se raidit dans une quinte de toux.

— Qui d'autre ? répété-je.

— Personne..., répond-il dans un souffle. Je vais être honnête avec toi, je pensais te ramener au pays, qu'on puisse enfin recommencer notre jeu du chat et de la souris. Ça m'a tellement manqué ! Je devenais fou, en prison, privé de toutes ces distractions.

Tu l'as toujours été, pensé-je.

— Mais quand j'ai vu Keira, cette nuit-là, je n'ai pas pu résister, enchaîne-t-il. Tu me connais, j'ai un faible pour ces jeunes femmes à la peau délicieusement sombre. Et puis, il y a eu cette sublime Sarah...

— Et Anna ? Pourquoi ?

Clyde fronce les sourcils.

— Ton connard de collègue n'est pas très discipliné. Il fallait bien que je lui fasse comprendre que j'étais sérieux !

Sur le moment, je ne saisis pas du tout ce qu'il veut me dire. Je n'insiste pas et commence à faire levier avec la lambourde. La lourde plaque de pierre et de plâtre décolle de quelques centimètres et un cri déchire la nuit. Il doit avoir de multiples fractures et le simple fait d'avoir bougé le pan de mur a réveillé la douleur.

De grosses gouttes de sueur couvrent désormais tout mon visage et, à chaque inspiration, l'air brûlant laboure ma trachée. *Mais que font les pompiers ?*

— Laisse-moi crever, je t'en supplie, laisse-moi ici, m'implore-t-il.

— Jamais je ne te laisserai ce plaisir ! crié-je en appuyant de tout mon poids sur le levier.

Le bout de mur se décale sur le côté et retombe cinquante centimètres plus loin, libérant totalement le corps de Barker. Sous lui, une flaque de sang noir luit sous les reflets des flammes dansantes. La veste qui couvrait ma tête est désormais sèche et cassante. L'air devient irrespirable. Je me baisse pour reprendre de l'oxygène un peu plus frais et agrippe les jambes de Barker avec l'intention de le tirer hors de la maison. Mais je suis à bout de forces, mes poumons brûlent et les débris qui jonchent le couloir jusqu'à la sortie empêchent tout mouvement. L'effort effectué a vidé mes dernières ressources, mes jambes cèdent, je m'étale de tout mon long et observe la scène à l'envers.

Deux hommes en tenue de feu marchent au plafond et se précipitent sur Clyde et moi. La visière de leurs casques renvoie la lumière du brasier comme des miroirs.

La chaleur m'enveloppe comme un linceul.

Et l'obscurité totale s'abat enfin sur moi.

51

Lundi 14 mars, 8 heures

C'est l'odeur d'antiseptique que mes sens reconnaissent en premier. Puis, j'ouvre les yeux, et le blanc omniprésent de la pièce me force à les plisser pour m'accoutumer à la lumière. Je me trouve dans une chambre privée à l'hôpital St Peter de Chertsey. Ce n'est pas vraiment une surprise pour moi puisque je suis restée consciente la majeure partie du temps entre l'arrivée des secours et mon transport ici. Un bandage m'enveloppe la main gauche jusqu'au coude. Rien de très grave, une simple brûlure au deuxième degré que je n'ai pas sentie sur le moment.

Ray est assis à côté de moi et il me sourit. Je voudrais l'imiter, mais les gerçures qui strient mes lèvres m'en empêchent. Je lâche un petit grognement de douleur et le visage de Ray affiche une mine inquiète.

— Ça va ?

— Oui, oui, réponds-je. Ça tire un peu, c'est tout.

Je l'observe longuement et perçois une vague de tristesse dans son regard. De gros cernes s'étalent sous ses yeux et sa barbe de trois jours lui donne un air de vagabond, sans oublier les heures interminables de garde à vue qui ont dû aspirer son énergie.

Dans ma semi-torpeur, j'ai entendu Connors et Ray discuter autour de mon lit en attendant mon réveil. Je n'ai pas eu la force de me manifester, mais j'ai perçu quelques bribes de leur conversation. Apparemment, Ray a été mis hors de cause quand Clyde Barker a été finalement identifié comme le meurtrier d'Anna.

— J'imagine que tu as des tonnes de questions, dit-il soudain en rompant la quiétude comme s'il avait lu dans mes pensées.

— Comment va Keira ? demandé-je.

— Bien, d'après ce que je sais. Je ne suis pas le mieux placé pour te répondre à ce sujet.

Il se tait et je continue de le fixer. Mon silence lui laisse l'espace d'enchaîner :

— Tout d'abord, je voulais vraiment m'excuser pour mon comportement ces dernières semaines et j'espère vraiment que tu sauras me...

— Ray, t'en fais pas, tenté-je de le rassurer. Commence par m'expliquer pourquoi tu as avoué un crime dont tu étais innocent.

Il marque un temps d'arrêt, gratte sa barbe puis sa tempe avant d'ouvrir la bouche sans pouvoir sortir un son. Je peux apercevoir ses yeux s'embuer avant qu'il ne s'éclaircisse la gorge.

— Ce salaud m'a menacé, dit-il enfin. Au début, je n'ai pas vraiment réagi, j'ai laissé filer et, ces derniers jours, tout s'est accéléré. J'ai reçu des photos puis des vidéos de ma mère à l'hôpital et j'ai compris que qui que soit celui qui était derrière ce chantage, il était très sérieux. J'ai voulu en parler au Bureau, mais j'ai paniqué à l'idée que ce type ait toujours un coup d'avance, qu'il le découvre et qu'il lui fasse du mal. Tu sais que la maladie d'Alzheimer a été diagnostiquée assez tôt chez ma mère et qu'elle est désormais prise en charge dans un institut spécialisé dans lequel passe une grande partie de mon salaire. C'est d'ailleurs la promesse d'une paie multipliée par trois qui a fini par me convaincre de m'engager dans ce programme avec toi, ici, en Angleterre.

Je laisse à Ray quelques secondes de répit avant de l'assaillir de questions.

— Tu savais que c'était Barker ?

— Pas du tout, fait-il en secouant la tête vigoureusement. Jamais je n'aurais cru ça possible, je n'y ai même jamais pensé pour ainsi dire. J'ai cru à quelqu'un du FBI qui t'en voulait à mort et qui avait choisi d'utiliser Clyde Barker pour te rendre dingue.

— Pourquoi ?

— Parce qu'il me demandait des choses étranges et, quand j'ai compris que tout avait plus ou moins un rapport avec Barker, je me suis dit que c'était ça.

— Qu'est-ce qu'il t'a demandé exactement ? demandé-je sur un ton qui ressemble de plus en plus à un interrogatoire.

— Des trucs bizarres. Des choses que je ne comprenais qu'après coup. Comme faire disparaître la brique qu'il avait balancée à travers une de nos fenêtres, ainsi que le message qui l'accompagnait.

— C'est toi qui as mis le bouquin de Frost dans le jardin ? Qui a envoyé l'article de journal au sujet de ma sœur au fils des Chaney ?

— Non, dit-il de façon catégorique. Tout ça, je pense que c'est lui. Ou, alors, il a trouvé un autre pigeon comme moi pour faire le sale boulot.

— Les meubles ? La bagnole garée à l'autre bout de la ville ? Le flingue ?

Je me rends compte que ma colère croissante réveille ma douleur, alors j'essaie de me calmer. Je me concentre sur mon souffle et laisse mes membres se relâcher et s'enfoncer dans le moelleux du matelas.

— Il m'a demandé de lui laisser mes clefs...

Il a honte, je le sens. Son regard est baissé et il

n'ose pas croiser le mien. Intérieurement, je fulmine. Comment a-t-il pu aller jusque-là ? Il a risqué ma vie en acceptant les termes de ce chantage totalement fou.

Le silence est lourd entre nous. Ray semble trouver la force d'affronter mes réactions et il relève la tête avant de parler.

— C'était après l'agression d'Anna. Au début, j'étais un peu perdu, j'avais peur pour ma mère et je me disais que ce qui m'était demandé n'était rien à côté de la menace qui pesait sur elle, alors j'ai accepté de jouer le jeu. J'ai cru, à tort, que je pourrais mener ma propre enquête et démasquer le maître chanteur avant que ça ne dégénère. Mais c'était comme si ce type avait des yeux partout ou qu'il lisait dans mes pensées. Et quand j'ai commencé à rechigner à faire certaines choses qu'il me demandait, Anna a été agressée. Tout a changé pour moi dès cet instant.

Il fait une grimace et plonge la tête dans ses mains. Je l'entends sangloter, ça me brise le cœur. Je n'arrive toujours pas à comprendre ses réactions, mais j'essaie de me mettre à sa place. Qu'aurais-je fait si on avait menacé ma petite sœur alors que j'étais à des milliers de kilomètres, sans moyen de la défendre ?

Soudain, je pense comprendre ce qui est passé par la tête de Ray.

— Tu as avoué le meurtre pour te mettre définitivement hors jeu, c'est ça ? Tu pensais que c'était finalement en prison que tu me mettais le plus en sécurité ?

Ray opine du chef et essuie ses larmes.

— De cette façon, je ne pouvais plus accéder aux demandes de ce fou et je ne pouvais plus te faire de mal, explique-t-il.

— Je suis désolée, Ray. Je suis désolée que tu aies été embarqué dans tout ça par ma faute.

Il tend la main pour que je la prenne et je lui montre mon bandage en haussant les épaules. Il esquisse un rictus et se met à rire. Nerveusement au début et franchement ensuite. C'est communicatif, je l'imite.

— Où est Barker ? demandé-je après que le calme est revenu dans la pièce.

Ray n'a pas le temps de répondre qu'on frappe à la porte. Une infirmière pénètre dans la chambre et m'adresse un grand sourire.

— Bonjour, je viens changer votre pansement. Et je crois qu'il y a quelqu'un d'autre pour vous, ajoute-t-elle en indiquant la porte du pouce.

C'est Connors et son collègue, Davis, qui ont fait le déplacement. Deux autres policiers que je n'ai jamais vus sont derrière eux.

— Entrez ! leur fais-je alors que Ray se lève.

L'inspecteur et le sergent s'approchent, tandis que leurs collègues passent les menottes aux poignets de Ray. Avant de disparaître dans le couloir de l'hôpital, il m'adresse un regard tendre.

J'imagine que la police britannique a encore une tonne de questions à lui poser au sujet de sa fausse déclaration et du retard dans leur enquête que celle-ci a provoqué. *Quel sort lui sera-t-il réservé par le FBI à son retour ?*

Connors s'éclaircit la voix et me tire de mes pensées.

Lui et Davis se sont assis au pied de mon lit. Tous les deux ont le buste droit.

— Comment vous sentez-vous ? fait Connors en brisant la glace.

— Oh, vous savez, j'en ai vu d'autres. À part cette brûlure, dis-je alors que l'infirmière déroule la bande de gaze, plus de peur que de mal comme on dit. Où est Barker ?

— Il a subi une rapide opération pour quelques os brisés. Lui aussi souffre de brûlures, mais il a déjà pu répondre à toutes nos questions. C'est étrange qu'il n'essaie pas de nier les faits, il n'a même pas voulu d'avocat.

— Barker est comme ça, fais-je en hochant la tête. Il est fier des crimes qu'il accomplit et déteste pardessus tout qu'on puisse s'attribuer l'un d'eux. Alors, il préfère tout avouer dans les moindres détails.

— Si tous ceux qu'on attrape pouvaient être comme lui ! intervient Davis avec un rictus qu'il veut certainement complice.

— S'ils étaient tous comme Barker, vous auriez des montagnes de cadavres disséminés un peu partout, je ne crois pas que ce soit ce que vous voulez vraiment.

Une ombre passe sur le visage du sergent et il baisse le regard au sol en se raclant la gorge.

— Pas d'autre fille, à part Keira et Sarah ? demandé-je.

— Anna Dimitrov. Il a avoué le meurtre, c'est pourquoi nous avons…

— Oui, le coupé-je, Ray m'a tenue au courant. Pas d'autres filles séquestrées quelque part dans une cave ou je ne sais quel endroit sordide, je veux dire ?

— Pas à notre connaissance. Scotland Yard a tout de même décidé de ne pas prendre Barker au mot et de laisser ses équipes sur le qui-vive.

— Madame Griffith ?

— Son corps a été retrouvé dans le jardin, me dit-il sans prendre de gants. Il semblerait que Clyde Barker se soit installé chez elle après l'avoir tuée, il y a trois mois environ. Il a vraisemblablement choisi cette maison pour la vue qu'elle offrait sur la vôtre. Nous avons retrouvé le cadavre d'un artisan serrurier sur le terrain. Presque nu et caché à l'arrière de sa propre camionnette.

— Il venait de changer toutes mes serrures, ajouté-je. Barker avait installé des caméras chez moi, j'imagine qu'il n'a pas apprécié le fait qu'il ne puisse plus aller et venir à sa guise après l'intervention.

L'infirmière termine sa besogne et jette un œil à la perfusion au-dessus de ma tête, puis se dirige vers la sortie. Je la suis du regard et, dans l'encadrement de la porte, j'aperçois Keira qui m'observe en souriant.

— Entrez ! fais-je à son intention.

Elle fait un pas timide à l'intérieur de la chambre et salue les deux policiers.

Connors profite du moment pour me souhaiter un bon rétablissement et prendre enfin congé de moi.

Lorsque les hommes sont dehors, Keira se précipite sur moi pour m'enlacer. Je lève mon bras gauche pour le préserver et je serre la jeune femme de mon bras valide. Au bout d'un instant, je sens des gouttes chaudes ruisseler au creux de mon cou et j'entends Keira qui sanglote.

— Tout va bien ma chérie, la rassuré-je, tout va bien.

Elle reste une longue minute agrippée à moi, puis se redresse et fouille sa poche pour en extirper un mouchoir.

— Je suis désolée, dit-elle, je m'étais promis de me contenir, mais je n'ai pas pu résister. Vous m'avez sauvé la vie.

Ses yeux sont encore embués et son sourire ressemble à celui de ma sœur. Ma gorge se serre et je camoufle ma gêne en proposant à Keira de s'asseoir. Elle fait non de la tête et continue de me scruter de là où elle est.

— Je peux vous envoyer une photo de moi si vous préférez, tenté-je.

Elle a un moment d'hésitation avant de rire.

Je la regarde faire, elle est si belle sur l'instant avec ses cheveux bouclés qui rebondissent à chaque secousse de sa tête, ses yeux rieurs qui paraissent n'avoir jamais vu le Mal et son nez qui se retrousse de façon si charmante dès qu'elle ouvre la bouche.

— Comment va Grace ? demandé-je après que le calme est revenu.

— Elle doit faire son grand retour à la maison à l'heure qu'il est. Quand vous m'avez libérée, je suis allée me réfugier chez elle. Son mari était là et j'ai pu tout lui expliquer. Il a été d'un grand soutien, il m'a accompagnée au poste de police, est revenu me chercher après l'hôpital et a proposé de m'héberger en attendant le retour de Grace. Il m'a même confié que ses enfants allaient être enchantés d'apprendre qu'ils avaient une grande sœur.

Elle conclut en esquissant un nouveau sourire exhibant des dents d'une blancheur immaculée. Je ne veux pas briser ce moment en lui posant des questions sur son compagnon, j'espère simplement qu'elle fera ce qui est bon pour elle.

— Merci de n'avoir pas abandonné, reprend Keira. L'inspecteur Connors m'a dit combien vous vous étiez battue contre les doutes de tout le monde jusqu'au bout pour me retrouver.

Je ferme les yeux et souris à mon tour.

Soudain, une sonnerie stridente me fait sursauter et réveille plusieurs foyers de douleur le long de mon corps. Un vieux téléphone muni d'une petite ampoule rouge est placé sur la table de chevet à ma gauche. J'approche ma main bandée et Keira se propose de décrocher le combiné pour moi. Elle le place dans ma paume droite et m'adresse un geste de la main pour me signifier qu'elle me laisse à l'intimité de cet appel. Je hoche la tête lentement à son intention puis je réponds :

— Allô ?

— J'espère que tu ne t'es pas trop habituée à conduire à gauche ! me dit une voix familière que je reconnais comme étant celle de Samuel Burrows.

Parce que tu prends le premier vol en direction des États-Unis dès ta sortie de l'hôpital. Je me suis dit que tu voudrais voir ta sœur alors je t'ai réservé un vol direct pour Little Rock et j'ai arrangé le transport pour lui rendre visite.

Une larme tombe du coin de mon œil et ruisselle sur ma joue.

À très vite, Eleanor Perkins.

ÉPILOGUE

Lundi 4 avril, 15 h 30, Quantico, Virginie

— T'as oublié un truc, Winslow ? lâche Sam Burrows de sa voix rocailleuse quand il voit ma tête se faufiler dans l'embrasure de la porte de son bureau.

Son ton est faussement nonchalant, ça a toujours été sa manière à lui de montrer qu'il apprécie quelqu'un.

— Je suis venue pour signer les papiers de ma mutation, réponds-je en m'approchant de quelques pas.

Il ne daigne pas se lever et fait semblant d'être occupé, le regard plongé sur l'écran de son ordinateur. Je le connais trop pour savoir qu'il n'ose pas croiser mon regard. Il nous a toujours répété que si, un jour, on le voyait pleurer, il faudrait qu'il nous tue.

— Ça y est, c'est officiel, alors ? dit-il, et je peux presque ressentir dans sa voix qu'il a un pincement au cœur. Tu nous quittes pour de bon ?

— Je suis toujours au FBI, je te le rappelle, Sam. Tu ne vas pas te débarrasser de moi aussi facilement, conclus-je avec un sourire.

— Les bouseux de l'Arkansas n'ont qu'à bien se tenir.

Une ombre passe sur mon visage et il arbore une moue d'excuse. Il sait que je déteste quand il dit ça.

Il croise mon regard rapidement puis détourne le visage.

— Tiens, pendant que j'y suis, il faudra que tu nous rendes ton cadeau d'adieu.

Je fronce les sourcils et je perçois un large sourire se dessiner sur son visage rondouillard. Je hausse les épaules sans comprendre.

— Je viens de recevoir les toutes dernières analyses de l'affaire Barker, explique-t-il sans que ça m'aide à saisir. Tu n'es pas la piètre tireuse que l'on pensait, je suis déçu. Le chargeur de ton Glock était en fait rempli avec des cartouches à blanc.

Il me faut un court moment avant de comprendre de quoi il parle. Et je ris. Je ris à gorge déployée jusqu'à ce que les larmes me montent aux yeux.

Lors de mon pot de départ de Quantico pour le bureau de Little Rock, Burrows et toute l'équipe m'ont fait un cadeau d'adieu. Ils avaient fait encadrer une cible provenant de notre stand de tir dont les dizaines d'impacts de balles se répartissaient hors limite, tout à fait à l'extérieur du gros trait noir. La mention « Bien visé, Winslow » complétait le tableau. C'était bien évidemment une référence au fait que j'avais vidé un chargeur complet sur Barker sans que celui-ci n'écope d'une seule égratignure. L'histoire avait fait le tour du bureau, chacun préférant rire de l'issue heureuse de cette affaire plutôt que de repenser aux nouveaux cadavres laissés derrière le tueur en série. Comme Burrows et ses sarcasmes, je suppose que c'est une façon pour nous qui sommes au front de nous protéger. Le bagage émotionnel devient parfois beaucoup trop lourd à porter et à ramener au sein de son foyer le soir, en rentrant du bureau. Pas étonnant que certains se noient dans l'alcool, ou pire…

— Trop tard, fais-je en essuyant mes larmes, il est accroché dans mon nouveau bureau.

Burrows reprend son air sérieux et fouille du regard le rapport qui s'affiche sur son écran.

— Étonnant, ça, lâche-t-il soudain.

— Quoi ? demandé-je en me rapprochant.

— Je ne veux pas savoir comment McGill et toi passiez vos soirées chez les Rosbifs, mais rassure-moi, vous ne vous droguiez pas, j'espère ?

— Qu'est-ce que tu racontes ? demandé-je dans un souffle d'incompréhension.

Je regarde par-dessus son épaule pour aviser moi aussi le rapport.

— On a retrouvé une boîte de somnifères dont les comprimés ont tous été imbibés de LSD, dit Burrows.

Je me redresse et souris. Je comprends que mon dernier cauchemar hallucinatoire était l'œuvre de Clyde Barker. Mais une inquiétude me revient quand même quand je me rappelle son corps penché au-dessus du mien alors que j'étais totalement paralysée, au fond de mon lit. Je me demande si c'était vraiment lui ou si c'était simplement l'œuvre des psychotropes.

— Ça va pas ? me demande Burrows devant mon visage figé. Désolé, ma blague était déplacée, tu me…

— Si, si, le coupé-je en secouant la tête pour chasser mes pensées. Tout va bien.

Ça n'a pas d'importance, maintenant. Ce qui compte, c'est que Barker soit derrière les barreaux. Cette fois-ci, s'évader de sa prison de haute sécurité ne sera pas aussi facile, son fauteuil roulant sera son plus gros obstacle. Alors que je l'imagine assis sur l'engin à roulettes, l'image de ma propre sœur me saute à l'esprit. Je grimace subrepticement à l'idée que mon pire ennemi et la personne la plus chère à mon cœur finissent leurs jours dans la même posture.

— Autre chose ? demandé-je.

— Rien que de la paperasse. Rien qu'on ne sache déjà. Ah, si, la date du procès de Barker. C'est dans pile quatre mois.

— Et après ça ?

— Retour au bercail en vol direct sur American Airlines.

— Il va retourner à la prison de Red Onion State ? demandé-je avec un haussement d'épaules.

— Y a pas plus sécurisé.

Je lui adresse une moue dubitative. Il comprend que je fais allusion à son évasion, pensée jusqu'alors impossible.

— Ils ont renforcé le protocole de sécurité et il y aura cette fois des roulements dans le personnel qui s'occupe de Barker. Toutes les deux semaines, quelqu'un de nouveau. Ça lui évitera de créer des liens. Et puis, si tu veux mon avis, je le vois mal s'évader en rampant comme un ver, si tu vois ce que je veux dire ?

L'image me décroche un léger sourire.

J'avise l'heure sur l'horloge accrochée sur le mur du fond et me redresse.

— Mon avion décolle dans deux heures, Sam, je dois filer.

Je lui adresse un signe amical de la main et j'effectue quelques pas en direction de la sortie quand Burrows déclare :

— Passe le bonjour aux gars de Little Rock !

Je m'immobilise dans l'embrasure de la porte et pivote la tête pour adresser une expression glaciale à Sam.

— Et aux femmes aussi ! ajoute-t-il en se grattant le sommet du crâne, l'air désolé.

* * *

Mardi 5 avril, 8 heures, Little Rock, Arkansas

• • •

Tous les matins, avant d'arriver au bureau, je fais un détour par le centre hospitalier où ma sœur séjourne. Tous les matins, je me tiens au bout du couloir qui débouche sur sa chambre pour l'observer à son insu à travers l'embrasure de la porte. Je sature mon esprit de ces images volées d'elle. Je la trouve immensément belle, même avec l'appareil qu'elle porte désormais autour de la tête depuis une semaine.

Grâce à l'équipe de soignants et à un gros coup de pouce du FBI, ma petite sœur bénéficie d'un programme expérimental totalement révolutionnaire.

Un dispositif de haute technologie peut suivre le mouvement de son œil et les battements de sa paupière et les interpréter pour effectuer un nombre incalculable de tâches. Avec un peu d'entraînement, elle réussit désormais à diriger son fauteuil automatisé et son nouveau passe-temps favori est de surfer sur Internet. C'est long et fastidieux, mais elle peut maintenant faire des phrases et écrire des requêtes à l'aide d'un clavier virtuel et d'un navigateur adapté. Je ne compte plus le nombre d'e-mails qu'elle m'envoie et les commentaires qu'elle laisse sous les photos de mes réseaux sociaux.

Elle a repris l'appétit également, et, grâce à son nouvel appareil, elle semble désormais revivre.

Alors que je pénètre dans la chambre, un cœur apparaît sur l'écran fixé sur son siège.

— Je t'aime aussi, lui dis-je. Comment vas-tu aujourd'hui ? demandé-je.

Puis je saisis une brosse dans le tiroir de sa table de chevet et commence à démêler ses longs cheveux blonds. Ils ont le même éclat que ceux de notre mère et, sans tout ce barda autour de son visage, on verrait clairement qu'elle lui ressemble beaucoup.

Une infirmière entre et coupe le flot de mes souvenirs.

— Bonjour ! fait-elle avec un grand sourire.

Elle s'approche de ma sœur, jette un œil sur elle et relève le regard vers moi.

— Elle vous a montré ? me demande-t-elle.

Je secoue la tête sans rien dire.

— Votre sœur a fait son premier dessin grâce au nouveau logiciel ! déclare-t-elle, les yeux pétillants.

Elle fait un pas vers la table face à la fenêtre et, dans le petit tas de feuilles qui la jonche, en extirpe une impression en couleur sur papier glacé.

— Il est si beau qu'on l'a fait imprimer. Ça vous ressemble, hein, c'est incroyable, non ?

Elle me tend le dessin digital et ma gorge se noue. Les lignes sont tremblantes et grossières, mais on distingue nettement mes traits, c'est fascinant. Ça a dû lui prendre une éternité pour aboutir à ça. Un nœud se forme dans mes entrailles et j'aimerais pouvoir serrer ma sœur contre moi, sans tout cet équipement de métal et d'électronique qui l'entoure et m'en empêche.

J'approche une main de son épaule et la serre. Fort.

Un nouveau cœur apparaît sur l'écran. Le mien fond.

L'infirmière se penche pour plonger son regard dans celui d'Eleanor et lui demander :

— Tout va bien ? Tu n'as besoin de rien ?

Un clignement de paupière, suivi de deux autres très rapprochés. Oui. Non.

La jeune femme quitte la pièce en m'adressant un nouveau sourire radieux. Je me demande comment font ces femmes et ces hommes pour garder le moral avec tout ce à quoi ils assistent. Et puis je me dis qu'on pourrait me renvoyer la question. Alors je souris à mon tour.

J'observe le dessin plus longuement et tourne le regard vers ma sœur. Je saisis une chaise et m'installe en face d'elle.

Sur son écran, une phrase qu'elle vient d'écrire s'affiche :

« Merci d'avoir choisi mon nom pour ton séjour en Angleterre. Grâce à toi, Eleanor Perkins a traversé l'Atlantique. »

FIN

DÉCOUVREZ L'AUTEUR

Après une première vie faite de groupes de musique, de tournées aux quatre coins du globe et d'enregistrements d'albums en studio, Florian Dennisson a troqué sa guitare contre un stylo et s'est consacré pleinement à son métier d'écrivain en 2015.

En tant que lecteur passionné par les romans d'Agatha Christie depuis tout jeune, son genre de prédilection se devait d'être le polar, mais d'une manière générale, il aime raconter toute histoire où le suspense tient une part prépondérante. Florian adore faire voyager ses lecteurs·ices, les faire réfléchir, frissonner, s'interroger et les mettre sur des fausses pistes. Le but est toujours le même : qu'ils ou elles ressortent de ses livres en ayant vécu une expérience forte.

Tous les jours, depuis son bureau entouré par les paysages à couper le souffle du bassin Annécien que bon nombre de ses romans ont pour décor, Florian imagine des personnages attachants et des twists inattendus ! L'auteur répète souvent à qui veut l'entendre qu'il construit ses histoires comme des labyrinthes dans lesquels il souhaite perdre ses lecteurs·ices.

Si vous souhaitez vous plonger un peu plus dans la bibliographie de l'auteur, vous êtes au bon endroit puisque Florian vous offre le premier tome de sa série phare ! Pour découvrir *La Liste* et rejoindre les dizaines de milliers de lecteur·ices qui se sont déjà lancé·e·s dans le suspense de ces 3 thrillers, il vous suffit de tourner la page…

L'OISEAU NOIR

POCHE

465 route d'Epagny, 74320 Sevrier

www.loiseaunoireditions.com
Achevé d'imprimer en Pologne
Dépôt légal juillet, 2022